AF406878

* 9 7 8 9 6 9 5 9 3 3 4 5 9 *

ٹوٹی ہوئی دیوار

(ناول)

بلند اقبال

ٹوٹی ہوئی دیوار

(ناول)

بلند اقبال

ایجوکیشنل پبلشنگ ہاؤس، دہلی

TUTI HUI DEEWAR
(Novel)

by

Baland Iqbal

Year of Edition 2016
ISBN 978-93-5073-970-9

₹ 200/-

نام کتاب	:	ٹوٹی ہوئی دیوار (ناول)
مصنف	:	بلند اقبال
اشاعت	:	۲۰۱۶ء
قیمت	:	۲۰۰ روپے
مطبع	:	روشن پرنٹرس، دہلی ۔۶

ملنے کے پتے

☆ امرین بک ایجنسی، احمد آباد۔M.08401010786 ☆ہمالیہ بک ورلڈ، حیدرآباد۔ Ph.040-66822350

☆ حسامی بک ڈپو، حیدرآباد۔Ph.040-66806285 ☆انجمن ترقی اُردو، حیدرآباد۔ M.09247841254

☆ ہدٰی بک ڈسٹری بیوٹرس، حیدرآباد۔Ph.040-24411637 ☆دکن ٹریڈرس، حیدرآباد۔ Ph.040-24521777

☆ مکتبہ جامعہ لمیٹڈ، ممبئی۔Ph.022-23774857 ☆کتاب دار، بک سیلر، پبلشر، ممبئی Ph.09869321477

☆ بک امپوریم، پٹنہ۔ M.09304888739 ☆عثمانیہ بک ڈپو، کلکتہ۔ M.09433050634

☆ دانش محل، لکھنؤ۔Ph.0522-2626724 ☆رائی بک ڈپو، الہ آباد۔ M.09889742811

☆ ایجوکیشنل بک ہاؤس، یونیورسٹی مارکیٹ، علی گڑھ

Published by

EDUCATIONAL PUBLISHING HOUSE

3191, Vakil Street, Kucha Pandit, Lal Kuan, Delhi-6(INDIA)
Ph : 23216162, 23214465, Fax : 0091-11-23211540
E-mail: info@ephbooks.com, ephdelhi@yahoo.com
website: www.ephbooks.com

میں اپنی بازیافت کہوں یا خدا کہوں

جی چاہتا ہے جو بھی کہوں، برملا کہوں

حمایت علی شاعر

اظہارِ تشکر

شجعیہ ۔۔'مری حیات، مری کائنات، مرا ثبات'
تمہاری محبتوں کے بنا اس کتاب کی تکمیل نامکمل تھی۔

جوزیر، علائنا، ژویرا اور عیشل ۔۔'مری زندگی کے حسین خوابوں کی منزلیں'
تمہارے پیار بھرے لہجے اس کتاب کے صفحوں پر تتلیاں بن کر رنگ بکھرتے ہیں۔

ایڈوکیٹ جاوید صدیقی ۔۔ ترجمہ تخلیق سے زیادہ مشکل فن ہے
یہ تجربہ مجھے آپ کی کاوشوں کے صلے اس کتاب کے انگریزی ترجمہ کی صورت ملا۔

مصطفیٰ کمال پاشا ۔۔ ترتیب و تدوین تخلیق کو حُسن عطا کر دیتی ہے
آپ کے اس ہنر کے بدولت یہ خوبصورت سی کتاب شائع ہوئی

اپنے خوابوں کے نام

ایک ایسی دنیا جہاں رنگ، نسل اور مذہب کا فرق نہ ہو

"Our separation of each other is an optical illusion of consciousness."

~ Albert Einstein

پیش لفظ

''ٹوٹی ہوئی دیوار'' بلند اقبال کا پہلا ناول ہے اور موضوعی اعتبار سے بھی اسے اردو کا پہلا ناول قرار دیا جاسکتا ہے کہ یہ مشرقی اقدار اور مغرب کی بدلتی ہوئی فکر اور گلوبلائزیشن کے نتیجے میں پیدا ہونے والے ماحول کی عکاسی کرتا ہے۔ میرا خیال ہے کہ یہ ناول اپنے وقت سے کم از کم پچاس یا ساٹھ برس آگے کا نقشہ پیش کر رہا ہے۔ کیونکہ مشرقی ممالک کا ارتقائی سفر بہت دھیرے دھیرے قدم اُٹھاتا ہے۔ اس ناول میں پاکستان، افغانستان، کینیڈا اور ہندوستان کے افراد ہیں۔ پاکستان جو ایک اسلامی ملک کہلانا پسند کرتا ہے، لیکن جس طرح وہاں مسلکی مسائل اور شدت پسندی دکھائی دیتی ہے، اس کے سبب نفرتیں جنم لے رہی ہیں اور ہر مسلک کا حامی اپنے آپ کو جنتی اور دیگر فرد کو کافر اور جہنمی سمجھ رہا ہے، یا مذہب کی آڑ میں کچھ افراد جس طرح سیاسی، مفاد پرستانہ کھیل کھیل رہے ہیں، اُن کے باعث عام انسان پر کیا بیت رہی ہے یہ سب پر عیاں ہے۔

افغانستان کئی برسوں سے جنگ کا عذاب جھیل رہا ہے اور مغربی ممالک اپنی اقتصادی، معاشی پالیسیوں کو کامیاب بنانے کی خاطر امن کے نام پر جو چال چل رہے ہیں، دنیا اس سے بھی خوب واقف ہے۔ روس کی بالا دستی کو ختم کرنے کے لیے ہی مغربی ممالک نے طالبان کو پیدا کیا تھا، اور اُنھیں اپنے مقصد کے لیے استعمال بھی کیا تھا۔ طالبان کو جب اپنے استحصال کا احساس پیدا ہوا تو وہ مغربی ممالک سے متنفر ہو گئے اور اپنے مذہب کی طرف شدت سے راغب ہوئے لیکن دین کے نام پر اُنھوں نے وہ راستہ اختیار کیا جو دینِ اسلام تو کیا کسی بھی مذہب کا نہیں ہو سکتا۔ اسی سبب نے لوگوں کی سوچ کو دو دھاروں میں تقسیم کر دیا ہے۔ ایک طبقہ وہ ہے جو مذہب کے نام پر ہونے والے ظلم اور شدت پسندی کے باعث، مذہب اور قومیت کے خلاف

ذہنی آزادی چاہتا ہے۔اُس کی آنکھوں کے سامنے وہ مغربی ممالک ہیں جنھوں نے اپنی قومیت کوفراموش کرکے اقتصادی،تجارتی اور معاشی استحکام کی خاطر سرحدوں کے راستے ایک دوسرے پر کھول دیے ہیں جوانسانیت کے جذبے کوسب سے اہم تصور کرتے ہیں،اور تیسری دنیا کے ممالک کواپنی آئیڈیالوجی کی طرف راغب کرنے پر مجبور کررہے ہیں۔اور دوسرا طبقہ وہ ہے جو اب بھی طالبانی ذہنیت رکھتا ہے،اُن کی نظروں سے یہ بات بھی پوشیدہ نہیں ہے کہ انسانیت کا ڈھنڈورہ پیٹنے والے یہ مغربی ممالک اپنی معاشی اقتصادی بہتری کے لیے مشرق وسطیٰ کے لاکھوں انسانوں کی زندگیوں سے کھیل رہے ہیں،وہ یہ بھی جانتے ہیں کہ خوداُن ہی کے ممالک کے امن پسند شہری اُن کے اس عمل پر شدید احتجاج کررہے ہیں۔

ہندوستان جوکئی مذاہب اور کئی عقائد کے ساتھ ساتھ کئی زبانوں کا ملک ہے۔یہاں بھی جب جب شدت نے سر اُٹھایا فہیم اور انسانیت نواز طبقے نے اس کے خلاف آواز بلند کی،اس کی ایک ہی وجہ ہے کہ انسان ایک ایسا معاشرہ چاہتا ہے جہاں منافرت نہ ہو،تنگ نظری نہ ہو،دنگے فساد نہ ہوں،خون خرابہ نہ ہواور وہ تمام فرقوں کے ساتھ امن وسکون کی زندگی جی سکے۔

ادب چونکہ معاشرے کا آئینہ ہوتا ہے اس لیے جب جب معاشرہ خواہ کسی بھی قسم کی شدت کا شکار ہوتا ہے ادب میں اُس کا عکس ضرور دکھائی دیتا ہے۔چنانچہ''انگارے''بھی ایسے ہی معاشرے کے خلاف ایک احتجاج تھا،یاعصمت چغتائی کے ناول''ٹیڑھی لکیر'' میں بھی اس کا عکس دکھائی دیتا ہے۔کئی ناولوں اورافسانوں نے اپنے وقت کے جبر کوضرور پیش کیا ہے۔

بلند اقبال نے بھی وقت کے ان سلگتے مسائل سے اپنے ناول کا تانا بانا بُنا ہے۔ان میں پاکستان کے وہ معصوم کردار بھی ہیں جو اپنی مذہبی کم علمی کے باعث سیاسی افراد کے ہاتھوں آلۂ کار بن رہے ہیں اور وہ یہ نہیں جانتے کہ چھوٹی چھوٹی آسودگیوں کی آڑ میں اُن کا کس طرح استحصال ہورہا ہے،یا افغانستان کے وہ کردار ہیں جوایک طرف بڑی طاقتوں کے اپنے مفاد کے باعث جنگ کا ایندھن بن رہے ہیں یا پھراپنے ہی مذہبی بھائیوں کے ہاتھوں ترقی کی مین اسٹریم سے کٹ کر زمانے سے صدیوں پیچھے ہوتے چلے جارہے ہیں تو وہیں واحدی جیسا پولیٹیکل سائنس کا پروفیسر جس کا مطالعہ بہت وسیع تھا، یہ سوچنے پر مجبور ہوجاتا ہے:

'' بھائی میرے ترقی کا سارا دارومدار اقتصادیات پر ہے۔ جب مذہبی دور تھا تو اقتصادیات اُس سے جڑی ہوئی تھی۔ ایک پنڈت، ایک مولوی، ایک پیغمبر، ایک خدا کا بیٹا، آڑ میں رہتے تھے اور جو طاقتور تھا اُن سے جڑ کر حکومت کر رہا تھا۔ اب اُن لوگوں کی ضرورت ختم ہوگئی۔ سائنس نے اُن کے بغیر ہی قوموں کو طاقتور کر دیا ہے۔ بڑے بڑے میزائل اور بم موجود ہیں، تم خدا کو مانو یا نا مانو؟ کس کو پرواہ ہے اُنگلی کے اشارے پر تمہاری زندگی ہے۔ ابھی پرچار کا زمانہ نہ گیا، یہ چورن صرف گلیوں اور مُحلّوں کی سیاست کے لیے بکتا ہے۔ تاکہ چھوٹے موٹے غریب ملکوں کے کچھ عیار لوگ عوام کو چونا لگا کر بڑی طاقتوں سے کچھ مال بٹور سکیں۔ مگر یہ بھی ارتقائی عمل ہے پچیس پچاس سال کے بعد یہ اور نہیں بک پائے گا۔ بازار میں خود سائنسی معاشرہ ہے۔ اس دکان کو آگے بڑھا دے گا۔ میرے بھائی بھلا طوفان کے آگے کبھی بھی تنکے کنکر وغیرہ ٹھہر پاتے ہیں۔''

یہی نہیں پروفیسر واحدی مغربی مفکرین کی کتابیں پڑھ پڑھ کر اور بھی بہت ساری باتیں مذہب اور قومیت سے متعلق کہتا ہے جس سے اندازہ ہوتا ہے کہ وہ شاید بے دین، دہریہ ہو گیا ہے۔ آخر وہ ایسی باتیں کیوں کرتا تھا؟ تو اس کا جواب ملتا ہے کہ جس لڑکی سے وہ محبت کرتا تھا اُسی کے بھائی مسعود نے جو طالبان کے ایک ونگ کا کمانڈر بھی تھا، اپنی بہن صوفیہ اور واحدی کے ماں باپ کو محض مسلکی فرق کی وجہ سے قتل کر دیا تھا۔ اسلام میں پیدا ہونے والے یہ مسلکی فرقے عموماً ایک دوسرے سے سخت نفرت کرتے ہیں۔ پھر طالبان کا لڑکیوں کو تعلیم سے بے دخل کرنے کا فرمان، فنون لطیفہ سے نفرت، مذہب کی آڑ میں معاشرتی، سماجی زندگی پر غیر ضروری رسی کسنا، اُسے فون پر ڈرانا دھمکانا، اُسے ملک کا غدار سمجھنا وغیرہ، ان ساری باتوں نے تعلیم یافتہ واحدی کے دل و دماغ پر گہرا اور ڈالا تھا، اور اُس کی سوچ کے دھارے بدل گئے تھے۔ لیکن یہی واحدی جب امریکہ کی واشنگٹن ڈی۔سی میں پیش کرنے کے لیے اپنا مقالہ تیار کرتا ہے تو وہ لکھتا ہے :

'' پچھلے چار دہائیوں سے افغانستان سرمایا دارانہ وغیر سرمایہ دارانہ قوتوں

سے مسلسل نبرد آزما ہے ۔ جس کے نتیجے میں سیاسی و اقتصادی اعتبار سے افغانستان تباہ و برباد ہو چکا ہے ۔ سرمایہ دارانہ قوتوں نے غیر سرمایہ دارانہ قوتوں کو شکست دینے کی خاطر جہادی کلچر غیر مذہبی مملکت چین اور مذہبی سلطنت سعودی عرب کے ذریعے ایک کلائنٹ اسٹیٹ پاکستان کی مدد سے امپلانٹ کیا ہے ۔ اور جب کھیت پر فصل پوری طرح پک گئی تو کاٹ کر ضائع کرنے کے لیے ستمبر گیارہ کے واقعے کے بعد ایک مخالف جہادی کلچر پھر سے ری امپلانٹ کر دیا گیا ۔ صدیوں پرانی بوسیدہ قومیت اور مذہب کے تصور کو دل سے لگائی ہوئی افغان قوم اگر اپنے سیاسی مفکرین کے بدولت معاشرتی، معاشی اور مذہبی تصور سے واقف ہوتی تو شاید سرمایہ دارانہ اور غیر سرمایہ دارانہ قوتوں کی حریف یا مخالف ہو کر استعمال ہونے کی بجائے خود کو بچا لیتی ، اور آج اس بُرے حال میں نہیں پہنچتی ۔ مذہب اور نیشنل ازم کے روائتی تصور کے ساتھ ساتھ کلچر، سیاست اور اقتصادیات کے نا مساعد حالات بھی آج کے افغانستان کو گلوبل ورلڈ میں زندہ رکھنے کے لیے درپیش چیلنجز میں شامل ہیں ۔ نیشنل ازم کے ساتھ ساتھ مذاہب بھی اکانومی کی دنیا کی سیاسی مصنوعات میں ہمیشہ سے شامل رہے ہیں ۔ کیا یورپ میں عیسائی قوموں نے کروڑوں یہودیوں کو بھون نہیں دیا تھا، یا پھر عیسائیوں نے کیا برسوں تک ایک دوسرے کا خون نہیں پیا تھا؟ اور آج مشرق وسطیٰ میں کیا مسلمان ایک دوسرے کو ذبح کرنے اور زندہ جلانے میں مصروف نہیں ہیں ، اس جنگ و جدل میں اقتصادی حصول کے خاطر مذہب کی اخلاقیات کو بے دریغ استعمال کیا گیا ہے ۔''

اسی ناول میں دلیپ اور ثانیہ کی ایک رومانی جوڑی بھی ہے ۔ ثانیہ کے والدین پاکستانی ہیں جو ایک طویل عرصے سے کینیڈا میں مقیم ہیں ۔ ثانیہ کینیڈا ہی میں پیدا ہوئی ہے اور یہیں کی فضاؤں میں پلی بڑھی ہے ۔ یہ خاندان احمدی فرقے سے تعلق رکھتا ہے ۔ دلیپ سنگھ کا تعلق ہندوستان کی ریاست پنجاب سے ہے جو کینیڈا میں میڈیسن کا طالب علم ہے ۔ یہ رومانی جوڑی اپنے اپنے خاندانوں کے مذاہب اور کلچر سے بے نیاز محبت کی پینگیں بڑھاتی ہیں ۔

والدین تک یہ اطلاع پہنچتی ہے اور وہی ہوتا ہے جو ہندوستانی اور پاکستانی ماں باپ کا ردِعمل ہوتا ہے، لیکن محبت کرنے والے بڑی مشکل ہی سے ہار مانتے ہیں۔ کلائمکس پر وہ دونوں اپنے اپنے مذاہب سے بے نیاز ہو کر ایک ہو جاتے ہیں۔ ہماری تنگ نظری اس کا الزام مخلوط تعلیم، یا پھر سوشیل میڈیا پر ڈال دیتی ہے، سوال یہ ہے کہ کیا ان دریافتوں سے پہلے اس طرح کے واقعات نہیں ہوتے تھے؟ ہوئے ہیں۔ بہت سارے ہوئے ہیں۔ اسی طرح ناول میں مذہبی شدت پسندی کے باعث ادریس کے ہاتھوں ایک قتل ہو جاتا ہے۔ تو اُسے بچانے کی خاطر مذہبی کٹر پسند لوگ سامنے آتے ہیں۔ یہ صرف پاکستانی شدت پسندوں کی کہانی نہیں ہے، بلکہ دنیا میں جہاں جہاں بھی اکثریت کسی ایک مذہب کے ماننے والوں کی ہو گی، اقلیت کا مقدر ظلم سہنا ہی ہو گا۔ ایسے مناظر ہندوستان میں بھی بار بار نظر آتے ہیں۔ مثال کے طور پر داداری میں ہونے والا واقعہ سب کے سامنے ہے۔ اُس مقتول کے قاتلوں کو بچانے کون آگے بڑھا؟ یہ بھی سب پر آشکارا ہے۔

ایسے میں مغرب سے اُٹھنے والی یہ آواز کہ سب سے اہم مذہب ''انسانیت'' ہے اور سب سے اہم چیز ''انسان کی زندگی'' ہے تو مشرق کا فہیم طبقہ اس طرف تو دھیان دے گا ہی؟ بھلے ہی اپنے مذہب اور اپنی مذہبی شناخت سے نکلنا بہت مشکل ہوتا ہے۔ یہ مشکل اس لیے بھی ہوتا ہے کہ اسی تہذیب اور اسی کے اُصولوں کے تحت معاشرتی اور سماجی زندگی بندھی ہوتی ہے۔ خصوصاً تیسری دنیا کے ممالک کے لیے یہ جسم اور روح کی طرح ہے کہ جسم کے بغیر روح کی پہچان، اور روح کے بغیر جسم کی زندگی کا تصور ہی ممکن نہیں۔

مذاہب، قومیت، خدا کا وجود، خوف اور نفرت کے اسباب میں اُلجھا ہوا دانشور پروفیسر واحدی کو آخر وہ کلید مل جاتی ہے جس کے سبب وہ سارے عالم کو مذہب ''انسانیت'' کے دھاگے میں پرو سکتا تھا، اور وہ کلید اُسے حاصل ہوئی تھی جل بولٹے ٹیلر کی مشہور کتاب My stroke of in sight کے مطالعے کی وجہ سے۔ چنانچہ جب یونیورسٹی میں اُس نے تالیوں کی گونج میں اپنا مقالہ ختم کیا تو ایک سوال ہال میں گونجا:

'' گلوبلائزیشن کیا مغربی تہذیب کو دنیا میں پھیلانے کی ایک سازش نہیں ہے؟''

''نہیں۔'' واحدی نے اُسی پُر اعتماد لہجے میں کہا، ''اول تو گلوبلائزیشن کا

یہ مطلب ہے ہی نہیں کہ اس میں شامل افراد اپنے مذہب، رسوم ورواج اور کلچر کو یکسر نظر انداز کردیں۔ آپ اپنے ارد گرد دیکھیں، کیا یہاں نیپال، سوڈان، سعودی عرب، ایران، کینیڈا اور یورپ کے طالب علم نہیں پائے جاتے ہیں؟ اُن کی شناخت اُن کے قد و خال، لباس و تراش، اور بناؤ سنگھار سے ہی نمایاں ہے۔ مذہب انسان کا روحانی مسئلہ ہے اس کو روح کی شناخت کے لیے دل میں رکھنا چاہیے، تا کہ وہ کسی سیاست کی سازش کا شکار نہ ہو، گلوبلائزیشن سے قومیت کا مصنوی تصور اگر ختم ہو جائے تو کیا یہ اچھا نہیں ہے؟ میں نہیں کہتا کہ آپ کل تک پاکستانی تھیں، اب آج سے امریکی ہو جائیں کیونکہ امریکی ہونا بھی اُتنا ہی نامناسب ہے جتنا پاکستانی، بلکہ آپ رنگ نسل اور مذہب کے بھید بھاؤ سے آزاد ہو جائیں۔ آپ گلوبل ورلڈ کے شہری بن جائیں، گلوبل مذہب کے ماننے والے ہو جائیں (مراد انسانیت) گلوبل زبان کے بولنے والے ہو جائیں۔ ایک مشترکہ چھتری کے نیچے رہتے ہوئے اپنے ذاتی تعلق کو ضرور رکھیں چاہے آپ کا کوئی بھی مذہب ہو، کوئی بھی زبان یا کوئی بھی رسم و رواج۔ انسان کی یہ تہذیبی شناخت خود ستائشی کے منفی اثرات سے آزاد کر دیتی ہے۔ جس کا سب سے مثبت اثر عدم برداشت ہے اور عدم برداشت ایک انسانی رویہ ہے جو ہمیں حیوانوں سے جدا کرتا ہے۔''

اس کے بعد وطنیت کے ایک سوال کے جواب میں پروفیسر واحدی بتاتا ہے کہ حیوان بھی جہاں پیدا ہوتے ہیں اور زندگی گزارتے ہیں اُس غار، پہاڑ، جنگل یا تالاب سے پیار کرتے ہیں۔ حیوان اگر پنجرے میں بند ہو تو پنجرے سے پیار کرنے لگتے ہیں اگر آپ اُن سے زبردستی اُن کی جگہ لے لیں تو وہ غم کا اظہار کرتے ہیں جگہ سے یہ محبت وطنیت کا وہی بنیادی احساس ہے جو صدیوں قبل انسانوں میں بھی پیدا ہوا تھا جب وہ پتھر کے دور میں غاروں میں رہتا تھا۔

واحدی اس طرح کے مختلف سوالات کا جواب دیتا ہے۔ اس پورے ناول کی خوبی یہ ہے کہ اس میں ناول نگار نے اپنی جانب سے کچھ نہیں کہا، جو کچھ بھی کہا، وہ ناول کے کرداروں نے کہا، اور ناول کے کرداروں نے وہی کہا جسے وہ اپنے اطراف میں دیکھ رہے تھے، سُن رہے

تھے۔ یا برت رہے تھے۔

بلند اقبال نے ناول کے آغاز میں جس تشدد کو ادریس کے ہاتھوں انجام پاتے دکھایا تھا اُس کی دہشت اُس کے بچے پر اس طرح حاوی ہو جاتی کہ چورنگی کی ایک ٹوٹی دیوار کے پیچھے چھپ جاتا ہے اور خوف زدہ ہو جاتا ہے۔ یہ خوف پھر کبھی اُس کی آنکھوں سے دور نہیں ہوتا۔ وہ ہر دم ڈرا سہما اور بیمار سا ہی رہنے لگتا ہے۔ ناول میں پھر ایسا ہی ایک اور منظر سامنے آتا ہے جہاں ایک قادیانی جوتا فروش اور اُس کے بیٹے کو ادریس اور اُس کے ساتھی اسی مذہبی نفرت کے سبب مارتے ہیں۔ اُس کا بچہ عثمان پھر ایک بار اس واقعے سے خوف زدہ ہو کر اُسی ٹوٹی دیوار کی آڑ میں چھپ جاتا ہے:

"ادریس بھائی عثمان یہاں ہے۔" اور ادریس اور بختاور نے جو نہی رب نواز کی آواز سنی وہ دونوں دیوانوں کی طرح بھاگتے ہوئے گلی کے نکڑ پر پہنچے، جس کے اُس جانب ٹوٹی دیوار کے پیچھے چھپ کر عثمان خوف و دہشت سے اُس سارے تماشے کو دیکھ رہا تھا۔ ادریس اور بختاور نے دیوار کی آڑ سے جب عثمان کو گود میں لینے کے لیے اپنے ہاتھ اُس کی طرف پھیلائے تو وہ اُنھیں دیکھ کر سہم گیا اور وہاں چھپے ہوئے اپنے جیسے کئی اور بچوں کے ساتھ مل کر رونے لگا۔"

ناول یہاں پہنچ کر غور و فکر کے لیے ایک بہت بڑا سوال اپنے پیچھے چھوڑ جاتا ہے کہ اگر ہم نے مذہبی بنیادوں پر یا مسلکی فرق سے پیدا ہونے والی نفرتوں اور خون خرابے سے چھٹکارہ نہیں پایا تو آنے والی ہماری نسل وہی ہوگی جو ادریس اور اُس جیسے انسانوں کے بچوں کی ہو سکتی ہے۔

نور الحسنین

اورنگ آباد (دکن)

ہندوستان

☆☆

Literature should reflect real life

~Anonymous

پہلا باب

وقت : سہ پہر ساڑھے ۴ بجے
تاریخ : ۶ نومبر ، ۲۰۱۵
مقام : شاہ فیصل کالونی نمبر ۵ ۔ کراچی

پکڑ پکڑ سالے کو ، ذلیل کتا ہمارے نبی کے لیے بکتا ہے ، جرات کیسے ہوئی اِس مردود حرامی کی ۔ ۔

ادریس پاگلوں کی طرح چیختا ہوا سفید لٹھے کے کرتے شلوار والے شخص کو پکڑنے کے لیے بے تحاشہ دوڑا تو اُس کے نو سالا لڑکے عثمان نے بدحواس ہو کر اپنی انگلی اُس کی مٹھی سے چھڑوائی اور پھر خوف زدہ ہو کر بھاگتا ہوا گلی کے کونے کی آدھی ٹوٹی ہوئی دیوار کے پیچھے جا کر چھپ گیا۔ دو چار منٹ کے بعد عثمان نے دیوار کی آڑ سے ڈرتے ڈرتے سر نکال کر اِدھر اُدھر دیکھا اور پھر دور دور چورنگی کے پار سٹرک کے اُس جانب اُس کی نظر ٹھہر گئی جہاں اُس کا باپ ، ادریس اُس شخص کو پکڑنے کے لیے اندھا دھند بھاگ رہا تھا جسے کچھ دیر پہلے ہی اُس نے چیخ کر گالی دی تھی اور گریبان پکڑ کر تھپڑ مارنے کی کوشش کی تھی مگر وہ شخص اُس کے ہاتھ کو جھٹکے سے چھڑا کر اب جان بچا کر بھاگ رہا تھا۔ ۔ ۔ عثمان ٹوٹی ہوئی دیوار کے پیچھے چھپ کر سہمی ہوئی نظروں سے اُس چوہے بلی کے منظر کو تکنے لگا۔

عثمان کے قریب ہی اُسی دیوار کے ایک کونے پر اکھڑوں بیٹھے ہوئے ادریس کے دوست رب نواز نے جونہی اسے یوں چیختے چلاتے بھاگتے ہوئے دیکھا تو ساتھ ہی کھڑے

ہوئے اپنے یار کلو کو چیخ کر کہا: ''اوے کلو یہ ہے کون سالا حرامی جس کے پیچھے اپنا ادریس بھاگ رہا ہے؟ ابے اُدھر نہیں بے، اِدھر بے کلو۔۔ وہ دیکھ۔۔ وہ دیکھ بے کلو۔۔ جدھر ادریس بھاگ رہا ہے نا اُس کے آگے دیکھ'' یہ کہہ کر رب نواز نے ایک ہاتھ سے کلو کی تھوڑی پکڑ کر دوسرے ہاتھ سے چورنگی کی جانب اشارہ کیا اور پھر اُس کے چہرے کا رخ ادریس کی طرف کر دیا، ''وہ دیکھ بے اُدھر سالے۔۔ چورنگی کی اُس جانب، اُدھر نیکو کے ہوٹل کے پاس۔۔۔ جس کے پیچھے ادریس لگا ہے۔ وہ ہے نا سالا حرامی ، سفید لٹھے کے کپڑے میں۔۔۔ ہاں ہاں وہی ۔۔۔ نظر آیا؟ ۔۔۔ابے ابھی ادریس چیخ رہا تھا کہ سالے نے نبی کی شان میں گستاخی کی ہے''

کلو سے یہ کہہ کر رب نواز نے ادریس کی طرف دیکھ کر چیختے ہوئے کہا، ''پکڑ لے سالے کو ادریس ۔۔۔ دیکھ جانے نہ پائے سالا ۔۔۔ بھڑوا ہاتھ سے نہ نکلے ۔۔۔۔۔''

کلو نے بھی رب نواز کی چیخ سن کر ساتھ میں ایک دھاڑ لگائی، ''اوے ادریس بھائی ۔۔ جانے نہ پائے سالا ۔۔۔''

''چل بے چل'' یہ کہہ کر رب نواز اور کلو نے ایک دوسرے کے ہاتھ کھینچے اور ادریس کی طرف چیختے چلاتے ہوئے بھاگنے لگے، ''ابے پکڑ ادریس ۔۔۔ سالے نے پیارے نبی کے لیے بُرے لفظ بولے ہیں، اس کا فکری اولاد کو چھوڑنا نہیں ہے ۔۔۔ پکڑ واوے سالے کو ۔۔۔''

کلو اور رب نواز نے ساری چورنگی کو مخاطب کرتے ہوئے نعرے لگاتے ہوئے پہلے پہل تو سڑک کی طرف بھاگے تا کہ چورنگی کے ساتھ ساتھ لگے ہوئے فٹ پاتھ پر دوڑ لگائیں مگر پھر اچانک شارٹ کٹ کے خیال سے چورنگی کی چھ اینٹوں والی دیوار کو پھلانگ کر پارک کے بیچوں بیچ دوڑنے لگے تا کہ پورے سرکل سے بچ کر صرف آدھا چوتھائی ہی کو کراس کر کے ادریس تک پہنچ جائیں اور کیسے بھی اُس شخص کو دبوچ لیں، جس نے نبی کے لیے شائد کوئی بُری بات کہی تھی اور ادریس کو بھڑکا دیا تھا۔ چاروں جانب پارک میں بیٹھے ہوئے لوگ اس ساری بھگدڑ سے ڈسٹرب ہو کر کھڑے ہو ہو کر رب نواز اور کلو کو بھاگتے ہوئے دیکھنے لگے۔ یکا یک چورنگی میں لیٹا ہوا فارغ مالیشیا، گھاس پر آلتی پالتی بیٹھے ہوئے دونوں مولوی اور وہ چار چھ مزدور بھی جو صبح سے چورنگی کی دیوار پر بیٹھے ہوئے دہاڑی کا انتظار کر رہے تھے، رب نواز اور کلو کے پیچھے پیچھے ادریس کی طرف بھاگنے لگے۔ کچھ ہی دیر میں ایک ایک کر کے کم و بیش ساری ہی چورنگی کے اور اطراف

کے لوگ اور راہی میرا دریس کی طرف تیز تیز قدموں سے جانے لگے۔ رب نواز اور کلو نے تو خیر کچھ ہی دور بھاگتے ہوئے سڑک چھوڑی اور پھر چورنگی کی دیوار پر سے جست لگائی اور چورنگی کے بیچ سے دوڑتے ہوئے سڑک کی اُس طرف پہنچ گئے جہاں ادریس اور دو چار قدم پر سفید لٹھے والا شخص ایک دوسرے کے پیچھے دوڑ رہے تھے۔

'' کپڑ سالے کے ماں کی ۔۔'' کلو نے دوڑتے ہوئے پھر چلایا۔

سفید لٹھے والے شخص نے وحشت سے جو اپنے پیچھے ایک ہجوم کو آتے ہوئے دیکھا تو بدحواس ہو کر پہلے تو سامنے کھڑے ہوئے کیلے کے ٹھیلے سے ٹکرایا اور سر کے بل گرا اور پھر سے اُٹھ کر بھاگنے کی کوشش کی مگر اس بار اُس کا پاؤں کچھ اس طرح سے پھسلا کہ وہ خود پر قابو نہ کر سکا اور دو تین قلابازیاں کھاتا چلا گیا۔ اس سے پہلے کہ وہ سنبھل کر اُٹھ پاتا پیچھے سے آنے والے ادریس نے اُس پر چھلانگ لگائی اور اُسے کسی کتے کی طرح دبوچ لیا اور پھر پوری طاقت سے ایک لات اُس کے پیٹ کے نیچے لگائی جس سے لٹھے والے شخص کی شلوار اچانک سفید سے سرخ ہو گئی اور وہ دوبارہ قلابازیاں کھاتا ہوا بجلی کے کھمبے سے ٹکرایا، مگر اس بار اُٹھنے کے بجائے وہی زمین پر کسی پلے کی طرح تکلیف کی شدت سے تڑپنے لگا۔

'' کیوں بے بھڑوے کیا بولا تھا تو ۔۔؟'' ادریس کے منہ سے جانوروں کی طرح جھاگ نکل رہا تھا، اُس نے اُس کی ایک ٹانگ کو پکڑا اور گھسیٹتا ہوا بیچ چوراہے پر کھینچ لایا۔ اِس سے پہلے کہ لٹھے والے شخص کے منہ سے ایک لفظ بھی نکلتا کلو اور رب نواز بھاگتے ہوئے اُس کے سر پر پہنچ گئے اور پھر اُنہوں نے آؤ دیکھا نہ تاؤ، گھونسوں لاتوں اور تھپڑوں کی بھر مار شروع کر دی کہ پل بھر میں وہ آدھ موا ہو گیا اور سسک سسک کر رونے لگا۔

'' میں نے کچھ نہیں بولا ۔۔۔ میں نے کچھ نہیں بولا ۔۔۔'' وہ ہسٹریائی انداز میں چیخنے لگا،'' بھائی صاحب، بھائی صاحب، میں نے تو ۔۔۔ میں، ان صاحب کو صرف اتنا ہی بولا تھا کہ محمد میرے نبی نہیں ہیں ۔۔۔ میں کرسچن ہوں بھائی میرے نبی تو حضرت عیسیٰ ہیں ۔''

'' سالے ۔۔۔ پھر نام لیتا ہے تو کتے۔ وہ نبی ہیں ساری دنیا کے، سب کے نبی ہیں ۔۔۔ تیری جرات کیسے ہوئی یہ بکنے کی ۔۔ تیری تو ۔۔۔؟'' کلو نے چیخ کر کہا اور دیا ایک اور گھونسا لٹھے والے کے پیٹ میں ۔

’’سالا بلاسفمی کر رہا ہے یہ۔۔‘‘ دونوں مولویوں میں سے لمبے قد والے نے مجمع سے چلا کر کہا،

’’اور بھائیوں اسلام میں سزا موت ہے اس کی ۔۔۔ مارو سالے کو۔۔۔ ایسے حرامی بہت ہو گئے ہیں اب ہر طرف ۔‘‘

’’یہودیوں کا ایجنٹ ہے زلیل سالا ۔۔ بھنگی ۔۔ کرسچن کی اولاد۔‘‘ ادریس نے چیخ کر کہا

کچھ ہی دیر میں سارا مجمع گھونسوں لاتوں اور جوتوں کے ساتھ سفید لٹھے والے شخص پر ٹوٹ پڑا، ادریس اُن سب میں آگے تھا۔ اُس نے اُٹھا کر ایک اینٹ دی لٹھے والے کے سر پر اور چیخ کر کلو سے بولا،’’ابے کلو۔۔ جا پیڑول لا۔۔ سالے کو ابھی جہنم میں پہنچا دیتے ہیں ۔‘‘

کلو بھاگتا ہوا قریب کی میکنک کی دوکان سے مٹی کے تیل کا ڈبا اُٹھا لایا تو ادریس نے چیخ کر کہا،’’ہٹو بہنو۔۔۔ سب ، دور ہٹو۔۔ اس کتے کی نسل کو آگ لگانی ہے ، حرامی ۔۔۔ آگے سے پھر کسی کو جرات نہیں ہوگی نبی کو اپنا نبی نہیں بولنے کی ۔۔۔‘‘

کلو نے مٹی کا تیل پھینکا لٹھے والے شخص پر اور ادریس نے ماچس جلا کر اُس پر تین چار جلتی ہوئی تیلیاں پھینک دیں ۔ لٹھے والے شخص نے خوفزدہ نظروں سے لوگوں کو دیکھا اور دونوں ہاتھ جوڑ کر کہا،’’وہ بھائی مجھے چھوڑ دو، اللہ کے واسطے رسول کے واسطے مجھے چھوڑ دو، پیارے نبی کے واسطے چھوڑ دو ۔۔۔‘‘ اور پھر وحشت سے اٹھ کر بھاگنے کی کوشش کی مگر یک لخت بھڑک گئی اور پھر اُس کی چیخنے اور کراہنے کی درد ناک آوازیں زور زور سے گونجنے لگیں، وہ بدحواس ہو کر جلتا ہوا اِدھر اُدھر بھاگنے لگا مگر بھاگنے سے آگ نے اور بھی شدت اختیار کر لی اور اُس کو پوری طرح اپنے لپیٹے میں لے لیا، وہ چیختا ہوا زمین پر لوٹنے لگا مگر آگ بھڑکتی ہی چلی گئی اور پھر دیکھتے ہی دیکھتے زندہ گوشت کے جلنے کی بو دھوئیں کے ساتھ چاروں جانب پھیلنے لگی اور کچھ ہی دیر میں ہی اُس کی آوازیں کراہٹوں سے بدل کر ختم ہونے لگیں۔ مجمع پہلے تو کچھ دیر کھڑا اُس کے جلتے ہوئے جسم کے تڑپنے کا منظر دیکھتا رہا مگر جب لٹھے والے کی جلی ہوئی لاش کی آخری حرکت بھی ختم ہوگئی تو پھر لوگ ایک ایک کر کے چھٹنے لگے سوائے کچھ لوگوں کے جو ایک طرف کھڑے ہوئے سیل فون کے کیمرے سے اُس کے آخر تک جلنے کا ویڈیو بناتے رہے ۔ کچھ ہی دیر میں

ادریس بھی مجمع سے نکل گیا مگر نکلتے نکلتے اُس نے لٹھے والے کی جلی ہوئی لاش پر تھوک کر کلو اور رب نواز سے کہا،''سالا کتے کی نسل۔۔۔ابھی وہاں اپنے نرک میں جلے گا سالا حرامی۔۔۔چل بھئی کلو۔۔۔نکل یہاں سے،ابھی یہاں پولیس کیس ہونے والا ہے۔''

یہ سن کر کلو نے چیخ کر کہا،''کاہے کا پولیس کیس سالے۔۔۔،تھانے کو آگ لگا دیں گے کسی نے اگر کچھ کیا۔اسلام میں بلاسفمی کی سزا موت ہے۔۔۔کیا اِن سالے پولیس کے کتوں کو نہیں پتہ۔۔؟''

''اچھا چل چل۔۔۔ابھی تو چل نکل یہاں سے۔۔۔''ادریس نے اِدھر اُدھر دیکھا اور پھر کچھ یاد کرتے ہوئے کہنے لگا:

''ابے اوے،یہ عثمان کدھر ہے۔۔۔؟''

''عثمان کون۔۔۔؟''کلو نے ادریس سے پوچھا:

''ابے میرا لونڈا اور کون۔۔۔ وہ میرے ساتھ تھا۔جب میں اُس کتے کے تخم سے بات چیت کر رہا تھا اور اُس حرامی نے بکواس کی تھی اور سارا دماغ اُلٹ دیا مادر۔۔۔نے،مگر یہ بے عثمان کو دیکھا تو نے؟''

'' ابے دیکھتے ہیں یار۔یہی کہیں ہوگا،کہاں جائے گا۔؟اچھا یہ تو بتا سالے،یہ بھڑوا کون تھا؟''رب نواز نے ادریس سے پوچھا۔

''بتاؤں گا یار۔۔لمبا قصہ ہے ۔''ادریس نے آسمان کی طرف دیکھا،''یہ پھڈا کئی دنوں سے چل رہا تھا اور مجھے پتہ تھا اس کی چھینٹی لگے گی۔ پر اس بار اس حرامی نے تو حد ہی کر دی۔''

''اسی لیے تو مرا سالا جل کر۔'' کلو بولا

''ابے وہ رہا عثمان۔۔۔ اُدھر۔۔۔''اچانک رب نواز نے ادریس کا شانہ ہلا کر چورنگی کی دوسری طرف،گلی کے کونے کی طرف اشارہ کرکے کہا،''ادھر اُس طرف،وہ رہا نہ۔۔۔ اُدھر ٹوٹی ہوئی دیوار کے پیچھے۔۔۔''

''اوئے عثمان ابے اِدھر آ۔۔۔''ادریس نے عثمان کو دیکھ کر چیخ کر کہا اور ہوا میں ہاتھ ہلانے لگا۔

مگر عثمان دیوار کے پیچھے سے چھپ کر یونہی وحشت اور خوف سے لٹھے والے چلے

شخص کی جلتی ہوئی لاش کے دھویں کو دیکھتا رہا۔ جب ادریس نے دیکھا کہ عثمان اُس کی طرف دیکھنے کے بجائے مسلسل دوسری طرف دیکھ رہا ہے تو اُس نے پھر سے زور سے آواز لگائی،

"اوئے عثمان اِدھر آ بے۔۔۔۔اِدھر آ۔۔۔"

ادریس کی آواز سُن کر عثمان یک لخت پلٹا اور کھوئی ہوئی نظروں سے اپنے باپ کو تکنے لگا اور پھر اچانک اُس کو ایک زور کی ابکائی آئی اور اُس نے ٹوٹی ہوئی دیوار کے پیچھے ایک لمبی سی قے کر دی۔

دوسرا باب

وقت : صبح آٹھ بجکر ٣٠ منٹ

تاریخ : ٧ نومبر، ٢٠١٥ء

مقام : کابل، افغانستان

'اگر مذہب سیاست ادب رسوم و رواج فراڈ نہ ہوتے تو کیا انسان فراڈ ہوتا؟'

ڈاکٹر واحدی نے کمنٹ لکھ کر کچھ دیر ہی پلک جھپکی تھی کہ اسکرین پر دوسری طرف سے ثانیہ کا جوابی کمنٹ موصول ہو گیا۔

'مگر ہم کس طرح اس کا تمام تر الزام مذہب، سیاست، ادب اور رسوم و رواج پر دھر سکتے ہیں؟ ہم یہ کیوں نہ کہیں کہ انسان خود ہی سب سے بڑا فراڈ ہے اور اُس نے انہیں ڈھنگ سے برتا ہی نہیں اور الزام اُن پر دھر رہا ہے؟'

ڈاکٹر واحدی کی انگلیاں پھر سے کمپیوٹر کی بورڈ پر تیزی سے ناچنے لگی، 'ثانیہ بدقسمتی سے یہ تمام مصنوعی عناصر آپس میں قدرتی طور پر جڑے ہوئے ہیں کہ صدیوں کے ارتقائی عمل میں یہ انسانوں کے تصورات میں اپنے ادوار اور اپنی شکل و صورت اور خصلت و عادات کے لحاظ سے انسانی تہذہب کی ترجمانی کرتے رہے ہیں۔ دیکھیں ادب اور مذہب کا چولی دامن کا ساتھ ہے کہ ہر دورِ انسانی میں 'اعلیٰ ترین' ادب الہامی حکایتوں اور دیو مالائی قصوں کہانیوں سے ماخوذ ہے۔ صدیوں سے انسانی معاشرے میں انفرادی اور اجتماعی دونوں ہی صورتوں میں اخلاقیات کا سارا بیڑا ان ہی دو عناصر نے اپنی پیٹھ پر لادا ہوا ہے اور پھر سیاست ہے جو اپنے حقیقی معنوں میں محض طاقت کے خاطر جوڑ توڑ کا کام کرتی ہے۔ اب رہی بات رسوم و رواج اور کلچر کی تو وہ تو رنگ

ونسل کی ترجمانی کے نام پر تقسیم کا ایک ایسا مقدس انداز ہے جو انسانوں کو مغربی اور مشرقی جیسی مصنوعی جغرافیائی تقسیم یا ہندو اور مسلمان جیسی تہذیبوں میں تو ڑ کر نفرتوں کی بنیاد پر بانٹنے کا نام ہے۔ انسانوں کی صدیوں کی تہذیبی شناخت میں ان اجزائے ترکیبی نے سوائے نفرتوں، بٹواروں، تقسیموں اور اپنی اعلیٰ ترین وادنی حالت میں خون ریزی کے سوا کیا نوازا ہے؟ آج کا انسان اپنی 'تہذیب یافتہ خون آلود' فطری صورت میں ان ہی عناصر سے تعمیر ہوا ہے۔ دیکھے ادب کا جہاں تک تعلق ہے اُن عام انسانوں کو جن سے کوئی بھی معاشرہ تخلیق پاتا ہے یا تعمیر ہوتا ہے، کی سمجھ میں تو آتا نہیں کیونکہ ادب میں تو صرف 'اعلیٰ ذہن' کے انسانوں کا عمل دخل ہی رہا ہے تو یوں کہیے کہ ادب بھی ذہانت یا انٹیلیکٹ کے نام پر انسانوں کی تقسیم ہی کرتا ہے۔ سیاست صرف اور صرف 'شاطر ترین ذہنوں' کو فیض پہنچاتی ہے اور مذہب عام ذہنوں کو سلانے کے خاطر ان شاطر ذہنوں کا ہتھیاری فلسفہ ہے۔ باقی بچ گئے رسوم و رواج تو وہ ایک مصنوعی غرور کی صورت عام انسانوں کو خیرات کی صورت میں بانٹ دیئے جاتے ہیں۔ سچ یہ ہے کہ ان تمام عناصر کی یہی اصل روح ہے۔ انہیں کسی نے مصنوعی طور پر بنایا یا بگاڑا نہیں ہے کہ یہی ان کی فطرت ہے کیونکہ یہ سب انسانی فطرت کے ارتقائی سفر میں استعمال ہونے والے عناصر بھی ہیں، بائی پروڈکٹ بھی اور اینڈ پروڈکٹ بھی۔۔۔ دیکھیے ثانیہ آپ میری بات سے مکمل اختلاف رکھیں مگر جس وقت آپ انسانی تاریخ کا مطالعہ انتہائی غیر جانبداری سے کریں گی، حتیٰ کہ انسانی شکل سے بھی نہیں بلکہ کوئی اور حیوان بن کر تو آپ کو اس انسانی بھیڑیے کے سارے کمالات سمجھ میں آجائیں گے کہ کس طرح اُس نے اِن ہتھیاروں کو تیار کیا اور پھر کس طرح اپنے خون آلود دانتوں کو ان ہی کے رومال سے صاف کیا'

چند ہی لمحوں میں ثانیہ کا جوابی کمنٹ ڈاکٹر واحدی کی اسکرین پر تھا، 'ہو سکتا ہے آپ درست ہو ڈاکٹر صاحب مگر آپ اسے ثابت نہیں کر سکتے کیونکہ ہم دیکھتے ہیں انسانوں کی خون ریزی میں کسی حد تک ان عناصر کی وجہ سے بھی ہوئی ہے۔ کیا غیر مذہبی لوگوں نے دنیا میں کچھ کم خون بہایا ہے؟'

واحدی نے جوابی کمنٹ پڑھے اور کنکھیوں سے اسکرین پر ٹائم دیکھا اور بحث کو سمیٹتے ہوئے لکھا، 'ممکن ہے آپ درست ہو ثانیہ مگر ہمیں اس کے حتمی فیصلے تک جانے کے لیے ان

عناصر کا مطالعہ فلسفے اور تاریخ کی روشنی میں کرنا ہوگا۔آپ کے یہاں رات کے دس یا گیارہ بج رہے ہیں آپ کو سونا ہوگا اور مجھے بھی یونیورسٹی جانا ہے اس لیے اب اجازت دیجیے۔ٗ

انگریزی میں 'بائی فار ناوٗ' پلک جھپکنے سے پہلے ہی ثانیہ کی طرف سے موصول ہو گیا اور ڈاکٹر واحدی نے بھی فیس بک کو سائن آف کر دیا۔کمپیوٹر ٹرن آف کر کے ڈاکٹر واحدی نے دونوں ہاتھ پھیلا کر اپنی گردن کو پیچھے سے پکڑ کر اسٹریچ کیا اور پھر میز پر بکھرے ہوئے کاغذوں کو سمیٹ کر میز کے ایک کارنر کی طرف کر دیا اور پھر قریبی پڑے ہوئے سیل فون کو اُٹھا کر ناظر عزیزی کا نمبر ملانے لگا۔

''ہاں ۔ ۔ میں بس نکل رہا ہوں،دس منٹ میں تمھاری طرف ہوں گا۔تم بس تیار ملنا''

یہ کہہ کر ڈاکٹر واحدی نے فون بند کیا اور اپنا بیگ اُٹھا کر گلے میں ڈالا اور پھر ایک طائرانہ نظر کمرے کے چاروں طرف ڈالی جیسے کوئی کھوئی ہوئی چیز ڈھونڈ رہا ہو۔کتابیں کمرے میں چاروں جانب بکھری ہوئی تھی ، کچھ بیڈ اور کچھ فرش پر، بیڈ کی چادر سمٹی ہوئی تھی اور مڑے ہوئے تکیے پر ابھی تک اُس کی کونی کا گڑھا نظر آ رہا تھا جو رات بھر اُس کے کبھی بغل میں تو کبھی ہاتھ کے نیچے دبا رہا تھا۔واحدی کی ہمیشہ سے عادت تھی کہ کرسی میز کی جگہ رات بھر بستر پر لیٹ کر پڑھتا تھا اور پھر کالج سے واپس ہو کر بستر پر بے سدھ گر جاتا تھا۔عموماً رات دس یا گیارہ کے بعد سے اُس کا پڑھائی کا سیشن شروع ہوتا تھا جو صبح تین یا چار بجے تک نان اسٹاپ چلتا تھا۔اُس کے بعد وہ کمپیوٹر پر میل چیک کرتا اور سونے سے پہلے اپنے بلاگ پر کچھ کمنٹس لکھتا تھا۔اگلی صبح اگر چھٹی ہو یا پھر کلاس دیر میں ہو تو یونیورسٹی جانے سے پہلے آدھا ایک گھنٹہ فیس بک پر بحث و مباحثہ بھی انجوائے کر لیتا تھا۔اُس کے نوجوان دوستوں میں کینیڈا سے ثانیہ، لاہور سے زبیر،امریکہ سے عذرا،شہریار،لندن سے شکیل رضا، خاور اور جرمنی سے عبید طاہر وغیرہ شامل تھے جو اکثر و بیشتر اُس سے علمی بحثوں میں الجھتے بھی جاتے تھے مگر اُن سب میں ایک بات عموماً یکساں تھی کہ وہ سب اُس کی عمر اور عزت و مرتبے کا خیال رکھتے ہوئے گفتگو کرتے تھے اور کبھی بھی غیر معیاری بات چیت نہیں کرتے تھے ۔اُن سب کی گفتگو عموماً علمی نوعیت کی رہتی تھی ۔اچانک واحدی کی نظر ''ہیریٹک'' نامی کتاب پر پڑی ، جسے وہ آج اپنی کلاس میں متعارف کرانا چاہ رہا تھا۔صومالی نژاد ڈچ امریکین رائٹر آیان ہرشی علی کی اِس نئی کتاب نے اُسے اِس قدر متاثر تو نہیں کیا تھا مگر اُس

کی کچھ عادت سی تھی کہ جب بھی وہ اپنا پولیٹیکل سائنس کا لیکچر ختم کرتا تو کوئی نئی کتاب یا کم از کم نیا آرٹیکل کسی انٹرنیشنل پولیٹیکل میگزین سے چن کر آخری پانچ دس منٹ میں اپنے طالب علموں سے ضرور ڈسکس (Discuss) کرتا تھا۔ اُس کا خیال تھا کہ اس طرح طالب علموں میں پڑھنے کا نہ صرف شوق پیدا ہوتا ہے بلکہ ذہن بھی نئی افکار کے لیے کھلتا ہے۔ واحدی کا ٹیکسٹ بک پڑھانے کا انداز بھی اور استادوں سے مختلف تھا وہ اپنے شاگردوں سے سوال کرنے کے بجائے اُنہیں الٹا اکساتا تھا کہ وہ اُس سے اور آپس میں سوالات کریں اور پھر جوابات سے مزید سوالات اور پھر ان جوابات سے مزید سوالات یوں اُس کی کلاس میں ڈائلوگز (Dialogues) کا نہ ختم ہونے والا دلچسپ سلسلہ چلتا رہتا اور کم و بیش پوری کلاس اس بحث میں شامل رہتی تھی۔ اس دوران داحدی کی حتی الا مکان کوشش رہتی کہ طالب علم اُس کی کلاس میں قلم کا استعمال کم سے کم کریں، ہاں کلاس کے بعد اُنہیں اجازت تھی کہ وہ کلاس کے بعد اپنی یادداشت کو استعمال کریں اور جو کچھ بھی نیا علم اُنہیں ملا ہوا اُسے تحریر میں لے آئیں۔ واحدی نے کتاب کندھے پر لٹکے ہوئے بیگ میں اُڑسی اور کمرے سے نکلنے سے قبل دیوار پر لگے قد آدم آئینے میں خود کو دیکھا۔ اُس کے سر کے سفید و سیاہ بال اُس کی خشخشی داڑھی کے بالوں کی طرح بکھرے ہوئے تھے۔ اُس کی چمکدار نیلی آنکھوں، افغانی ناک نقشے اور کشادہ پیشانی پر کچھ کچھ بکھرے ہوئے بال اُس کی شخصیت کا حصہ تھے۔ کمرے سے نکل کر وہ گیراج کی طرف بڑھ گیا جونہی گاڑی گھر سے نکل کر سڑک پر آئی، کابل کا کھنڈر شہر پندرہ سال کے جنگی زخموں کو بدن پر سجائے اُس کے چاروں جانب بکھرا ہوا تھا۔ اُس نے ایکسیلیٹر پر پاؤں کا وزن بڑھایا اور خود کو بے ہنگم ٹریفک کے جال میں پھنسا لیا۔ منصور سٹی ٹاور والی سڑک تک اُس کے گھر کا سارا راستہ کچا تھا، جگہ جگہ سے سڑک ٹوٹی ہوئی تھی اور گٹروں کے اُبلنے سے زمین تالاب بن چکی تھی بس ایک چھوٹی سی پگڈنڈی تھی جو کبھی پکی سڑک تھی اور اب جس کے کناروں پر چھابڑی دوکانیں تھیں۔ کہنے کو یہ راستہ صرف دس منٹ کا تھا مگر ہمیشہ گاڑیوں، ٹھیلوں والوں، راہگیروں اور خچروں کے ہجوم کی وجہ سے کھینچ کر تیس سے چالیس منٹ تک کا ہو جاتا تھا مگر جونہی تحصیلات عالی سلام کا سائن بورڈ اُسے نیلے رنگ کی عمارت کے ماتھے پر لگا دور سے دکھائی دیتا تو وہ ایک گہرا سانس لیتا کیونکہ وہ پگڈنڈی پھر سے سڑک بن جاتی تھی۔ یہاں سڑک نسبتاً کشادہ تھی اور دو طرفہ بھی اور پھر دونوں کے درمیان پکا فٹ

پاتھ تھا جس کے درمیان کہیں کہیں پیڑ پودے بھی تھے جو دیکھنے میں خوشنما لگتے تھے، گو کہ زیادہ تر پودے محض جھاڑیوں کی صورت میں تھے اور اُن کے رنگ بھی خزاں رسیدہ تھے۔ سڑک کے اطراف کے مکانات مخصوص افغانی کلچر کے تھے یعنی کہیں بالکل کچی مٹی کے مکانات تھے جن کی کھڑکیاں روشن دانوں کی طرح اس قدر چھوٹی تھی کہ دور سے سوائے اندھیرے کے کچھ بھی نظر نہیں آتا تھا البتہ جو بڑے گھر، یا، کوٹھیاں تھیں اُن کی دیواریں اونچی اور کانچ کے رنگ برنگے ٹکڑوں سے ٹائلز کی طرح سجی ہوئی تھی۔ ایسے گھروں کی کھڑکیاں اور دروازے کہیں سبز اور سرخ رنگ کے تھے تو کہیں نیلے یا آسمانی۔ مرکز موی رفتگی انوژن کے سائن بورڈ کے قریب بسوں کا اڈا تھا جہاں ہمیشہ رش رہتا تھا مگر اُس کے فوراً بعد سڑک کے دونوں جانب جابجا انگریزی زبان میں سائن بورڈز بھی لگے ہوئے تھے اور فلیٹس یا اپارٹمنٹ بلڈنگز کی تعمیر کئی سالوں سے زور شور سے جاری تھی۔ اپنے گھر سے ان نئی بلڈنگوں تک پہنچتے پہنچتے واحدی کا دماغ گاڑیوں کے شور سے کم مگر تاریخ کی ارتقائی سرگوشیوں سے زیادہ گونجتا تھا۔ ایسے میں اُس کو لگتا جیسے ٹریفک کی اس ساری بے ترتیبی میں وہ بھی اور افغانیوں کی طرح تاریخ کی بے رحم شاہراہ پر وقت کے ایک ایسے انجان لمحہ میں پھنس گیا ہے جہاں سے منزل کا تعین ناممکن ہے۔ اپنے گھر کی کچی پگڈنڈی سے نئی اپارٹمنٹ بلڈنگوں کے راستے پر سفر کرتے ہوئے واحدی کا ذہن پانچ سو سال قبل مسیح کے چندر گپت موریا کے ہندو یا بدھا افغانستان سے ہوتا ہوا تین سو قبل مسیح کے سائرس دی گریٹ اور سکندر اعظم کے زوراسٹرین افغانستان میں آ پہنچتا اور پھر جب تک مرکز موی رفتگی انوژن کا سائن بورڈ اُسے نظر نہیں آتا وہ یونہی ۶۴۲ سنہ ہجری کے بعد کے اسلامی افغانستان میں وقت گزرتا ہوا انیسویں صدی تک آ پہنچتا اور جب اُسے نئی اپارٹمنٹ بلڈنگز کے قریب انگریزی سائن بورڈ نظر آتے تو اُسے لگتا جیسے وہ امان اللہ اور ظاہر شاہ کے مارڈرن افغانستان میں آ گیا ہے مگر جونہی اُس کے بعد جو گرد مٹی پرانی عمارتوں کی ٹوٹ پھوٹ کی وجہ سے اُڑ اُڑ کر اُس کی آنکھوں میں آتی تو وہ گاڑی کے شیشے چڑھا کر سوچتا لو بھی طالبانی دو دشروع ہوا۔ اس سے قبل کہ اُسے پچھلے پندرہ سالوں کے حامد کرزائی اور اشرف غنی کے دور میں جھانکنے کی فرصت ملتی اُسے اکثر نا ظر عزیزی مل جاتا جو کسی نہ کسی دوکان کے سائے میں کھڑا اخبار پڑھ رہا ہوتا تھا مگر آج اُسے نا ظر عزیزی کہیں نظر نہیں آیا۔ کچھ دیر اِدھر اُدھر نظر گزارنے کے بعد بالآخر اُس نے موبائل جیب سے نکالا اور

ناظر عزیزی کا نمبر ڈھونڈنے لگا مگر اس سے قبل کہ وہ اُسے فون کرتا دوسری طرف سے اُسی کی کال آگئی۔

''یار میں یونیورسٹی میں ہوں، یہاں کچھ گڑبڑ ہے تم یا تو ابھی وہیں رُک جاؤ یا پھر کسی دوست کے یہاں چلے جاؤ ۔۔۔اور ہاں، جب تک میں نہ کہوں یونیورسٹی نہ آنا۔''

''خیر تو ہے ۔۔۔؟'' واحدی نے پریشان ہو کر کہا مگر اتنی دیر میں فون لائن کٹ چکی تھی ۔ واحدی نے حیرت سے فون کو کچھ دیر تک دیکھا اور پھر کندھے اچکا کر واپس اُسے جیب میں رکھ دیا اور گاڑی کو ریورس گیئر میں ڈال کر کچھ لمحے مخالف سمت میں گاڑی چلائی اور پھر گھما کر سامنے ہی کے رستوران کے سامنے اُسے بھی اور گاڑیوں کے ساتھ پارک کر دیا۔

تیسرا باب

وقت : رات دس بجکر ۳۰ منٹ
تاریخ : ۲ نومبر، ۲۰۱۵ء
مقام : مسی ساگا۔ کینیڈا

ثانیہ نے ڈاکٹر واحدی کو بائی فار ناؤ ٹائپ کیا اور پھر رائٹ کلک سے فیس بُک سے ہی سائن آوٹ کردیا۔ وہ کچھ دیریوں ہی خالی آنکھوں سے کمپیوٹر کے آئیکانز کو تکتی رہی جیسے کچھ سوچ رہی ہو اور پھر کسی خیال سے کیمرے کے آئیکون کو کلک کیا اور خود کو اسکرین پر دیکھنے لگی۔ اُسے یونیورسٹی سے آئے ہوئے دو تین گھنٹوں سے زائد ہو چکے تھے۔ ڈنر کے بعد ایک دو گھنٹے تک تو وہ یونیورسٹی کے کچھ اسائنمنٹ دیکھتی رہی مگر پھر تھک گئی اور فیس بک پر ڈاکٹر واحدی سے باتیں کرنے لگی۔ گھر آنے کے بعد سے نہ تو وہ فریش ہوئی تھی اور نہ ہی اُس نے کپڑے بدلے تھے۔ البتہ اُس کے بال ابھی تک سنورے ہوئے تھے اور صبح کی لگائی ہوئی آئی لائنر سے اُس کی آنکھیں خاصی جاذبِ نظر ہو رہی تھی۔ بس چہرے پر تھوڑی سی تھکن تھی جو اُس کے سارے دن کے بھاگ دوڑ کی چغلی کھا رہی تھی۔ ثانیہ نے خود کو کمپیوٹر کے کیمرے میں دیکھتے ہوئے پاس ہی پڑے ہوئے اپنے بیگ کو کھولا اور اُس میں سے ٹول کر لپ اسٹک نکالی، اُسے انگلی پر پھیرا اور پھر انگلی سے لپ اسٹک کو ہونٹوں پر ملنے لگی پھر اسکرین کے قریب آ کر ہونٹوں کو دیکھا مگر کچھ سوچ کر بیگ سے لپ اسٹک پینسل نکالی اور اُس سے ہونٹوں کے کنارے بنانے لگی۔ اس کے بعد اُس نے فیس پاوڈر بیگ سے نکالا اُس کے کئی ایک پف اپنے چہرے پر لگائے۔ جب وہ اپنے چہرے سے مطمئن ہو گئی تو پھر کیمرے کے سامنے ٹیڑھا ہو کر کئی زاویوں سے اپنے تین چار سیلفی پوز

(selfie poses) بنائے پھر اُس میں سے ایک پوز کو سلیکٹ (select) کیا، اسکائپ (skype) کے سیل فون میسج باکس پر جا کر اُسے اٹیچ (attach) کیا اور 'مس یُو' انگریزی میں ٹائپ کر کے دلیپ کو بھیج دیا۔ کچھ ہی لمحوں میں اُسے دلیپ کا جواب اپنے سیل فون کے اسکرین پر موصول ہوا 'می ٹو'، اس سے پہلے کہ ثانیہ آگے لکھتی فوراً ہی دلیپ کا دوسرا میسج آ گیا 'لوکنگ گورجیس (looking gorgeous)' ثانیہ نے جواب میں لکھا: 'ملنے کو جی چاہ رہا ہے' فوراً ہی دلیپ کا جواب آیا 'آ جاؤ نہ پھر، ملتے ہیں ڈکسی والے ۲۴ آورز اسٹاربکس پر (starbucks Dixie's 24 hour)' 'اور مما کو کیا کہوں' ثانیہ نے لکھا۔ 'ابھی تک سوئی نہیں کیا؟' دلیپ کا سوالیہ میسج جواب میں آیا 'یار پپا گھر میں نہیں ہیں، کسی فرینڈ کے یہاں ہیں اگر مما سو رہی ہوں تو پھر میں آدھے گھنٹے میں اسٹاربکس پہنچتی ہوں' ثانیہ نے جواب میں لکھا اور بائی کہہ کر اسکائپ اور فیس بک دونوں سے سائن آوٹ کر دیا۔

آدھے گھنٹے کے بعد ثانیہ اور دلیپ ایک دوسرے کے ہاتھ تھامے اسٹاربکس رسٹورنٹ کے ایک کونے میں آمنے سامنے بیٹھے ایک دوسرے کی نظروں میں نظریں ڈال کر دھیمے دھیمے کافی کی چسکیاں لے رہے تھے۔ کچھ دیر بعد ثانیہ نے آنکھوں کی پتلیاں سمیٹ کر دلیپ کو پیار سے گھورا اور کہا، ''اچھا اب کہو، کیا ہے جواب تمہارے پاس میرے سوال کا؟''

''میرا تو وہی جواب ہے جو میں نے صبح یونیورسٹی میں کہا تھا کلاس میں ۔۔۔ یار تیرے کو یاد نہیں میں نے کیا لکھا تھا پیپر پر؟'' دلیپ نے بھی اُسی محبت سے ثانیہ کی کنجی آنکھوں میں جھانک کر کہا۔

''کیسے کیسے؟ اب نا تم مجھے اپنی ڈاکٹری کی سائنس سے سمجھاؤ گے، مجھے سب پتہ ہے۔'' ثانیہ نے کس قدر ٹھنک کر کہا

''ہاں آں بالکل ویسے ہی جیسے تو مجھے اکثر اپنی نفسیات کی سائنس سے سمجھاتی ہے۔'' دلیپ نے ثانیہ کے ہی لہجے میں مسکراتے ہوئے جواب دیا۔

''اچھا کہونا پھر ۔۔ زرا سا ڈیٹیل میں ۔۔۔!'' ثانیہ نے اپنے دونوں ہاتھوں کی انگلیوں اور انگوٹھوں کو جوڑ کر رنگ بنا کر نچاتے ہوئے کچھ اس ادا سے کہا کہ دلیپ کی ہنسی چھوٹ گئی، ''اچھا تو پھر سن ۔۔۔'' دلیپ نے بھی کسی پروفیسر کی طرح جیب سے پین نکالا اور سامنے

پڑے ہوئے اسٹار بکس کے نیپکن کو سیدھا کر کے اُس پر پین سے تین سے چار چھوٹے بڑے دائرے بنائے اور کہا، ''یہ رہے کینیڈا کے برفیلے بادل ۔'' اور پھر آٹھ دس چھوٹے چھوٹے سے مخروطی دائرے قطاروں کی صورت بنائے اور کہا، ''اور یہ رہی ان سے گرتی ہوئی ٹورنٹو میں برف کی بارش جو میرے اور تیرے سروں پر گر رہی تھی، جب میری اور تیری پہلی ملاقات ہوئی تھی، یونیورسٹی کی اوپر ائر لابی میں ۔۔ یہ رہی تو اور یہ ہوں میں ۔۔۔'' کہہ کر دلیپ نے دو انسانوں کے اسکیچ بھی بنا دیے اور پھر کہا،'' یاد آیا ۔۔۔؟'' ثانیہ نے اسکیچ کو بڑے اشتیاق سے دیکھا، پھر اُس کی نظریں دلیپ کی طرف اُٹھ گئیں،'' کچھ کچھ ۔۔۔''

''اچھا اب دیکھ میری جان ۔۔۔'' دلیپ نے مخصوص پنجابی لہجے میں جان کو زرا سا لمبا کھینچتے ہوئے کہا۔

ثانیہ نے اپنے دونوں ہاتھوں کی مٹھی پر اپنی ٹھوڑی تھوڑی رکھ کر ٹشو پیپر کو دیکھتے ہوئے ایک ادا سے کہا،'' دکھاؤ ۔۔۔''

''جب میری اور تیری انکھیاں پہلی بار آپس میں ملیں، تو لوجی میرے اور تیرے دماغ مہاراج کو آنکھوں نے کچھ اسپیشل میسیج کیا۔'' یہ کہہ کر اُس نے انسانوں کے اسکیچ کے سروں میں ایک ایک آپٹک لوپ (Optic loop) بنا دیا جو دائروں کی صورت آنکھوں سے نکل کر دماغ کے اندر جا رہے تھے۔

''اور وہ اسپیشل اسپیشل میسیج کیا تھا ۔۔۔؟'' ثانیہ نے اپنی ایک آنکھ بھینچی اور دوسری آنکھ سے دلیپ کو ایسے دیکھا جیسے اُسے آنکھ مار رہی ہو۔

''تو جانتی ہے یار میسیج کیا تھا، اب اتنا بھی نا بن ۔۔'' دلیپ نے دونوں اسکیچ کی آنکھوں کے سامنے لو کیو پڈ کے سائن بنائے اور مذاحیہ انداز میں کہا ' یہ ہے وہ اسپیشل میسیج جو انکھیوں سے نکلتا ہے اور پیچھے دماغ مہاراج میں جا کر اثر کرتا ہے اور اُن سے کہتا ہے ' اوے بھائی کوئی گڑ بڑ ہو گئی ہے، یہ کر اور کڑی کی آنکھیں ایک دو جے کے پیار میں آپس میں ٹکرا گئی ہیں ۔ پہلے پہلے تو دماغ مہاراج جی گھبرا سے جاتے ہیں کہ اوئے یہ کوئی لڑائی مار کٹائی کا چکر شکر ہے؟ مگر پھر فوراً ہی انہیں احساس ہو جاتا ہے کہ یہ وہ لڑائی نہیں ہے جس میں کوئی خون خرابہ ہوتا ہے بلکہ اس والی لڑائی میں تو بس پیار ہی پیار ہے، امن ہی امن ہے اور سکون ہی سکون ہے، بس جی پھر دیکھتے ہی دیکھتے بر ین

مہاراج سے ایک کے بعد ایک لاکھوں کروڑوں نیورو ٹرانسمیٹرز (Neurotransmitters) نکلنے شروع ہو جاتے ہیں جیسے ڈوپامین (Dopamine)، سروٹونین (Serotonin) اور نور ایپی نیفرین (Nor-epinephrine)۔'' یہ کہہ کر دلیپ نے پین کی نوک سے دونوں اسکیچ کے سروں میں بہت سارے نکتے بنانے شروع کر دیے اور پھر کہا،''اوئے۔۔۔پھر چاہے کتنی ہی ٹورنٹو میں برف باری ہو یا آسمان سے اولے پڑھ رہے ہوں، یہ ہارمون اُڑتے ہوئے جا کر سوئٹ گلینڈز (Sweat Glands) پر اثر کرتے ہیں اور کڑے کڑی کو پسینہ پسینہ کر دیتے ہیں ۔ پھر چاہے یہ بستر پر آرام نال لیٹے ہوئے ہو، یہ دل پر اثر کر کے اُس کی ایسی رفتار بڑھا دیتے ہیں جیسے بندہ ٹریڈمل پر دوڑ رہا ہو، پھر چاہے ہے بندہ کتنا ہی میریدار اٹالین یا چائنیز زفوڈ کے رسٹورنٹ میں بیٹھا ہو، بھوک شوک اُڑ جاتی ہے، پھر چاہے آسمان پر کتنے ہی بادل آئے ہوئے ہو پرو نیلا نیلا ہی دکھائی دیتا ہے اور کرے اور کڑی کا دل کرتا ہے کہ راتوں کو اُٹھ کر چاند کو دیکھے یا تاروں کو گننا شروع کر دے۔۔ایک دو تین چار۔۔۔''

''اوہ مسٹر۔۔۔ایکسیوزمی۔'' اس سے پہلے کہ دلیپ کی گنتی چار سے آگے بڑھتی ثانیہ نے ایک ادا سے کہا،''مستقبل کے ڈاکٹر صاحب، یہ سب آپ کو پتہ ہے نا؟ ڈپرشن کے سائنز ہیں ۔ ویسے بائی دی وے جناب، نفسیات میں ایک اور بیماری بھی ہوتی ہے اُسے ہم لوگ شیزو فیرینیا (Schizophrenia) کہتے ہیں آپ ان دونوں کو ملا کر ایک نیا چورن تو نہیں بنار ہے ہو۔۔''سائکولوجی آف لو۔'' یہ کہہ کر ثانیہ نے ٹشو پیپر کو میز سے اُٹھایا، مٹھی میں لیا اور پھر اُس کو اچھی طرح سے دونوں ہاتھوں میں مسل کر ایک کاغذ کی گولی بنائی اور پھر ایک ادا سے اپنی ایک آنکھ بند کر کے دوسری آنکھ سے کونے میں رکھے ہوئے ڈسٹ بن کا نشانہ لیا اور اُس کی طرف اُچھال دیا۔

'' ویسے اس میں کچھ رول سیکس ہارمونز کا بھی ہوتا ہے۔۔''دلیپ نے شرارتی انداز میں اپنی آنکھیں بھینچ کر ثانیہ سے کہا

''اچھا۔۔''ثانیہ نے اسی طرح شرارتی انداز میں اچھا کو تھوڑا المبا کھیچ کر کہا،''مگر پروفیسر صاحب کیا اس سارے پروسس میں کچھ فرق پڑتا ہے جب مندی پاکستانی اردو بولنے والی احمدی مسلم فیملی سے ہوا ور مند اہندوستانی پنجابی بولنے والی سکھ فیملی کا ہو؟''

"کینیڈا میں کوئی فرق نہیں پڑتا ہے بچے ،مگر ہندوستان اور پاکستان میں بڑا فرق پڑتا ہے۔" دلیپ نے ایسے منہ بنایا جیسے مار پڑنے والی ہو۔

پہلے تو ثانیہ بے ساختہ ہنس پڑی مگر کچھ ہی دیر میں اُس کی ساری ہنسی غائب ہو گئی اور پھر اُس کا چہرہ یکا یک سنجیدہ سا ہو گیا اور وہ آہستہ سے بڑ بڑائی،"پڑتا ہے۔۔۔ادھر کینیڈا میں بھی بہت فرق پڑتا ہے۔"

دلیپ نے ثانیہ کو جو یوں سیریس ہوتے ہوئے دیکھا تو آہستہ آہستہ اُس کے لبوں کی مسکراہٹ بھی دور ہوتی چلی گئی۔ پھر اُس نے اپنے دونوں ہاتھ بڑھا کر ثانیہ کے دونوں ہاتھوں کو تھام لیا اور آہستہ سے کہا،"یہ جو ڈوپامین ہے نا ثانیہ جی، جو آنکھیوں کے ملنے سے دماغ مہاراج جی سے نکلتا ہے یہ زندگی کو بچانے والا ہارمون ہے، جب یہ بچاتا ہے نا تو پھر یہ دھرم شرم وطن بطن کچھ بھی نہیں دیکھتا، یہ پھر آخری سانس تک لڑتا ہے۔ یہ بڑا ہی طاقتور ہارمون ہے ثانیہ جی ،اور تمہیں پتہ ہے یہ جو زندگی ہے نا بس یہ محبت سے ہی پیدا ہوتی ہے اور اس محبت کے پیچھے وہی ڈوپامین ہے ، مجھے تجھ سے محبت ہے یار اور میں تیرے بنا زندگی نہیں گزار سکتا۔" یہ کہہ کر اُس نے ثانیہ کے ہاتھوں کو پیار سے اپنی طرف کھینچ لیا۔ کچھ لمحات تک تو دونوں چپ چاپ ایک دوسرے کی آنکھوں میں آنکھیں ڈال کر پیار سے تکتے رہے مگر پھر ایک دوسرے کے اور قریب آ گئے اور پھر آہستہ سے اپنی آنکھیں بند کر لی اور ایک دوسرے کے پیار میں کھو گئے۔

کافی ہاوس کے باہر برف کی صورت پیار کی بارش ہو رہی تھی ۔ ان کے آسمان سے زمین تک گرنے کے درمیان دور دور تک کہیں بھی رنگ مذہب یا نسل کے نام کی کوئی رکاوٹ نہیں تھی ۔دور کہیں برف کے بادلوں سے اٹے ہوئے آسمانوں کے اوپر ایک نیلا شفاف آسمان اور بھی تھا جو اُجلے اُجلے تاروں سے بھرا ہوا تھا جن کے اجالوں میں کوئی سایہ نہ تھا ۔سخت برفیلی سردی کے موسم میں بھی ثانیہ اور دلیپ کے بدن پسینہ پسینہ ہو رہے تھے اور دل کی دھڑکن تیز اور تیز ہو رہی تھی ۔ کیا یہ سب کچھ صرف ڈوپامین اور سروٹینین کا اثر ہے یا کچھ آنکھوں سے اوجھل بھی ہے؟ ثانیہ نے کافی ہاوس سے جھانک کر اُس اوجھل کو جاننے کی ایک بار اور کوشش کی مگر چاروں جانب محبت کے تیز طوفان کو پا کر پیار سے دلیپ کے سینے سے لپٹ گئی اور پھر اپنی آنکھیں دھیمے سے بند کر لیں۔

چوتھا باب

وقت: صبح دس بجے
تاریخ: ۷ نومبر، ۲۰۱۵
مقام: شاہ فیصل کالونی نمبر ۵ ۔ کراچی

’’ساری رات نہیں سویا ہے یہ، ذرا سی آنکھ لگتی نہیں ہے تو پھر چیخ کر اُٹھ جاتا ہے، اُٹھتا ہے تو پھر اُلٹیاں لگ جاتی ہیں، مجال ہے جو ایک دانہ بھی پیٹ میں گیا ہو۔‘‘ بختاور نے عثمان کو پریشانی سے دیکھتے ہوئے ادریس سے کہا

’’اچھا ٹھیر میں ابھی تھوڑی دیر میں ڈاکٹر کے پاس لے جاتا ہوں وہ سوئی دے دے گا تو سب ٹھیک ہو جائے گا۔‘‘ ادریس نے پیٹھ کھجا کر بختاور کو جواب دیا پھر ایک لمبی سی جمائی لی اور کمرے سے دالان میں آ کر آسمان کی طرف دیکھنے لگا اور پھر منہ ہی منہ میں بڑ بڑاتا ہوا غسل خانے میں چلا گیا، ’’لگتا ہے آج ٹھیک ٹھاک سالی بارش ہو گی۔‘‘ ابھی اُس نے غسل خانے کے دروازے کی اندر سے چٹخنی چڑھائی تھی کہ کوئی گلی میں کھلنے والے دروازے کو زور زور سے پیٹنے لگا۔ بختاور چیختی ہوئی اندر کمرے میں سی نکلی، ’’کھولتی ہوں ۔۔ کھولتی ہوں تو ڑو گے کیا دروازہ بھائی؟‘‘ یہ کہتے ہوئے اُس نے دروازے کی چٹخنی اتار دی۔ دروازہ کھلا تو تین چار سپاہی اور ایک سب انسپکٹر دروازے پر کھڑے ہوئے تھے۔

’’ادریس گھر پر ہے؟‘‘ سب انسپکٹر نے تحکمانے لہجے میں کہا۔

’’کیوں ۔۔۔ ادریس سے کیوں ملنا ہے؟‘‘ ان کے سوال کا جواب دینے کے بجائے بختاور نے اُن سے اُلٹا سوال دھر دیا۔ ’’اوئے بندہ جلا دیا ہے اُس نے چار سو دو کا کیس بن رہا ہے

اُس پر ۔'' انسپکٹر نے پھر تحکمانہ لہجے میں کہا۔ یہ سن کر بختاور نے فوراً کہا،''وہ گھر پر نہیں ہے۔آ تا ہے تو اُسے بتاتی ہوں ۔''بختاور نے کنکھیوں سے باتھ روم کی طرف دیکھا اور پھر دوبارہ انسپکٹر کی طرف دیکھ کر جواب دیا،''اوئے بتانا نہیں ہے تھانے بھیج دینا۔''انسپکٹر نے ڈنڈا گھماتے ہوئے کہنا شروع کیا،''بیان لینا ہے اُس سے،کل واردات ہوئی ہے چوک پر، بندہ مار دیا ہے کچھ لوگوں نے ،اُس کا بھی نام ہے مارنے والوں میں ۔''تھانہ دار یہ کہہ کر پلٹ گیا اور بختاور نے دروازے کی چٹخنی اندر سے چڑھادی اور پھر غسل خانے کے دروازے کو زور زور سے گھبراہٹ میں بجانے لگی،''ادریس باہر نکل پولیس آئی تھی ۔''

''اوے آ رہا ہوں مر نہیں ۔''ادریس باہر نکلا تو اُس کے چہرے پر وہی اطمینان تھا جو اندر جانے سے پہلے تھا،''کیا ہوگیا؟ ۔۔۔کیوں شور مچا رہی ہے تو۔''ادریس نے تولیہ گلے سے نکالا ۔

''پولیس آئی تھی تیرا پوچھ رہی تھی ۔۔۔کہہ رہی تھی کوئی بندہ مارا ہے تو نے؟''بختاور نے رو ہانسی لہجے میں کہا۔

''اوے وہ کل کے چکر میں آئی ہوگی ۔''ادریس کے چہرے پر اب بھی وہی اطمینان تھا،''تو فکر نہیں کر، وہ بلاسفمی کا کیس ہے، پولیس کی دو منٹ میں پھٹ جائے گی ۔۔۔تجھے میں نے کل رات نہیں بتایا تھا کہ وہ سالا کوئی کرسچن بھنگی، ہمارے نبی کریم کی شان میں گستاخی کر رہا تھا۔۔۔سالا حرامی لوگوں کے جذبات سے کھیل رہا تھا،اس لیے بیس تیس لوگوں نے اُسے پکڑ کر مار دیا۔''اُس نے بختاور کی آنکھوں میں دیکھا،''اب ے تجھے نہیں پتہ؟ یہ تو سالا ثواب کا کام ہے ۔ اپنے مولوی سلیم اللہ نے خاص طور پر بتایا تھا کہ محلے میں ان سب باتوں کا خیال رکھنا ہے ۔۔۔ اچھا ٹھیر میں ابھی زرا مولوی سلیم اللہ کو بتا تا ہوں تا کہ وہ تھانہ جانے سے پہلے ہی کچھ بند وبست کر دیں ۔'' یہ کہہ کر ادریس نے سیل فون سے مولوی سلیم اللہ کو فون ملایا اور بتانے لگا،''جی مولوی صاحب علاقے کا سب انسپکٹر گھر پر آیا تھا دو تین پولیس والوں کو لے کر۔۔۔جی جی ۔۔۔میری بیوی کو تڑی مار کر گیا ہے ۔۔۔ جی جی ۔۔۔ اچھا ۔ اچھا ٹھیک ہے جیسے آپ کہیں مولوی صاحب ۔''پھر وہ بختاور کی جانب دیکھتے ہوئے بولا،''لے بھئی بختاور کام ہو گیا ابھی تیس چالیس لوگ آ رہے ہیں مدرسے سے، نعرہ بازی کرنی ہے تھانے پر، اس انسپکٹر کی تو ابھی بجاتے ہیں ،

سالا کنجر تڑیاں سے رہا ہے زنانی کو۔'' یہ کہتے ہوئے ادریس دالان سے کمرے میں واپس چلا گیا اور پھر الماری سے ایک ٹوپی نکال کر پہنی اور واپس دالان میں آ گیا۔ پھر کچھ سوچ کر وہ دوبارہ کمرے میں آیا اور اُسی الماری سے مولوی سلیم اللہ کا دیا ہوا ایک اسکارف بھی گلے میں ڈال لیا مگر جونہی اُس نے الماری کا پٹ بند کیا اُس کی کھڑکھڑاہٹ سے عثمان کی اچانک آنکھ کھل گئی اور جونہی ادریس پر اُس کی نظر پڑی وہ ہسٹریائی انداز میں زور زور سے چیخنے لگا، ''نہیں مجھے نہ جلانا، مجھے نہ جلانا، آگ آگ آگ۔۔۔۔'' یہ کہہ کر وہ بستر پر اس بُری طرح سے اچھلنے لگا جیسے سچ مچ اُس کے کپڑوں میں آگ لگ گئی ہو اور پھر وہ اپنے پیروں سینے اور پیٹ پر جلدی جلدی ہاتھ پھرنے لگا جیسے کوئی بھڑکتی ہوئی آگ بجھا رہا ہو۔

''اوے عثمان۔ کیا ہو گیا بچہ۔۔۔'' ادریس دوڑ کر اُس کے قریب آیا اور اُس کو پکڑنے کی کوشش کی مگر عثمان نے وحشت سے خود کو ادریس سے چھڑایا اور پاگلوں کی طرح بھاگ کر دالان میں آ گیا اور پھر بختاور کے پیچھے چھپ گیا، ''اماں مجھے بچا لے۔۔اماں مجھے بچا لے۔۔۔'' کی تکرار کرتے ہوئے عثمان کبھی بختاور کے دائیں جانب جاتا تھا تو کبھی بائیں جانب مگر ادریس کو اُسی طرح وحشت زدہ نظروں سے دیکھتا رہا۔

''اوئے اس تخم کو کیا ہوا یار؟'' ادریس نے نے ٹھوڑی پر ہاتھ پھرتے ہوئے عثمان کو حیرانگی سے دیکھا اور بختاور سے کہا، ''تو فکر نہ کر۔۔میں تھانے سے واپسی میں ڈاکٹر منظور احمد کو گھر لاؤ نگا، وہ انجکشن دینگے تو یہ بالکل ٹھیک ہو جائے گا۔۔۔مجھے لگتا ہے کل کا سین دیکھ کر کچھ ڈر شر گیا ہے شائد۔۔۔'' یہ کہتے ہوئے ادریس گھر سے باہر نکل گیا اور پھر مولوی سلیم اللہ سے ملنے مسجد کی طرف تیز تیز قدموں جانے لگا مگر ابھی اُس نے اپنے گھر والی گلی کو پار ہی کیا تھا کہ نکڑ پر کھڑے ہوئے رب نواز نے اُسے زور سے آواز دی، ''ابے ادریس۔'' ادریس نے پلٹ کر دیکھا تو رب نواز دوڑتا ہوا اُس کے قریب آ گیا اور پھر اُس کے گلے میں ہاتھ ڈال کر سرگوشی کے لہجے میں کہنے لگا، ''ابے کل والا سین آگے بڑھ گیا ہے استاد۔۔۔کل ہی رات کو پولیس کلو کو اُٹھا کر لے گئی ہے۔'' اُس نے ادھر اُدھر دیکھا، ''دس بارہ نام لیے ہیں کلونے، تیرا نام تو ٹاپ پر ہے ۔۔۔بس تو نکل لے اِدھر سے ۔۔۔سالا ابھی معاملہ بڑا گرم چل رہا ہے ۔''

جواب میں ادریس نے آنکھیں بھینچ کر کہا، ''ابے ان کی ماں کی ۔۔۔سالے ہاتھ تو لگا

کر دیکھے، میرے پیچھے پوری مسجد ہے، مدرسے کا لشکر ہے لشکر سمجھا۔۔۔ابے کلو سمجھ لیا ہے کیا میرے کو؟ تھانے کی اینٹ سے اینٹ بجا دینگے۔'' پھر اُس نے کچھ گردن اونچی کی اور رب نواز کی آنکھوں میں آنکھیں، اُلٹتے ہوئے کہنے لگا، ''سالے دین کا معاملہ تھا کوئی میری جاتی دشمنی نہیں تھی اُس حرام کے تخم سے۔'' اور پھر غصے میں ادریس نے زمین پر تھوک دیا، ''دیکھ بھائی ایک بات سن لے، حرمت رسول پر ہماری جان بھی قربان ہے۔ یہ پولیس کے ڈھکن، انہیں کیا پتہ ایمان کیا ہے؟ نبی کی عزت کسے کہتے ہیں؟ سالے سور کا گوشت کھانے والے حرامی رشوت خور۔۔۔۔''

ابھی ادریس کا جملہ مکمل بھی نہیں ہوا تھا کہ ایک پجیرو جیپ اور ایک سفید ٹیوٹا کار اُس کے قریب ہی دھول اُڑاتی ہوئی رک گئی۔ ٹیوٹا میں سے تین چار مولوی شکلوں کے لوگ گاڑی سے باہر آئے اور بہت ہی احترام سے ادریس سے مصافحہ کیا اور پھر گاڑی میں اُسے ساتھ ہی بٹھا لیا۔

ابھی ان کی گاڑی دو قدم ہی چلی تھی کہ ادریس نے گاڑی کا شیشہ نیچے کیا اور کھڑکی سے منہ نکال کر چیخ کر کہا، ''اوئے رب نواز، یار ایک کام تو کر دے بھائی، ذرا ڈاکٹر منظور کو کلینک سے لے کر میرے گھر چلے جا، یار عثمان کی طبیعت خراب ہے۔''

''تو فکر نہ کر بھائی میں دیکھ لونگا۔۔۔'' رب نواز نے ہاتھ ہلا کر ادریس کو جواب دیا۔ اور دونوں گاڑیاں دھول اُڑاتی ہوئی نظروں سے اوجھل ہوگئی ۔۔۔تو رب نواز نے سگریٹ سلگائی اور ایک لمبا کش لے کر ہوا میں دھواں چھوڑا اور پھر ڈاکٹر منظور احمد کی کلینک والی گلی کی جانب قدم اُٹھانے لگا۔

ڈاکٹر منظور نے گھر پہنچ کر عثمان کو پہلے تفصیل سے دیکھا اور پھر بختاور کو کمرے کے ایک کونے میں لے جا کر کہا، ''کیا بچپن ہی سے آگ سے ڈرتا ہے؟''

''نہیں ڈاکٹر صاحب۔'' وہ بتانے لگی، ''ہم نے تو کبھی نہیں دیکھا بلکہ پچھلی شب برات میں تو خوب ہی پٹاخے پھوڑے تھے اِس نے، اور پھول جھڑی بھی بہت ساری جلائیں تھیں۔ گھر میں روٹی پکتی ہے تو باورچی خانے میں آتا جاتا رہتا ہے کبھی بھی کچھ نہیں ہوا۔ مگر کل شام سے اس کا بُرا حال ہے۔ بات یہ ہے کہ کل شام چوک پر جو بندہ مرا تھا نا چورنگی کے پاس،

وہی جس نے نبی کی شان میں بے ادبی کی تھی، بس یہ وہی کھڑا ہوا تھا اور سب کچھ دیکھ رہا تھا، بس پھر کل شام کے بعد سے یہی حال ہے۔اور۔۔۔''بختاور نے جب نان اسٹاپ بولنا شروع کیا تو ڈاکٹر نے ہاتھ کے اشارے سے اُسے روکا اور کہا،''ہاں میں نے سنا تو تھا کل کوئی واقعہ ہوا تھا چوک پر۔۔۔کسی کو پکڑ کر لوگوں نے زندہ جلا دیا تھا۔۔۔خیر میرا خیال ہے بچے کو ہسٹریائی دورے آرہے ہیں، ہو سکتا ہے کہ کل کے واقعہ کی وجہ سے ہی ہو۔جو کچھ اُس نے دیکھا ہے، یہ اُس کا صدمہ ہو یا پھر ڈر گیا ہو، فکر نہ کرو ٹھیک ہو جائے گا، تھوڑا وقت لگے گا سب بھول جائے گا ۔۔۔بس یہ دوائیں دیتی رہو۔اگر فرق نہ پڑے تو کلینک لے آنا یا مجھے بلا لینا، میں آ کر پھر دیکھ لونگا۔ابھی میں اسے ایک انجکشن لگا دیتا ہوں یہ کہہ کر انہوں نے جونہی عثمان کو دوبارہ دیکھا تو عثمان پھر سے ہسٹریائی انداز میں چیخنے اور رونے لگا اور پھر ایک ایک اُس نے بستر سے چھلانگ لگائی اور بختاور کے پیچھے چھپنے کی کوشش کرنے لگا۔

بختاور نے اُس کو پچکارا،''نہ میرے لال ضد نہیں کرتے شاباش انجکشن لگوا لے۔''

مگر عثمان اور بھی زور زور سے چیخنے لگا۔۔۔آگ آگ اماں آگ، دیکھ نہ اماں دیکھ نا''یہ کہہ کر اُس نے بے تہاشہ اچھلنا اور کپڑوں کو ہاتھوں سے ملنا شروع کر دیا جیسے واقعی کسی نے اُس کے کپڑوں میں آگ لگا دی ہو۔

''رب نواز اس کو پکڑنا۔''جونہی ڈاکٹر نے یہ کہہ کر رب نواز کو اشارہ کیا تو عثمان نے ایک جھٹکے سے بختاور کا ہاتھ چھڑایا اور ڈاکٹر کو دھکا دے کر کمرے سے نکلا اور گلی کے دروازے سے سے باہر نکل گیا۔رب نواز اور بختاور بھی اُس کے پیچھے فوراً دوڑے مگر وہ پلک جھپک کر نکٹر تک پہنچ گیا اور پھر بھاگتا ہوا گلی کے کونے کی آدھی ٹوٹی دیوار کے پیچھے جا کر چھپ گیا اور گھٹنوں کے درمیان اپنا سر چھپا کر زور زور سے کانپنے لگا۔

☆☆

پانچواں باب

وقت: صبح گیارہ بج کر تیس منٹ

تاریخ: ۷ نومبر، ۲۰۱۵ء

مقام: کابل، افغانستان

دو گھنٹے گزرنے کے بعد بھی جب ناظر عزیزی کی کال نہیں آئی اور اُس کا نمبر بھی مسلسل مصروف ملتا رہا تو واحدی نے تنگ آ کر کالج کے ایک اور پروفیسر نعمت اللہ خان کو کال ملائی مگر ابھی بیل بجنا شروع ہی ہوئی تھی کہ ناظر عزیزی کی کال آ گئی۔ واحدی نے فوراً نعمت اللہ خان کی کال کو آف کر کے ناظر عزیزی کی کال لے لی، ''کہاں ہو تم ناظر؟ صبح سے تمہیں کئی بار کالز کر چکا ہوں، کیا چل رہا ہے یونیورسٹی میں؟ مجھے تم نے اُس کے بعد اپ ڈیٹ (update) تک نہیں کیا یار۔'' واحدی نے ہلکی سی تشویش اور خفگی کے ملے جلے تاثر سے کہا۔

''بس یار میں خود یہاں کچھ چکروں میں گھر گیا تھا۔ اصل مسئلہ یار یونیورسٹی کا نہیں تھا بلکہ بات تمھارے کسی آرٹیکل کی تھی جو کل صبح ٹائم آف افغانستان میں چھپا تھا۔ بس اُسی آرٹیکل پر کچھ طلبہ تنظیمیں تمھارے خلاف ایجی ٹیشن کر رہی تھیں اور تمہیں تو پتہ ہے کچھ اپنے پڑھانے والے بھی اِن کے پیچھے ہیں تا کہ تمھارے خلاف آگ لگا سکیں، یہ گروپ تمھارے آگے کچھ اور ہیں مگر پیچھے سے طالب علموں کو تمھارے خلاف بھڑکا تا رہتا ہے۔ بہر حال میں نے آرٹیکل تو نہیں پڑھا مگر میں نے سنا ہے کہ تم نے شائد اُس میں قومی اور مذہبی آئیڈیالوجی کے حوالے سے بہت کچھ لکھا ہے کہ یہ سب سراسر مصنوعی افکار ہیں اور ان سب کا تعلق محض معاشیات و اقتصادیات کے لیے سیاست سے ہے اور اگر ان کے پیچھے ایسے خود غرضانہ مالی فوائد نہ ہوتے تو انہوں نے

کب انسانی تاریخ سے ہی ضائع ہو جانا تھا یا شائد تم نے ایسا ہی کوئی بھاری جملہ بھی کہیں لکھ دیا ہے کہ مذہب اور قوم کے تصور نے اس دنیا کو انسانوں کے بجائے کسی اور ہی پر تشدد مخلوق کی دنیا کا نقشہ بنا دیا ہے۔ تم نے کہا ہے کہ حیوانوں کی دنیا کا نقشہ تو عین فطری ہے مگر انسانوں کے قومی اور مذہبی تصورات کی وجہ سے اُن کی دنیا کا نقشہ بدنمائی کی حد تک مصنوعی اور مصنوعاتی ہو گیا ہے۔‘‘

’’ہاں ہاں تو کیا غلط کہا ہے؟۔۔۔ناظر یار یہ آرٹیکل کوئی نیا تو نہیں ہے یہ تو ٹائم آف افغانستان میں آج سے تین مہینے پہلے واشنگٹن پوسٹ میں بھی چھپ چکا ہے مگر وہاں تو کسی کے کان پر بھی جوں بھی نہیں رینگی۔‘‘ واحدی نے اکتا کر کہا، ’’یار یہ نالائق لوگ کب بڑے ہوں گے؟‘‘

’’اب یہ تو مجھے پتہ نہیں بھائی کہ کب بڑے ہوں گے، بڑے بھی ہوں گے یا اور چھوٹے ہو جائیں گے مگر یار تجھے سمجھنا چاہیے وہ واشنگٹن ہے اور یہ کابل ہے، خیر تم ایک کام کرو بھی تم فوراً اپنے گھر مت جانا کیونکہ میں نے اُڑتی ہوئی یہ بات سنی ہے کہ اِن تنظیموں کے پیچھے کچھ شدت پسند جماعتیں بھی ہیں، اب تجھے اپنے ماضی کا تو پتہ ہی ہے نا، اس لیے بہت ممکن ہے تمھارے گھر پر بھی کچھ پتھراؤ وغیرہ ہو جائے۔‘‘ ناظر عزیزی نے اُسے سمجھاتے ہوئے کہا، ’’اچھا تم ایسا کیوں نہیں کرتے کہ ابھی تم میرے ہی گھر آ جاؤ اور اِس سارے آندھی طوفان کو گزر جانے دو، دو چار دن کی تو بات ہے پھر واپس چلے جانا جب سب معاملہ ٹھنڈا ہو جائے۔‘‘

’’کیا بکواس ہے یار۔۔۔کہاں پیدا ہو گئے ہیں؟ کھل کر بات تک نہیں کر سکتے، کھل کر لکھ نہیں سکتے‘‘ واحدی نے چِڑ کر کہا۔

’’ویل پیدا تو ہو گئے ہے ٹھیک ہے پر اِن کے ہاتھوں مرنا نِری بے وقوفی ہے۔ میری بات سمجھا کرو بھائی میں یونیورسٹی سے گھر جا رہا ہوں، ابھی یہاں کوئی کلاس نہیں ہو رہی ہے، تم بھی سیدھا میرے گھر آ جاؤ۔ میں تمھاری بھابی کو فون کر کے تمھاری پسند کے لیمب کباب اور بولانی بنواتا ہوں۔‘‘ ناظر عزیزی نے اُسے دعوت دیتے ہوئے کہا۔

’’چلو پھر ٹھیک ہے، تم جیسا کہو یار، پھر میں ابھی تمھاری طرف ہی آجاتا ہوں۔‘‘ یہ کہہ کر واحدی نے فون بند کیا اور ریسٹورانٹ کی پارکنگ سے کار نکالی اور واپس ہائی وے پر آ گیا۔

تقریباً دو ڈھائی گھنٹے کے بعد وہ اور ناظر عزیزی ساتھ بیٹھے ہوئے لیمب کباب، بولانی اور کابلی پلاؤ سے لنچ کر رہے تھے، دونوں کے درمیان گفتگو کا موضوع صبح کا آرٹیکل ہی

تھا۔ واحدی اپنے مخصوص تقریری انداز میں کہہ رہا تھا،''بھائی میں نے یہ ہی تو لکھا ہے نا کہ قومیت اور مذہب کے تصورات انسانی ضرورتوں سے جڑے ہوئے ہیں۔ بنیادی طور پر یہ تصورات معاشیات یا اقتصادیات کے سہارے پرورش پاتے ہیں۔ یہ ٹھیک ہے کہ فرد کی حد تک انسان کی نفسیات اور اقتصادیات کا رشتہ سہل نظر آتا ہے کیونکہ اقتصادیات مثبت نفسیاتی نتائج دیتی ہوئی دکھائی دیتی ہے مگر اجتماعی طور پر جب قومیت اور مذہب کو اقصادی مصنوعات کے طور پر استعمال کیا جاتا ہے تو یہ رشتہ پیچیدہ ہوتا چلے جاتا ہے خصوصاً جب یہ دونوں مصنوعات ایک دوسرے کے ساتھ ملک بازار سے برآمد ہوتی ہے تو اس کے منفی اثرات فرد کے ساتھ ساتھ پوری قوم پر پڑنے لگتے ہیں۔ بھئی اگر ہم تہذیبی ارتقاء میں جا کر دیکھیں تو قومیت ہو یا مذہب دونوں کے تانے بانے قبائلی کلچر سے شروع ہوتے ہیں۔ پہلے ایک فرد پھر خاندان پھر ایک محلّہ اور پھر ایک قبیلہ اور پھر پورا گاؤں اور آخر میں چند گاؤں آپس میں ملتے ہیں تو ان میں زبان، رسوم رواج، مذہب اور لباس اور قومیت کے مصنوعی تصورات ہی تو ہیں جو ایک دوسرے کو جوڑنے کے لیے گوند کا کردار ادا کرتے ہیں۔ نہیں؟''

ناظر عزیزی نے درمیان سے واحدی کی بات کاٹ کر کہا،''اسی بات پر تو اعتراض ہے بھائی لوگوں کو۔۔۔''ناظر نے ایک اور لیمب کباب واحدی کی پلیٹ میں ڈالتے ہوئے کہا، ''اُن کا خیال ہے کہ تم نہ تو افغانی ہو اور نا ہی مسلمان۔۔۔بس تم ایک کافر ہو جو مذہب پر یقین نہیں رکھتا ہے اور شائد دشمنوں کے ایجنٹ بھی ہو۔۔۔تبھی تو قومیت کے تصور پر بھی تنقید کرتے ہو کیونکہ تمہیں اپنے ملک سے محبت جو نہیں ہے۔''

واحدی نے ہاتھ کے اشارے سے اُسے روکتے ہوئے کہا،''نہیں نہیں یار یہ ایسا سادہ نہیں ہے۔ یہ لوگ ابھی اتنے بچے بھی نہیں ہے۔ اصل بات یہ ہے کہ یہ لوگ دوسروں کو دکھانے کے لیے ایسا رویہ دکھاتے ہیں تا کہ لوگ ہم سے نفرت کریں۔ اس سارے جھگڑے کے پیچھے بھی سیاست ہے۔۔۔ایک خود غرضانہ سیاست اور یہ سب کا سب اقتصادی معاملہ ہے۔ اُنہیں ایسے نظریات چاہیے ہی نہیں جس سے اُن کی کمائی میں کمی آئے۔۔۔ابھی اس بازار میں سب سے اچھا چور ن مذہب اور قومیت ہی کا بِک رہا ہے تو کون اپنی چلتی ہوئی دوکان بند کروائے گا؟ ۔۔۔مگر میرے بھائی ہر مال کے بکنے کا ایک وقت ہوتا ہے اور اُس کا ایک بازار بھی، اب

دیکھو نا ایک زمانہ تھا لوگ گرام فون پر گانے سنتے تھے مگر آج کل سی ڈی پلیر کا زمانہ ہے،اب لوگ ایم پی تھری پلیر پر گانے سنتے ہیں۔''

ناظر عزیزی نے ہنستے ہوئے کہا،''چلو میں تمھاری بات مان بھی لوں مگر یہ بھولنا کہ ہم ایک ایسی قوم کے فرد ہیں جہاں سوچنے اور بات کرنے پر پابندی ہے۔۔۔تمھیں یہ لوگ نقصان پہنچا سکتے ہیں بھائی تم سمجھتے کیوں نہیں۔۔۔؟''

مگر واحدی نے ناظر عزیزی کے جملے کو ان سنی کرتے ہوئے آخری نوالہ منہ میں ر کھا اور پانی کے گلاس کی طرف ہاتھ بڑھاتے ہوئے اپنی ہی بات کو مزید آگے بڑھاتے ہوئے کہا،''دیکھو بھائی ابھی انٹرنیشنلزم کا زمانہ ہے۔اب لوگ گلوبل ورلڈ کے باسی ہیں جہاں مختلف اقسام کے مذہب،قومیت،رنگ،نسل اور زبانوں کے لوگ مل جل کر ساتھ ساتھ رہتے ہیں اور اگر اُن کے درمیان کی کوئی شے اُنہیں آپس میں جوڑتی ہے تو وہ محض اقتصادیات ہے۔۔۔یہ زیادہ پرانی بات تو نہیں ہے کہ دوسری عظیم جنگ میں سارا مغرب ایک دوسرے سے قومیت اور مذہب کے نام پر ختم گتھا ہو گیا تھا، پولینڈ پر جرمنی اور جرمنی پر فرانس بم مار رہا تھا مگر آج ساری جغرافیائی سرحدیں مٹا کر ایک ملک کی طرح۔۔۔اب یہی لوگ بغیر ویزے کے پورے یورپ میں آجا رہے ہیں تو کہاں گیا وہ سارا نیشنل ازم جو پچاس سال پہلے خون پی رہا تھا؟ اور اب یہ ڈھیر ساری محبتیں راتوں رات کہاں سے پیدا ہو گئیں؟ ارے بھائی صرف اور صرف اقتصادیات اور کچھ بھی نہیں۔''

واحدی نے پانی کا ایک بڑا گھونٹ لیا اور اُس کی گفتگو کچھ دیر کے لیے ٹوٹ گئی۔

''اچھا مان لیا قومیت پر تمھارا نقطۂ نظر ٹھیک ہو گا مگر مذہب کے بارے میں تم کیا کہو گے؟۔۔۔اِس پر تو سیدھا سیدھا خون خرابا ہو جائے گا، جونہی کوئی مولوی سنے گا کہ مذہب کا خیال ہی مصنوعی ہے تو تمھاری بات کا یہی مطلب نکالا جائے گا کہ خدا ہے کہ نہیں، پھر اُن کے لیے تو یہ سیدھی سادی دہریت ہو گئی نا؟'' یہ کہہ کر ناظر عزیزی نے میٹھے کی طرف ہاتھ بڑھا کر اُسے واحدی کی جانب کھسکا دیا اور آنکھ کے اشارے سے اُسے لینے کے لیے کہا۔ واحدی نے مسکرا کر میٹھے کو دیکھتے ہوئے کہا،''یہی تو سب سے کڑوا موضوع ہے یار،اِس پر تو بات کرنے کے لیے تو منہ میٹھا کرنا ہی پڑے گا۔۔۔مگر اس کا جواب تمھیں میرے چند سوالوں سے مل جائے گا

بھائی۔۔۔کیا وجہ ہے کہ آج مغرب میں چرچ خالی ہو رہے ہیں اور مشرق میں مسجدیں ہمیشہ کی طرح دن بدن بھرتی جا رہی ہیں؟ کیا وجہ ہے مغرب میں فلسفہ اور سائنس عروج پر نظر آتے ہیں اور مشرق والے اُن سے قطعی بے بہرا ہیں۔۔۔اگر کہیں سائنس نظر آتی بھی ہے تو چین یا جاپان میں جہاں روائتی مذہب نہیں رہا اور فلسفہ بھی اسی لیے کیونکہ وہ اُس سے جڑا ہوا نہیں ہے، ویسے بھی مذہب ٹھیک وہیں پر ختم ہو جاتا ہے جہاں پر فلسفہ شروع ہوتا ہے۔ تھوڑا بہت مذہب اگر چین یا جاپان میں ہے بھی تو بدھ مذہب ہے اور وہ خدا کے سہارے کے بغیر ہے۔۔۔یعنی فلسفہ ہی فلسفہ ہے۔ ایک ہندوستان ہے جو اب تقسیم کے بعد کچھ نئی شکل دکھا رہا ہے۔ رہ گیا اُس کا ایک حصہ پاکستان جو روایتی مذہب کے چنگل میں پھنس گیا ہے یا اقتصادی فائدوں کے خاطر پھنسا دیا گیا ہے۔ تو اُس کے حالات دیکھ لو اور ہندوستان کے حالات بھی دیکھ لو، ہے نا دونوں جانب زمین آسمان کا فرق؟۔۔۔تو بھائی اگر مذہب واقعتاً کوئی فطری واقعہ ہے تو فطرت اس کے ماننے والوں کے ساتھ بھلائی کیوں نہیں کر رہی ہے؟ اب مجھے وہ گھسی پٹی بات نہیں کرنا جو مخصوص مذہبی ذہن کرتے ہیں۔ بات صرف اتنی سی ہے کہ ذہنی ارتقا کچھ علاقوں میں ہوا ہے اور کہیں رک گیا ہے۔ کہیں کا سماج مذہب سے آگے بڑھ گیا تو کہیں کا اُس سے پیچھے رہ گیا ہے۔ جہاں سائنسی دماغ نے ترقی کر لی وہاں چرچ خالی ہو گئے اور لوگوں کی زندگی خوشحال ہو گئی، جہاں سائنسی دماغ پیدا نہیں ہوا وہاں اقتصادی بدحالی آ گئی اور لوگوں کی زندگی بھی بدحال ہو گئی۔ بھائی میرے، ترقی کا سارا دارومدار اقتصادیات پر ہے جب مذہبی دور تھا تو اقتصادیات اُس سے جڑی ہوئی تھی۔ ایک پنڈت ایک مولوی ایک پیغمبر ایک خدا کا بیٹا آڑ میں رہتے تھے اور جو طاقتور تھا اُن سے جڑ کر حکومت کر رہا تھا۔ ابھی اُن لوگوں کی ضرورت ختم ہوئی سائنس نے اُن کے بغیر ہی قوموں کو طاقتور کر دیا ہے۔ بڑے بڑے میزائل اور بم موجود ہیں تم خدا کو مانو یا نہ مانو، کس کو پروا ہے؟ انگلی کے اشارے پر تمھاری زندگی ہے۔ ابھی پر چار کا زمانہ گیا، یہ چورن اب صرف گلیوں محلوں کی سیاست کے لیے بکتا ہے تا کہ چھوٹے موٹے غریب ملکوں کے کچھ عیار لوگ عوام کو چونا لگا کر بڑی طاقتوں سے کچھ مال بٹور سکیں مگر یہ بھی ارتقائی عمل ہے، پچیس پچاس سال کے بعد یہ اور نہیں بک پائے گا بازار میں، خود سائنسی معاشرہ ہی اس دوکان کو آگے بڑھا دے گا۔ میرے بھائی بھلا طوفان کے آگے بھی کبھی تنکے کنکر وغیرہ ٹھہر پاتے ہیں؟''

ناظرعزیزی نے ہنستے ہوئے کہا،''اچھا تو تمھاری خیال میں ضرورت ایجاد کی ماں ہے؟''

''ہاں اور اقتصادیات باپ ہے اور جس کی بہت ساری بیویاں ہیں ان میں سے جو سب سے زیادہ خوبصورت ہے اُس کا نام مذہب ہے۔اُس کی دوسری بیوی کا نام قومیت ہے، تیسری زبان تو چوتھی رسوم ورواج،اب جسے چاہے وہ بازار میں لے آئے اُس کا کوئی دین ایمان تھوڑا ہی ہے۔'' یہ کہہ کر ہنستے ہوئے واحدی اپنی کرسی سے اُٹھ گیا۔

''ہاں مگر۔۔۔اُس کے کچھ بچے بگڑے ہوئے ہیں اُن سے زرا بچ کر۔۔۔''ناظر عزیزی نے تھوڑا سا سنجیدہ ہوکر جملہ لگایا۔

''میں سمجھ سکتا ہوں یار۔۔۔چلو آؤ چائے پیتے ہیں اور سوچتے ہیں آگے کیا کرنا ہے؟'' واحدی یہ کہہ کر ڈائننگ ٹیبل سے اُٹھ کر ہاتھ دھونے باتھ روم کی طرف چلا گیا اور پھر دونوں دوست واپس بیٹھک میں آگئے۔

چھٹا باب

وقت: بارہ بج کر تیس منٹ رات

تاریخ: ۷ نومبر، ۲۰۱۵ء

مقام: مسی ساگا ۔ کینیڈا

دروازے کے کھلنے کی دھیمی سی آواز اور مما کی دھاڑتی ہوئی تیز آوازیں جو آپس میں ملیں تو ثانیہ کے سارے بدن میں ایک خوف کی لہر سی دوڑ گئی۔ اُسے لگا جیسے ایک طوفان کسی چیتے کے مانند گھر کے جنگل میں دبک کر اُس کی واپسی کے انتظار میں اُسے دبوچنے کے خاطر تیار بیٹھا ہوا تھا۔ مگر یہاں صرف چیتا ہی نہیں تھا بلکہ اُس کے پیچھے ایک شیر بھی غصے میں کھڑا ہوا ہانپ رہا تھا۔ مما کے پیچھے پپا دونوں ہاتھوں کی مٹھیاں کس کر کھولتے ہوئے اُسے غصے سے گھور رہے تھے کہ جیسے ابھی اسے چیر پھاڑ کر اُسے کھا جائینگے۔

’’آ گئی بے حیا پوچھیں اِس سے کیا گل کھلا رہی تھی اِس وقت آدھی رات میں وہاں اسٹار بکس میں؟‘‘ پپا نے اُس کو دیکھتے ہوئے چیخ کر اپنے سامنے ہی کھڑی ہوئی مما کو دیوار کی گھڑی دکھاتے ہوئے کہا۔

’’مجھ سے مت کہیے۔۔۔اوہ خدایا۔‘‘ مما جو شاید ابھی ابھی آدھی نیند سے اُٹھائی گئی تھیں، اُنھوں نے اُسے گھورتے ہوئے دیکھا اور پھر دونوں ہاتھوں سے اپنا سر پکڑ کر لیونگ روم کی ایک کرسی پر بیٹھ گئی۔

’’بے شرمی بے حیائی کی حدیں ہوتی ہیں! یہ پٹ جائے گی میرے ہاتھوں سے۔۔۔۔ اس سے کہو دور ہو جائے میری نظروں کے سامنے سے۔‘‘ پپا نے شعلے برساتی ہوئی آنکھوں سے

اُسے گھورتے ہوئے کہا،اُن کے منہ سے اُڑتا ہوا تھوک اُسے دور سے دکھائی دے رہا تھا۔

'' تمہیں شرم نہیں آ رہی تھی اُس سکھ لڑکے کے ساتھ ؟ ۔۔۔کیا بے شرمی تھی وہ سب؟''مما نے چنگھاڑتے ہوئے اُسے کہا۔

ثانیہ کے تو وہم و گمان میں بھی نہیں تھا کہ اتنی خوبصورت رومانی ملاقات کا انجام اس قدر دردناک ہونے والا تھا۔ اُس نے فرش کو تکتے ہوئے کہا،''مما اُس کا نام دلیپ ہے میری ہی یونیورسٹی میں پڑھتا ہے ۔۔۔اور ہم دونوں اچھے دوست ہیں۔''اور پھر اُس نے ایک لمحے کا وقفہ دے کر جھٹکے سے کہہ دیا،''ہم دونوں ایک دوسرے سے پیار کرتے ہیں۔''

''چپ ہو جا کمبخت دوزخ کی آگ میں جلے گی تو۔۔۔''مما نے جواب میں چیخ کر کہا۔

'' میں نے تو سوچا بھی نہیں تھا کہ ایسی بے حیا ، بے غیرت اولاد ہو گی میری؟''پپا اب سر پر اپنا ہاتھ رکھ کر اُسے گھورتے ہوئے زور سے بڑبڑانے لگے تھے،''پہلے تو کسی کے ساتھ شادی سے پہلے ملنا ہی گناہ ہے پھر وہ بھی غیر مسلم سے ۔۔۔اور وہ بھی باہر چائے خانوں میں سب کے سامنے ۔۔۔ارخ تھوں کتنی شرم کی بات ہے ،ایسی اولاد پیدا ہونے سے پہلے مر کیوں نہیں جاتی ہے ؟ ۔۔۔کل تک میں لوگوں کی ایسی اولادوں کا سنتا تھا تو اُنہیں سمجھتا تھا اور آج میری اپنی ہی اولاد یہ گل کھلا رہی ہے ۔''پپا نے یہ پُر زور دے کر چیختے ہوئے کہا''اس سے پوچھو نیلوفر۔۔۔''پپا نے اب کی بار مما کو مخاطب کرتے ہوئے چیخ کر کہا،''اس کو ہم نے یونیورسٹی میں عشق لڑانے بھیجا تھا یا تعلیم حاصل کرنے ؟ارے اولاد اگر ایسی دھوکے باز ہو تو کوئی کیا کرے؟''

''کرے کیا جی ۔۔۔''مما نے پپا کا ہی جملہ دہرایا اور پھر اُسی لہجے میں ڈپٹ کر کہا'لڑکی کی شادی کر دو بس ۔۔۔بہت ہو گیا پڑھنا لکھنا، کوئی اچھی سی احمدی فیملی دیکھو اور اسے رخصت کرو۔ میں تو کہتی ہوں اگر یہاں اچھا رشتہ نہ ملے تو پاکستان چلو،بس بہت ہوا ہو گئی سب تعلیم وغیرہ، اِس کی یونیورسٹی ختم آج ہی سے ۔''ثانیہ کو لگا جیسے مما آج ہی اُس کے مستقبل کو ٹھکانے لگا دیں گی۔

''ٹھیک کہہ رہی ہو تم ۔۔۔کوئی ضرورت نہیں کل سے یونیورسٹی جانے کی بیٹھو گھر میں بی بی، بہت ہو گیا یہ ڈرامہ تعلیم کا ۔۔۔''پپا نے بھی مما کی طرح وہی کچھ کہا جو مما سننا چاہ رہی تھی۔

''او نہہ، گھر میں بیٹھو ۔۔۔'' ثانیہ نے دل میں سوچا مگر منہ سے نہیں کہا،اُسے لگا کہ

اگر اس وقت اُس نے ایک لفظ بھی منہ سے نکالا تو اُس کے مما پاپا بس اُسے کچا ہی چبا جائیں گے۔ یہ سوچ کر وہ اپنے کمرے میں جانے کے لیے آہستہ آہستہ سیڑھیوں کی طرف قدم بڑھانے لگی مگر پیچھے سے مما کی چیختی ہوئی آواز نے پھر سے اُس کے قدم روک لیے،''کہاں جا رہی ہو تم، ابھی ہماری بات ختم نہیں ہوئی ہے، ہمیں بتاؤ یہ سلسلہ کب سے چل رہا ہے؟'' مما کی زبان آگ اُگل رہی تھی۔

''پچھلے دو سال سے۔'' ثانیہ جہاں تھی وہیں رک گئی اور پھر مما پاپا کی طرف دیکھے بغیر ہی آہستہ سے جواب دیا

''تو دو سالوں سے تم ہماری آنکھوں میں دھول جھونک رہی ہو؟''

''مما میں کوئی دھول نہیں جھونک رہی ہوں۔ آپ نے پوچھا نہیں اسی لیے میں نے بتایا نہیں اور مجھے یہ پتہ تھا کہ آپ لوگ ایسے ہی ری ایکٹ (react) کریں گے۔'' ثانیہ کی آنکھوں میں اب آنسو آنے لگے تھے اور آواز بھی بھرّانے لگی تھی، ''کیونکہ وہ سکھ ہے میں مسلم اور وہ بھی احمدی اور مجھے یہ بھی پتہ ہے کہ آپ لوگ احمدیوں میں ہی میری شادی کرنے کے پابند ہیں، کیونکہ آپ ہمیشہ سے یہی کہتی ہیں مجھ سے، جب سے میں بڑی ہوئی ہوں تا کہ میں اس بات کو یاد رکھوں کہ ہمارے یہاں ارینجڈ میرج (arranged Marriage) ہوتی ہے اور وہ بھی صرف اپنے ہی لوگوں میں، اب اگر میں یہ آپ کو بتا دیتی کہ مجھے ایک لڑکا پسند ہے اور وہ سکھ ہے تو آپ نے کب مجھے معاف کر دینا تھا، آپ وہ ہی اُس وقت کرتی نا جو آج کر رہی ہیں۔ مما ہم نے کوئی گناہ نہیں کیا ہے، ہاں ہم ایک دوسرے سے ملتے ہیں کیونکہ ہم ایک دوسرے کو چاہتے ہیں۔'' ثانیہ نے جیسے ایک سانس میں ہی اپنے دل سے سارا طوفان نکال دیا اور پھر سے فرش کو تکنے لگی۔

'' تو تمھارے ارادے کیا ہیں بی بی؟'' مما نے یہ سن کر تنک کر کہا

''مما مجھے نہیں پتہ آپ کیا پوچھنا چاہتی ہیں اور آپ کو کونسی بات زیادہ بری لگ رہی ہے؟ یہ کہ مجھے ایک بندہ کیوں اچھا لگتا ہے؟ یا یہ کہ ایک سکھ کیوں اچھا لگتا ہے؟ یا یہ کہ میں نے

آپ کو یہ سب پہلے کیوں نہیں بتا دیا تھا؟ یا یہ کہ میں اُس سے چھپ کر کیوں ملتی رہی ہوں؟ تو اِن سب باتوں کا بس ایک ہی جواب ہے اور وہ یہ ہے کہ مجھے اس لیے اچھا نہیں لگتا کہ وہ سکھ ہے یا مسلمان، پنجابی ہے یا ہندوستانی بلکہ وہ مجھے اس لیے اچھا لگتا ہے کیونکہ وہ ایک بہت ہی اچھا انسان ہے۔ اب رہی بات اچھا لگنے کی تو آپ کو بھی تو پاپا اچھے ہی لگتے ہوں گے تبھی تو آپ نے اُن سے شادی کی تھی، آہستہ آہستہ ثانیہ کا لہجہ بدلتا جا رہا تھا، وہ اب مما پاپا کے اچانک حملے سے باہر آ رہی تھی اور اُس کا اعتماد بڑھتا جا رہا تھا۔

'بکواس بند کرو'، اب کی بار پاپا نے زور سے چنگھاڑا' ضرورت نہیں ہے تمھیں اپنی بے ہودگیوں کو ہمارے سامنے جسٹیفائی (justify) کرنے کی بی بی۔ ہم دونوں احمدی مسلمان تھے اور ہمارے خاندانوں نے عزت و احترام کے ساتھ ایک دوسرے کے ساتھ ہمارے رشتے ناطے جوڑے تھے اور ہم شادی سے پہلے ایک دوسرے سے ملتے نہیں تھے بے شرموں کی طرح، تمھاری مما سے شادی کے بعد میں نے پہلی بار اُس سے بات کی تھی اور چھوڑ دو یہ سب باتیں تمھارے سمجھ میں نہیں آنے والی، بس اب میرا فیصلہ سنو، آگے سے یہ سب کچھ ہونے نہیں والا اور سنو جی' اس بار پاپا مما سے مخاطب تھے۔ 'تمھیں بھی اب اس سے زیادہ سوال جواب کرنے کی ضرورت نہیں ہے، ہمیں اس سارے معاملے کو زیادہ بڑھاوا دینا ہی نہیں ہے' بس سمجھو یہ بات یہیں پر ختم ہو گئی ہے اور اب اس کی شادی کے لیے سنجیدہ کوشش شروع کرو۔ یہ کہہ کر پاپا نے دوبارہ اُس کی طرف دیکھا اور خشمگیں نگاہوں سے اُسے گھورتے ہوئے کہا 'چلو جاؤ اپنے کمرے میں اور اب اس موضوع پر اس گھر میں کوئی بات نہیں ہونے والی' پاپا نے چار جملوں میں اپنا فیصلہ سنا کر جیسے سارے جھگڑے کو جڑ سے اکھاڑ دیا اور پھر دونوں ہاتھ جھاڑ کر جیسے اُس پر آخری مٹھی مٹی بھی ڈال دی اور پھر چپ چاپ زمین کو تکنے لگے۔ ثانیہ نے خالی خولی مگر گیلی آنکھوں سے دونوں کو دیکھا، تھوک نگلا اور چپ چاپ مگر تیز قدموں سے سیڑھیاں چڑھتی ہوئی اپنے کمرے میں چلے گئی اور پھر ایک زوردار آواز کے ساتھ دروازہ بند کر دیا۔ اُسے یوں لگا جیسے دروازے کی زوردار آواز نے اُس کے جذبات کو زبان دے دی ہے۔ ثانیہ کو لگا جیسے اُس کے اندر کی تکلیف، غصہ اور بیزاری دروازے کی چوکھٹوں کے راستے پل بھر میں گھر کی دیواروں میں اتر گئی ہے جس نے لمحے بھر کے لیے اُسے پرسکون تو کر دیا مگر زندگی بھر کے لیے اس گھر سے بے گانہ کر دیا۔

کمرے میں آ کر کچھ دیر تو وہ یونہی بستر پر بیٹھی کمرے کی دیواروں کو تکتی رہی مگر پھر کچھ سوچ کر اپنے بیگ میں سے سیل فون نکالا اور دلیپ کو کال کرنے لگی مگر دلیپ کا فون مصروف تھا اُس نے میسج ریکارڈ کرا دیا: 'سنو دلیپ، مجھے کال بیک کرنا ایک بہت ہی اہم بات کرنی ہے' اور بستر سے اُٹھ کر کمپیوٹر کے سامنے آ کر بیٹھ گئی اور بد دلی سے اُس کے اسکرین کو تکنے لگی۔

ساتواں باب

وقت: دس بجے رات
تاریخ: ۷نومبر، ۲۰۱۵
مقام: شاہ فیصل کالونی نمبر۵۔ کراچی

بختاور نے گلی والا دروازہ کھولا تو وہاں ادریس نہیں تھا بلکہ مولوی سلیم اللہ چار پانچ داڑھی والے لوگوں کے ساتھ کھڑے تھے۔

بختاور نے فوراً ہی دوپٹہ سر پر لے لیا اور دروازے کی آڑ میں ہوگئی، ''اسلام علیکم جی، ادریس تو گھر پر نہیں ہیں وہ تو صبح سے مسجد گئے ہوئے ہیں پھر لوٹے نہیں''بختاور نے دبے ہوئے لہجے سے کہا

''جی جی بہن جی ہمیں پتہ ہے صبح ہی ہماری ان سے ملاقات ہوئی تھی، آپ کو ابھی ہم یہی بتانے حاضر ہوئے تھے۔ کیا اندر آ سکتے ہیں؟''مولوی سلیم اللہ نے مودبانہ لہجے میں گلا کھنکار کر کہا تو بختاور نے جملہ ختم ہونے سے پہلے ہی دروازہ چھوڑ کر کہا،''جی جی مولوی صاحب اندر آ جائیں''بختاور دروازے کے آڑ ہوگئی اور مولوی صاحب دو لوگوں کے ساتھ گھر میں آ گئے اور باقی لوگوں کو باہر انتظار کرنے کا کہہ کر دالان میں پڑی بید کی کرسیوں پر بیٹھ گئے جبکہ بختاور رسوئی کی طرف چلے گئی اور ایک طرف منہ پر دوپٹہ رکھ کر دروازے کی آڑ میں پھر سے کھڑی ہوگئی،

''مولوی صاحب سب خیریت تو ہیں نا؟''بختاور نے ادریس کا نام لیے بغیر تشویشانہ انداز میں پوچھا۔

''بات دراصل یہ ہے بہن جی کہ کل ایک ملعون نے شانِ رسول میں گستاخی کی تھی جس پر محلے کے کچھ معزز لوگ جذباتی ہو گئے تھے اور اُس کم بخت کو مارا پیٹا تھا جس پر وہ ملعون جہنم

رسید ہوگیا تھا، اب پولیس ضابطے کی کاروائی کررہی ہے ۔ ہمارے ادریس بھائی کا نام بھی اُن لوگوں میں شامل ہے جن کے خلاف پرچہ درج ہوا ہے ۔'' مولوی صاحب نے تمہید باندھی اور بختاور کی طرف منہ کیے بغیر ہی زمین کو تکتے ہوئے کہنے لگے،''ادریس بھائی تھانے میں ہیں مگر آپ فکر نہ کریں ہم انہیں چھڑا لیس گے،بس صرف ضابطے کی کاروائی ہے،شائدا یک یا دودن گھر نہ آئیں تو بس آپ پریشان نہ ہوں ۔'' مولوی صاحب اپنی داڑھی پر ہاتھ پھیرتے ہوئے کہتے جاتے تھے،'' ہم یہی سوچ کر ہم آپ کو بتانے کے لیے آئے تھے ۔۔۔ پولیس نے نو دس آدمی اُٹھائے ہیں اکیلے ادریس بھائی نہیں ہیں ،مگر مسجد اور ہمارا مدرسہ انشا اللہ وتعالی سب کے پیچھے ہے اور اللہ تبارک وتعالی نے چاہا تو ایک شخص بھی اندرنہیں رہے گا سب باعزت وتکریم باہر آجائیں گے ۔۔۔ جزاک اللہ ہمارے ادریس بھائی اور ساتھی، یہ سب لوگ ناموس رسول کے خاطر بہت نیک کام کے لیے آگے آئے ہیں ۔۔۔محترم مولوی شمس الحق نے جو ہماری مسجد کے بڑے کرم فرما ہیں خاص طور پر مجھے تاکید کرکے آپ کی طرف یہ سندیسہ بھیجا ہے کہ آپ کو ادریس بھائی کے لیے قطعی پریشان ہونے کی ضرورت نہیں ہے ،ہم ادریس بھائی اور اپنے تمام مسلمان بھائیوں کا پورا ساتھ دینگے اور اس مشکل گھڑی میں ان کا پورا پورا خیال رکھیں گے ۔''

''جی مگر وہ ادریس کو ماریں گے تو نہیں مولوی صاحب؟''بختاور نے پریشان ہوکر کہا، ''سنا ہے تھانے میں پولیس والے تو بہت ظلم کرتے ہیں ۔''

'' ارے نہیں بہن جی ادریس بھائی کوئی اخلاقی جرم میں پکڑے نہیں گئے ہیں ۔'' مولوی صاحب کے چہرے پر ایک عجیب سے مسکراہٹ نمودار ہوئی،''اُنہوں نے چوری چکاری یا کسی کا مال نہیں لوٹا ہے اور نہ ہی کسی کو دھوکہ دیا ہے ۔ بھئی گستاخ خان رسول کو انجام تک پہنچانا کوئی گناہ نہیں ہے ،قران میں بھی رسول اکرم کی عزت و ناموس اور آبرو کے خیال رکھنے کی سخت تاکید کی گئی ہے اور اس کی حفاظت کو واجب قرار دیا ہے ۔ بھائی ادریس نے تو بہت نیک کام کیا ہے ۔ اُنہوں نے اپنی جان خطرہ میں ڈالکر ایک ملعون کو واصل جہنم کردیا ۔ بہن جی ایک مسلمان کے نزدیک اللہ کے رسول سے محبت عین عبادت ہے وہ سب کچھ برداشت کر سکتا ہے لیکن اس کے رسول کی شان اقدس میں ادنی سی گستاقی بھی برداشت نہیں کر سکتا ۔ایسا مسلمان تو مسلمان کہہ جانے کے بھی لائق نہیں ہے ،بہن ، جو آپ نبی کریم صلم یا ان کے اصحابہ اکرام کی توہین یا بے ادبی

سن کر بے غیرتوں کی طرح برداشت کر لے ۔ قرآن نے گستاخانِ رسول کو ہمیشہ سخت لہجے میں جواب دینے کا حکم فرمایا ہے، اُن پر لعنتیں برسائیں ہیں اور تاریخ گواہ ہے مسلمان خلفاء اور فقیہا سبھی کا یہ ہمیشہ موقف رہا ہے کہ جب بھی نعوذ باللہ کسی نے حضورِ سرورِ کائنات کی شان میں گستاخی کی تو اُس کے قتل کا حکم دیا گیا ۔۔۔ بہن جی آپ بالکل بھی پریشان نہ ہوں، بھائی ادریس دو ایک دن میں بخیریت باہر آ جائیں گے ۔ اُنہیں تھانے میں کوئی ہاتھ نہیں لگا سکتا، وہ تو مجاہد ہیں اللہ کے غازی ہیں ۔ دنیاوی قانون کی دفعات کے پرخچے اُڑ جاتے ہیں جب توہینِ قرآن یا توہینِ رسالت کا کوئی بھی بدبخت واقعہ ہوتا ہے ۔ آپ فکر نہ کریں بس دو ایک دن کے صبر کی بات ہے ۔ کوئی ضرورت ہو کسی بھی قسم کی، پیسے آٹا چاول دال تو براہِ کرم بلا جھجک فرما دیجیے گا ۔ محلے کے کسی بھی بچے کے ذریعے مجھے پیغام پہنچا دیجیے گا انشاءاللہ فی الفور مسجد کی طرف سے بندوبست ہو جائے گا ۔"

"شکریہ مولوی صاحب" بختاور نے سکھ کا سانس لیا، "مولوی صاحب آپ ٹھہریں چائے پی کر جائے گا ۔۔۔" بختاور کو اچانک خیال آیا

"ارے نہیں بہن ابھی ہمیں کچھ اور بھائیوں کے گھر بھی جانا ہے ۔ ہماری اور بہنیں بھی آپ کی طرح پریشان ہیں ۔ اللہ تبارک تعالیٰ کی امت پر کیا بُرا وقت آ گیا ہے کہ لوگ نیک کاموں سے بھی پریشان ہوتے ہیں، اللہ ہم سب پر اپنا رحم فرمائے، جزاک اللہ خیر" پھر مولوی صاحب اور اُن کے اکابرین اُٹھ کھڑے ہوئے، اور دروازے سے باہر نکل گئے ۔ اور بختاور نے دروازے کی کنڈی اندر سے لگا لی ۔ اچانک اُسے خیال آیا کہ یہ تو پوچھا ہی نہیں کہ ادریس کس تھانے میں ہے اور وہ اُس سے کس طرح ملاقات کر سکتی ہے ۔ اُس نے پھر سے دروازے کی کنڈی کھولی اور باہر جھانک کر اِدھر اُدھر دیکھا مگر گلی میں اندھیرا ہونے کی وجہ سے اُسے کچھ نظر نہ آیا ۔ البتہ ایک دو کتے گلی میں چھلیں کرتے ایک دوسرے کے پیچھے بھاگتے ہوئے دکھائی دیے ۔ بختاور نے سوچا صبح رب نواز سے فون کر کے معلوم کروا لوں گی ۔۔ ابھی وہ دروازے پر کنڈی چڑھا ہی رہی تھی کہ اچانک اندر کمرے سے عثمان کے رونے کی آواز آئی اور بختاور دالان سے ہوتی ہوئی کمرے میں عثمان کے پاس آ گئی ۔ عثمان شائد پھر خواب میں ڈر گیا تھا اور اب شَشدر آنکھوں سے دیواروں کو تک رہا تھا ۔ اُس نے جونہی ماں کو قریب آتا ہوا محسوس کیا تو خالی خالی

آنکھوں سے کچھ دیر تک اُسے تکتا رہا اور پھر ایک دم سے آ آ کی آوازیں نکالنے لگا جیسے اُسے الٹی آ رہی ہو۔۔بستر کی چادر پہلے ہی عثمان کی الٹیوں کی بساند میں بھری ہوئی تھی۔صبح سے یہ سلسلہ ابھی تک چل رہا تھا بس مولوی صاحب کے آنے سے قبل ہی،اُس کی آنکھ لگی تھی۔ہر دو منٹ میں اُس کی آنکھ لگتی تھی مگر پھر متلا ہٹ اور الٹیوں کی وجہ سے نیند ٹوٹ جاتی تھی۔صبح ڈاکٹر صاحب نے جو دوا دی تھی وہ بھی ساری الٹ دی تھی مجال ہے جو ایک قطرہ بھی دوا کا پیٹ میں اُترا ہو۔۔بختاور نے بھی جان بوجھ کر بستر کی چادر نہیں بدلی تھی کہ کہیں پھر دھلی ہوئی چادر خراب نہ کر دے۔اُس نے عثمان کو اپنے قریب کر لیا اور اُس کی پیٹھ پر ہاتھ پھیرنے لگی۔''کیا ہوا میرا بچہ،ڈر گیا؟ الٹی ہو رہی ہے؟ ٹھیر میں کچھ لاتی ہوں۔''مگر اس سے پہلے کہ بختاور کوئی میلا کپڑا یا برتن لاتی عثمان نے حلق سے زور سی آواز نکالی اور پھر جھٹکے سے پیلے رنگ کی الٹی کر دی۔اُس کے معدے میں شائد کچھ بھی نہیں تھا اسی لیے الٹی زیادہ بڑی نہیں تھی مگر پیٹ کے کھنچنے کی وجہ سے وہ درد سے دوہرا ہو گیا تھا۔بختاور نے پھر سے اُس کی پیٹھ پر ہاتھ پھیرا اور منہ ہی منہ میں کچھ پڑھ کر اُس پر پھونکنے لگی مگر بیمار عثمان آنکھوں سے اُسے تکتا ہوا دونوں ہاتھوں سے پیٹ پکڑ کر بستر پر ترچھا ہو کو لیٹ گیا اور پھر درد کے مارے اماں اماں بسورنے لگا۔

''ٹھیک ہو جائے گا میرا بچہ۔''بختاور نے اُس کا منہ اُسی میلی چادر سے صاف کیا اور عثمان کو آہستہ سے اپنی گود میں بھینچ لیا،''ٹھیک ہو جائے گا میرا بچہ۔۔ابھی اپنے لال کو الٹی کی دوا دیے دیتی ہوں،دودھ لاؤں تیرے لیے؟''وہ اُس کے بالوں میں ہاتھ پھیرنے لگی،

''نہیں اماں میں کچھ نہیں کھاؤں گا مجھے متلی آتی ہے۔۔۔''عثمان نے بسورتے ہوئے کہا

''ابھی تیرا ابا آ جائے گا،تو ان سے کہوں گی میرے بیٹے کے لیے آم لے آئے۔۔تجھے آم اچھے لگتے ہیں نا بیٹا؟''

''نہیں اماں نہیں ۔۔۔''عثمان اچانک سے چیخنے لگا،''ابا کو نہیں بلانا،ابا سے مجھے ڈر لگتا ہے۔۔''

''نہیں اماں نہیں،ابا کو نہیں بلانا۔۔''

''اماں اماں ابا کو نہیں بلانا اماں ۔۔''

عثمان پھر چیخنے لگا اور پھر بڑی سی ابکائی کے بعد چھوٹی سی ایک اور الٹی کر دی۔

آٹھواں باب

وقت: بارہ بجے دوپہر

تاریخ: ۷نومبر،۲۰۱۵

مقام: کابل،افغانستان

گھر پہنچ کر واحدی نے کپڑے بدلے ہی تھے کہ فون کی گھنٹی بجنے لگی۔ دوسری طرف ایک انجانی سی آواز تھی، ''پروفیسر صاحب تمھارے بارے میں ہمیں سب پتہ ہے۔ تم کہاں رہتے ہو کیا کام کرتے ہو اور ابھی کہاں سے آئے ہو۔ ہم تمھیں یہ پہلی اور آخری بار فون کر رہے ہیں۔ اس کے بعد ہماری گولی ہوگی اور تمھارا سر۔ بہتر ہوگا یہ سب بکواس لکھنا بند کرو۔ تم یہودی ایجنٹ ہو غدار ہو اور غداروں اور ایجنٹوں کا ہم کیا حشر کرتے ہیں تمہیں پتہ رہنا چاہیے۔ اور ہاں اس فون کو وائزی مت لینا اس سے قبل بھی تمھاری شکائتیں آئی تھی ہماری جب تم پر نظر ہے۔''

واحدی کا چہرہ غصے سے سرخ ہو گیا اُس کے بھنچے ہوئے منہ سے صرف ایک لفظ نکلا، ''کون ہو تم؟''

دوسری طرف سے جواب آیا، ''طالبان۔۔''اور فون بند ہو گیا۔

واحدی نے ہیلو ہیلو کئی بار کہا مگر آواز ندارد۔۔اُس نے فون کریڈل پر رکھ دیا۔ یہ کوئی پہلا فون نہیں تھا۔ واحدی کو ایسے فون کالز اس سے قبل بھی آتی رہی تھیں اور اس نے کبھی پرواہ نہیں کی تھی مگر اس بار لہجہ دوسرا تھا۔ واحدی چپ چاپ فون کو کچھ دیر تک تکتا رہا اور پھر ایک گہری سانس لی اور پھر الماری سے کپڑے نکال کر باتھ روم چلا گیا۔

کچھ دیر بعد جب وہ باتھ روم سے باہر نکلا تو سلیپنگ ڈریس میں تھا۔ واحدی نے

قریب ہی میز پر پڑی کتابوں میں سے ایک کتاب اُٹھائی اور لیٹ کر ورق گردانی کرنے لگا۔ جلد ہی اُس کو لگا جیسے کتاب پڑھنے میں اُس کا دل نہیں لگ رہا ہے، شائد فون کال کی وجہ سے ایک بے چینی سی اُس میں اندر ہی اندر رینگ رہی تھی، پھر کچھ سوچ کر وہ اُٹھا اور کمپیوٹر آن کر کے اُس کے سامنے آ کر بیٹھ گیا اور پھر فیس بک پر لاگ اِن ہو گیا۔ اس وقت اُس کا دل چاہ رہا تھا کہ کسی سے بیٹھ کر بے مقصد باتیں ہی کرتا رہے کیونکہ ذہن اس وقت بہت منتشر تھا اچانک ثانیہ کا میسج اِن باکس میں آ گیا۔

''کیسے ہیں سر آپ؟''

''میں ٹھیک ہوں، آپ کیسی ہو ثانیہ؟'' اُس نے ٹائپ کیا۔

''سر کیا آپ کے پاس کچھ وقت ہے؟ میں آپ سے کچھ دیر باتیں کرنا چاہتی ہوں۔''

ثانیہ کے جواب میں سوال آ گیا۔

''جی ضرور فرمائیں ۔۔ میں حاضر ہوں'' اس نے اپنے مخصوص لہجے کو ٹائپ کر دیا

'' سر کیا محبت ۔۔ رنگ نسل قومیت مذہب دیکھ کر ہوتی ہے؟''

''نہیں ۔۔'' اُس نے نہیں ٹائپ کر کے ایک لائین کھینچی اور پھر لکھا '' رنگ نسل قومیت مذہب دیکھ کر صرف نفرت ہوتی ہے!''

''تو جو لوگ یہ دیکھ کر زندگیوں میں رشتے قائم کرتے ہیں اُسے آپ کیا نام دینگے؟''

''سمجھوتہ'' اُس نے محض ایک ہی لفظ ٹائپ کیا۔

''کیا سمجھوتے کے سہارے زندگی گزاری جا سکتی ہے؟'' پھر میسج باکس پر ثانیہ کا نیا سوال آ گیا تھا

''ہاں ۔۔ گزاری جا سکتی ہے مگر اُس میں بس محبت نہیں ہوگی''۔

''تو کیا ہوگی ۔۔؟ نفرت؟ گھٹن؟ غصہ؟ تکلیف؟ آنسو؟'' لگتا تھا وہ بھری ہوئی بیٹھی ہوئی تھی۔

''پہلے صبر ۔۔۔ اور پھر عادت!'' یہ لکھ کر بھیجنے کے فوراً بعد وہ دوسرا میسج ٹائپ کرنے لگا ''کبھی کبھی کچھ عرصہ ساتھ ساتھ رہنے کے بعد ایک دوسرے کی کچھ خصوصیات بھلی بھی لگنے لگتی ہیں اور پھر عادت کو لوگ غلطی سے محبت سمجھنے لگتے ہیں، مگر ایسے رشتے اگر کسی وجہ سے

ٹوٹ جائیں تو بہت زیادہ تکلیف نہیں ہوتی بلکہ بہت جلد ہی ایک دوسرے کو بھلا بھی دیا جاتا ہے اور نئی زندگی کے مسائل میں لوگ مصروف ہو جاتے ہیں، اس سے پھر جلد ہی پتہ بھی چل جاتا ہے کہ وہ محبت نہیں تھی محض ایک سمجھوتہ تھا۔''

دوسرا میسج بھیج کر واحدی کچھ دیر انتظار کرتا رہا مگر ثانیہ کی طرف سے فوراً ہی کوئی میسج نہیں آیا۔ واحدی کو لگا جیسے ثانیہ لکھنے سے قبل کچھ سوچ رہی ہے کیونکہ میسج باکس پر بار بار کچھ ٹائپ ہوتا تھا مگر پھر بھی اُسے وہ میسج موصول نہیں ہو رہا تھا۔ اُسے لگا جیسے وہ لکھ کر اسے بار بار ایریز کر رہی ہے ور پھر دوبارہ سے ٹائپ کر رہی ہے۔ بالاخر کچھ سیکنڈز کے بعد ایک نیا میسج ثانیہ کی طرف سے آیا۔

''جب ہر مذہب کی ابتدا محبت ہے، انتہا محبت ہے تو پھر وہ اتنے سارے خانوں میں بٹ کیوں گئے ہیں؟''

''فکر تو خیر ایک ہی ہے بس مختلف ادوار میں مختلف اذہان سے اُس کا اظہار ہوا ہے۔ اُن اذہان کے ماننے والوں نے اپنے ادوار کے لحاظ سے اُس کو جذب کیا ہے اور مجموعی اعتبار سے محبت ہی سب کا مرکز ہے اب یہ علیحدہ بحث ہے کہ یہ فکر فطری ہے یا غیر فطری، سماجی ہے یا سیاسی، انسانی ہے یا الہامی مگر انفرادی طور پر اقوام میں بٹ کر ٹکڑوں میں تقسیم ہوگئی ہے۔ یہ فکر کھربوں اربوں لوگوں کو متاثر کرنے کی وجہ سے سیاسی طور پر استعمال ہوگئی ہے اور خاصی حد تک پراگندہ بھی۔'' واحدی نے پرسکون انداز میں جواب تحریر کر دیا۔

''سر مذہب کی ابتدا کیسے ہوئی؟'' ثانیہ کا سوال بھی باکس میں آ گیا

''خوف، لاعلمی اور تنہائی سے۔'' واحدی نے فوراً ہی ٹائپ کر دیا

''محبت؟'' لگتا تھا ثانیہ نے حیرانگی سے یہ لفظ ٹائپ کیا تھا!

''ہاں محبت کو مذہبی دانشوروں نے خوف اور تنہائی کے علاج کے لیے استعمال کیا اور لا علمی کے نتیجے میں خدا کی تخلیق کی اور اُس سے منسوب کر دیا' پھر اُس خدا کی انسانی نفسیات کے لحاظ سے کہیں تقسیم ہوئی تو کہیں جمع!'' واحدی جیسے آنکھیں بند کر کے لکھ رہا تھا۔

''آپ اِس قدر پر اعتماد کیسے ہیں اس بات میں؟'' ثانیہ نے حیرانگی سے ٹائپ کیا

'' اس لیے کہ خدا کی تخلیق صرف مذہبی ادوار اور علاقوں میں ہوئی اُن کا ظہور سائنس

وفلسفے کے ادوار اور علاقوں میں نہیں ہوا اور نہ ہی ممکن ہے۔!''

''سر کیا آپ محبت پر یقین رکھتے ہیں؟'' ثانیہ نے شائد جھجکتے ہوئے ٹائپ کیا

''ہاں!'' واحدی نے پر اعتمادی سے جواب لکھا

''اور آپ خدا کے نظریے پر یقین نہیں رکھتے؟'' ثانیہ نے اب کی بار بلا جھجک ہو کر لکھ دیا

''نہیں!'' واحدی نے پھر اُسی پر اعتمادی سے جواب دیا

''کیا خدا کے تصور کے بغیر محبت ہو سکتی ہے؟'' ثانیہ نے کچھ سوچ کر لکھا

''ہاں ہو سکتی ہے''۔ اور پھر کچھ وقفے کے بعد واحدی نے ایک اور میسج اپنے ہی میسج کے فوراً بعد لکھ دیا۔

''اصل میں وہی اصل محبت ہے جو خوف یا تنہائی کے خاطر نہ کی جائے۔۔یعنی خدا اور محبت کا رشتہ بھی غور طلب ہے!''

''سر آپ سے ایک پرسنل سوال پوچھ سکتی ہوں؟'' ایک بار پھر جیسے ثانیہ نے جھجکتے ہوئے لکھا۔''آپ نے کبھی کسی سے محبت کی ہے؟''

''ہاں۔۔کی ہے مگر اب وہ کسک کی شکل میں رہ گئی ہے۔ میری محبوبہ کو مر کر بیس سال ہو گئے ہیں۔ اب میں جذبوں کی تروتازگی سے کہیں آگے نکل گیا ہوں۔ میری کسک میری طاقت ہے وہ میرے جینے کا سہارا ہے!'' واحدی نے خیالوں میں بہتے ہوئے ٹائپ کیا۔

''پھر آپ نے کسی اور سے شادی نہیں کی؟'' ثانیہ نے جواب میں سوال لکھ دیا

''میں نے اپنی محبوبہ سے بھی شادی نہیں کی تھی، اُسے مجھ سے پیار کرنے کی سزا ملی تھی، اُس پر بد کرداری کا الزام لگا تھا کیونکہ ہم ایک دوسرے سے چھپ کر ملتے تھے۔ اُس کے خاندان نے میرے ماں باپ اور اپنی بیٹی کو مار دیا، میں بھی زخمی ہو گیا تھا مگر بچ گیا، میرے لیے زندہ رہنے کے لیے اُس کی یاد ہی بہت ہے، پھر کبھی کوئی دوسری عورت مجھ میں وہ جذبہ پیدا نہیں کر سکی جو اپنی محبوبہ کو دیکھ کر مجھ میں جاگا تھا۔''

''کیا آپ کی محبوبہ الگ مذہب سے تھی؟'' ثانیہ نے پھر لکھا

''وہ الگ فرقے سے تھی اور ایک الگ قبیلے سے بھی ۔۔۔'' واحدی نے اسکرین کو تکتے ہوئے، کی بورڈ کی طرف دیکھے بغیر ایک لائن اور ٹائپ کی، ''میں مذہب کو نہیں مانتا مگر محبت

کے بناءِ شادی کو اخلاقی جرم سمجھتا ہوں ۔''

کچھ دیر تک واحدی انتظار کرتا رہا مگر اُسے لگا جیسے ثانیہ کے پاس اب بات کرنے کے لیے کچھ بچا نہیں ہے ۔ مزید کچھ سیکنڈ واحدی نے انتظار کیا اور پھر خدا حافظ ٹائپ کر کے کمپیوٹر ہی ٹرن آف کر دیا ۔

نواں باب

وقت: دو بجکر تیس منٹ رات
تاریخ: ۷ نومبر، ۲۰۱۵ء
مقام: مسی ساگا۔ کینیڈا

اچانک سیل کی وائبریشن کی آواز سے ثانیہ چونک گئی، دوسری طرف دلیپ ہی تھا۔

''وہی ہوا جس کی امید تھی دلیپ، اِٹس آل میسی ناؤ(It's all messy now)، مما پپا کو پتہ چل گیا، اُنہوں نے ہمیں ساتھ دیکھ لیا ہے سٹاربکس میں، ناؤ دے ارتھریٹ انگ دیٹ دے وونٹ لیٹ می گوٹو یونیورسٹی اینی مور they that threatening are they Now)

won't let me go university anymore)''

اُس نے سب کچھ ایک ہی سانس میں کہہ دیا

دلیپ کی ایک گہری سانس کی آواز اُسے سنائی دی، ''ویل دس از ناٹ گڈ (well

this is not good)''

''اب کیا ہوگا یار۔'' ثانیہ کی آواز میں پریشانی کے ساتھ ساتھ ڈپریشن بھی تھا

''میرا خیال ہے ہمیں تھوڑا سا بریک دینا چاہیے اور چپ چپ دیکھنا چاہیے چیزیں کس طرف جا رہی ہیں۔۔۔ کیا خیال ہے؟''

دلیپ نے ٹھہر ٹھہر کر سوچتے ہوئے بولا۔

''یار مما پپا بالکل سے میڈ (m a d) جیسے ہو رہے ہیں۔'' ڈونٹ یو اینڈر اسٹینڈ(understand you Don't) ''تمھارا گیٹ اپ(getup) دیکھ کر پرابلم ہو گیا۔

ڈیٹنگ، پھر وہ بھی ایک سکھ کے ساتھ ۔۔۔ ناٹ ایون مسلم (not even Muslim)۔۔۔۔ آئی ٹولڈ یو یار مائی پیرنٹس آر ویری ٹریڈیشنل اور کنزرویٹو! (I told you my parents are very traditional and conservative)'' ثانیہ نے رو ہانسہ ہو کر کہا

''خیر ہے یار، تم پریشان نہ ہو اور پھر تمھیں پتہ ہی ہے نا ہم بھی کہاں کچھ اچھے کی امید کر رہے تھے۔ مجھے پتہ ہے میرے ماں باپ نے بھی سر ہی پھوڑنا ہے وہ بھی اُن ہی کی طرح ہیں ۔۔۔۔'' دلیپ نے ڈھارس بندھاتے ہوئے کہنے لگا، ''ابھی دو چار دن ٹھہر جاؤ دیکھتو سہی اونٹ کس کروٹ بیٹھتا ہے؟''

''پتہ نہیں یار بیٹھتا بھی ہے یا نہیں ۔۔۔ مجھے تو چھلانگیں لگاتے ہوئے ہی دکھائی رہا ہے۔'' ثانیہ فون پر بڑبڑانے لگی

''اچھا سنو پریشان نہ ہو ۔۔۔ کچھ چکر چلاتے ہیں۔'' دلیپ نے آہستہ سے کہا

''کیا چکر چلاتے ہیں، گھر سے لے کر بھاگو گے کیا؟ ۔۔۔ فلم چل رہی ہے کوئی یار؟ ۔۔۔ یہ کوئی بالی ووڈ ہے کیا؟ یار تمھیں نہیں پتہ وہ تو ابھی سے ہی میرا رشتہ ڈھونڈنے کی عجیب عجیب باتیں کر رہیں ہیں'' ثانیہ نے جواب دیا۔

''یار یہ کوئی انڈیا یا پاکستان نہیں ہے جس سے تمھارا چاچا جی چاہا شادی کر دی ۔۔۔ تھوڑی سی ہمت کرو جب تک تم نہیں چاہو گی تمھارا ہمارا کچھ بھی نہیں بگڑے گا ۔۔۔ سمجھا کرو، مجھے ذرا دیکھنے تو دو میرے گھر والے کیسے ریکٹ (React) کرتے ہیں؟ فرق صرف اتنا ہے کہ مجھے خود انھیں بتانا ہوگا، ابا جی کی تو خیر ہے پر بے جی تو مجھے مار ہی دے گی ۔۔۔'' دلیپ اپنی ماں کو بے جی کہتا تھا، ''تم پریشان مت ہو میں آج ہی سری نگر کال کرتا ہوں گھر پر، ابا جی کو تو پہلے میں کونفیڈنس (Confidence) میں لے لوں، اگر وہی ہتے سے اکھڑ گئے تو پھر مجھے دیکھنا ہوگا۔ یہ بھی ہو سکتا ہے کہ وہ ادھر سے بولیں کہ اوئے تجھے کینیڈا پڑھنے بھیجا تھا اور تو اُدھر یہ کام کر رہا ہے؟ لیٹس سی فرسٹ یار، بس پریشان نہ ہو، کوئی نا کوئی راستہ تو نکل ہی آئے گا ۔۔۔!'' دلیپ نے ایک ہی سانس میں دلا سے تسلیاں، خدشات اور پلانز کم وبیش سبھی کچھ کا تذکرہ کر دیا۔

''خیر تمھارے مما پاپا کم از کم یہاں تو نہیں ہیں، مگر مجھے تو یہی رہنا ہے نا، روزانہ اُن کی ناراض شکلیں دیکھنی ہیں، ڈانٹ کھانی ہے، غصہ برداشت کرنا ہے ۔۔۔'' ثانیہ پھر سے بڑبڑانے لگی۔

’’ہاں مگر یار میں تو ہندوستانی شہری ہوں اور تو کینیڈین اور پھر یہ تو دیکھ یار کل میرے اسٹوڈنٹ ویزے نے ختم ہو جانا ہے پھر مجھے بھی جا کر اُنہیں ہی دیکھنا ہے نا یار۔۔۔‘‘ دلیپ نے جواب دیا

’’دلیپ۔۔۔‘‘ کچھ دیر کی خاموشی کے بعد ثانیہ نے ہچکچاتے ہوئے آہستہ سے کہا، ’’۔۔۔یار تو مجھ سے پیار تو کرتا ہے نا؟‘‘

’’نہیں دشمنی ہے تیری میری۔۔۔‘‘ دلیپ نے اُس کی بات کا مذاق اُڑاتے ہوئے کہا، ’’کیسے ثابت کرنا ہے اب یہ بھی بتا دو؟‘‘

ثانیہ کچھ دیر تک چپ رہی پھر کہنے لگی، ’’نہیں، یونہی بس خیال آیا تھا اس لیے پوچھ لیا۔۔۔‘‘

ثانیہ کے اس جملے کے بعد دونوں طرف سے کچھ دیر کے لیے خاموشی ہو گئی، صرف ہلکی ہلکی سانسوں کی آوازیں آپس میں باتیں کرتی رہیں۔ اچانک دروازے پر دستک ہوئی اور ثانیہ کے خیالوں کا سلسلہ ٹوٹ گیا، ’’دلیپ دروازے پر کوئی ہے، میں پھر بات کرتی ہوں‘‘ یہ کہہ کر ثانیہ نے جھٹکے سے سیل فون آف کر دیا۔ دروازے پر مما تھی، چہرے پر ابھی تک تھوڑی دیر پہلے والا کھچاؤ تھا جو کچھ دیر قبل غصے کے ساتھ تھا مگر اب غصہ اسٹریس میں بدل چکا تھا البتہ آنکھوں میں اب گہرے دکھ کی کیفیت تھی کچھ نا امیدی بھی تھی یا شائد ثانیہ کو ایسے محسوس ہو رہا تھا کیونکہ وہ خود اندر سے نا امید اور ڈپرس تھی۔

’’سیل فون دے دو اپنا۔۔۔ تیرے ابو منگوا رہے ہیں۔‘‘ اُنہوں نے اپنا ایک ہاتھ اُس کی طرف پھیلا کر کہا

’’مما ڈو یو تھنک اِٹ از فیئر؟ (Do you think it is fair?) ۔۔۔؟‘‘

’’میں نہیں جانتی، زیادہ بکواس نہیں کر۔‘‘ مما نے چڑ کر کہا

’’آپ لوگ کیوں ایسے روایتی لوگوں کی طرح بی ہیو (behave) کر رہے ہیں؟‘‘ اُس نے تھوڑا اٹک کر کہا

’’ہاں ہاں ہم لوگ ایسے ہی ہیں ۔۔۔ روائتی قسم کے لوگ ہیں، تم سیل فون دے دو مجھے۔‘‘ مما نے چڑ کر جواب دیا۔

ثانیہ مڑی اور میز سے سیل فون اُٹھا کر مما کے پھیلے ہوئے ہاتھ پر رکھ دیا

''پاسورڈ (Password) کیا ہے؟'' مما نے فون ہاتھ میں لے کر کہا۔

'' ڈی آئی ایل آئی پی '' ثانیہ نے جواب دیا

''دلیپ نام ہے اس کا۔۔۔؟'' مما نے ثانیہ کو گھورتے ہوئے کہا

''ہاں'' ثانیہ نے آہستہ سے کہا

''چل ٹھیک ہے۔۔۔ بھوک لگی ہے تو نیچے کچن میں آ کر کھانا کھا لینا، میز پر لگا ہوا ہے۔'' اماں نے جیسے احسان کرتے ہوئے اُس سے کہا۔

''مجھے نہیں ہے کوئی بھوک ووک ۔'' ثانیہ نے چڑ کر کہا اور مما کے جانے کے بعد دروازہ زور سے بند کر لیا اور پھر پلٹ کر آ کر بستر پر آڑی لیٹ گئی، پہلے تو وہ یونہی کمرے کی دیوار کو کچھ دیر تکتی رہی پھر اچانک اُٹھی اور جلدی سے کمپیوٹر پر ہاٹ میل پر لاگ اِن ہو کر دلیپ کو ای میل لکھنے لگی ۔

دسواں باب

وقت: آٹھ بجے رات
تاریخ: ۸ نومبر، ۲۰۱۵
مقام: شاہ فیصل کالونی نمبر ۵ ۔ کراچی

جس رات شاہ فیصل نمبر پانچ تھانے پر دھاوا پڑا تھا، اُس رات سارا علاقہ اللہ اکبر کے نعروں سے گونج اُٹھا تھا۔ پہلے مولوی سلیم اللہ چار پانچ بندوں کے ساتھ ایس ایچ او سے ملنے کے لیے آیا اور جب بات بحث سے بڑھ کر چیخ و پکار میں بدل گئی تب ایس ایچ او کے کان میں کانسٹیبل رحیم داد نے کہا، ''سرجی یہ تو پوری طرح سے تیار ہو کر آئے ہیں، باہر لوگ صرف ڈنڈے لاٹھیوں کے ساتھ ہی نہیں اسلحہ بھی اُٹھائے ہوئے ہیں۔''

یہ سنتے ہی ایس ایچ او کا رنگ بدل گیا تھا مگر اس نے خود کو لمحے بھر میں کنٹرول کر لیا اور اُتنی ہی آہستہ سے پوچھا،'' کتنے بندے ہونگے۔۔؟''

''یہی کوئی دو ڈھائی سو تو ہونگے۔''

یہ سنتے ہی ایس ایچ او کا لہجہ یکا یک نرم ہو گیا،'' اچھا اچھا مولوی صاحب زرا دھیرج سے کام لو۔''

مگر پھر جونہی مولوی شمس لحق کی گرم گرم کال اِس وارننگ کے ساتھ آ گئی کہ ابھی تو صرف دو ڈھائی سو بندے ہیں کل دو ڈھائی ہزار بھی ہو سکتے ہیں۔ بات ناموس رسول کی ہے کوئی معمولی بات نہیں ہے، تو پھر ایس ایچ او منت سماجت پر اُتر آیا،''مولوی صاحب، مولوی صاحب ابھی دیکھو بھائی۔۔۔ابھی تو نا معلوم افراد کے خلاف ایف آئی آر کٹی ہے نا، اب کسی نا کسی کو تو

تھانے میں رکھنا ہوگا نا ہمیں ۔۔۔آپ سمجھتے ہونا ہمیں بھی جواب دینا پڑتا ہے اُوپر والوں کو،''

اُس پر اُدھر سے مولوی شمس الحق نے ایس ایچ او کو سمجھاتے ہوئے کہا،''بھائی آپ کے اوپر والوں سے بھی کچھ اوپر والے موجود ہیں جن سے ہم بھی رابطے میں ہیں مگر ہم سمجھتے ہیں کہ آپ کی قانونی مجبوریاں کچھ حد تک ہوتی ہیں ،تو ابھی تو ہم یہ ہی آپ کو کہیں گے کہ آپ یوں کرو کہ دو چار چرسی موالی تھانے میں بند کر دو، یہ تو یوں بھی ہمارے معاشرے پر بوجھ ہی ہیں، یہ پھر اچھے مقصد کے لیے کب کام آئیں گے؟ آپ اِن شریف لوگوں کو چھوڑ دو یہ سب مسجد کے لوگ ہیں نیک مسلمان ہیں، ویسے بھی گستاخِ خانِ رسول کو انجام تک پہنچانا قرآن و حدیث کی روشنی میں کوئی گناہ نہیں ہے۔''

اب یہ مولوی شمس الحق کی دھواں دھار تقریر تھی یا باہر کھڑے ہوئے دو ڈھائی سو اسلحہ بردار داڑھی والے پُر ایمان لوگوں کی موجودگی کا اثر یا پھر خود ایس ایچ کا اپنا سویا ہوا ایمان تھا جو مولوی صاحب کی دھواں دھار تقریر سے اچانک ہی جاگ گیا اور کچھ ہی دیر بعد اُس نے ایک دو اور جگہ فون کیا اور معاملات کی اہمیت اور نزاکت کو سمجھتے ہوئے کانسٹبل رحیم داد کو اشارے سے کہا کہ اندر جو لوگ بند ہیں ان میں سے اُنہیں چھوڑ دے جن کا مولوی سلیم اللہ صاحب نام دیں ۔

ادریس تھانے سے گھر پہنچا تو یہ دیکھ کر خوشی سے حیران ہو گیا کہ کم و بیش سارا ہی محلّہ ادریس کو دیکھنے اور مبارکباد دینے اُس کی گلی میں جمع تھا، چاروں طرف رونق ہی رونق تھی ۔ ادریس کی بیوی تو خوشی کے مارے پھولے نہیں سما رہی تھی وہ خود مسجد سے آئے ہوئے لڈو محلے کے لوگوں کو بانٹ رہی تھی اور بار بار تھالیاں بھر کر صحن میں رکھتی جا رہی تھی ۔رات گئے جب سب لوگ ایک ایک کر کے اپنے اپنے گھر روانہ ہونے لگے تو مولوی سلیم اللہ رخصت ہوتے ہوئے ادریس سے مصافحہ کرتے ہوئے کہنے لگے،''ادریس میاں کل عشاء کے بعد مولوی شمس الحق غریب خانے پر تشریف لا رہے ہیں، انہوں نے آپ کو خصوصاً یاد فرمایا ہے۔''

ادریس نے جھک کر مولوی سلیم اللہ کے ہاتھوں کو بوسہ دیا اور اپنے دونوں ہاتھ سینے پر رکھ کر آنکھوں کے خم سے آنے کا وعدہ کر لیا۔ آہستہ آہستہ گھر خالی ہوتا چلا گیا اور پھر کچھ دیر بعد ادریس اور بختاور گھر میں اکیلے رہ گئے ۔اندر کمرے میں عثمان بے سدھ سو رہا تھا ،سب کے جانے کے بعد پہلے تو ادریس نے صحن میں پڑی چارپائی پر بیٹھ کر آنکھیں بند کر کے دونوں ہاتھ

پھیلا کر لمبی سی جمائی اور پھر وہی تر چھا ہو کر لیٹ گیا اور لیٹے لیٹے بختاور سے کہنے لگا، ''بختاور مجھے تو نیند آ رہی ہے، آج کا دن بہت لمبا تھا بھئی ۔ سن مجھے کل فجر کے وقت مسجد جانا ہے، مولوی صاحب کہہ رہے تھے کہ اب نماز قضا نہ کرنا اور مسجد میں وقت زیادہ دینا۔''

''یہ تو بڑی اچھی بات ہے۔'' بختاور نے مسکرا کر کہا

''اچھا سن ۔۔۔'' یہ کہہ کر ادریس نے لیٹے لیٹے ہی شلوار کی اندر کی جیب سے نوٹوں کی ایک موٹی گڈی نکالی اور بختاور کے ہاتھ میں رکھ کر کہا، ''یہ روپے اندر المماری میں رکھ دے'' اور پھر اُس نے گلے پر سے پھولوں کے ہار اُتارے اور ایک طرف چار پائی پر ڈال دیے اور کروٹ لے کر لیٹ کر بختاور کو مسکراتے ہوئے دیکھنے لگا۔

''اتنے سارے پیسے ۔۔۔!'' بختاور کی آنکھیں نوٹوں کو دیکھ کر چمک گئی، ''یہ کہاں سے آ گئے ۔۔۔؟''

''او ہ کچھ نہیں ۔۔ مولوی سلیم اللہ نے دیے ہیں خرچ کے لیے، وہ کہہ رہے تھے کہ چونے کا کام چھوڑ کر آئندہ بھی مسجد کے لیے ہی کام کروں! او ہ یہ بھی کہہ رہے تھے کہ اللہ کے نبی یا ان کے صلحابہ کرام کے بارے میں بد فعالی کرنے والوں پر مجھے نظر رکھنی ہے محلے میں بھی اور محلے کے باہر بھی، کل بڑے مولوی صاحب ہیں نا مولوی شمس الحق صاحب، اُن سے ملاقات ہے عشاء کے بعد پھر وہ سمجھائیں گے کیا کیا کام ہیں جو مسجد کے لیے ہمیں کرنے ہیں، سب نیکی کے کام ہیں اور پیسے بھی گھر کے خرچ کے لیے بھی وہ ہی دینگے۔ لے اور کیا چاہیے؟''

''اسی لیے تو کہتے ہیں اُس کے یہاں دیر ہے اندھیر نہیں ۔'' بختاور نے روپیوں کو مٹھی میں دبا کر آسمان کی طرف ٹیڑھی نگاہوں سے دیکھتے ہوئے خوشی خوشی کہا۔

''چل ٹھیک ہے ۔۔ ایک طرح سے تو تھانے جانا اچھا ہی ہوا، اپنے بھی دن پھرے ۔۔ نہیں؟'' ادریس نے بختاور کو خوش ہوتا دیکھ کر اُسے مسکرا کر دیکھتے ہوئے کہا۔ پھر اچانک اُسے کچھ یاد آیا تو اُس نے موضوع بدل کر کہا، ''او اے اپنے عثمان کی طبعیت کیسی ہے اب؟ الٹیاں اُس کی کم ہو گئی تھیں؟ میں نے رب نواز کو جاتے وقت کہا تھا کہ وہ عثمان کو ڈاکٹر کے پاس لے جائے، دکھایا تھا اُس نے ۔۔۔؟''

''ہاں ہاں دکھایا تھا ڈاکٹر صاحب کو، اور اُنہوں نے دوائیں بھی دی تھی، مگر ابھی تک

 ٹوٹی ہوئی دیوار

کوئی خاص افاقہ نہیں ہوا۔ابھی بھی کبھی کبھار وہ الٹیاں کر دیتا ہے۔ڈاکٹر صاحب کہہ رہے تھے کہ بہت ڈر گیا ہے عثمان، اُس دن جو آدمی کا واقعہ ہوا تھا تھانا چوک پر۔۔۔اُس نے دماغ کو زرا دھچکا پہنچایا ہے، تھوڑا ٹائم لگے گا ٹھیک ہو جائے گا ۔۔۔''بختاور نے اسی روانی سے ادریس کو جواب دیا جس روانی سے ادریس نے پوچھا تھا پھر کچھ لمحوں بعد کہا،''اچھا چل منہ ہاتھ دھو لے اب میں کھانا لگا دیتی ہوں ۔۔۔''بختاور نے چارپائی سے اُٹھ کر کہا۔

''نہیں،نہیں ۔۔۔ مجھے بھوک نہیں ہے،مولوی صاحب کے لوگ اتنی مٹھائیاں لائے تھے کہ کھا کھا کر ہی میرا تو پیٹ ہی بھر گیا، ابھی مجھے بالکل بھوک نہیں ہے۔''ادریس نے جمائی لیتے ہوئے کہا،''اور سُن زرا دالان کی لائٹ بند کر دے، میں یہی سو رہا ہوں اب، کچھ گھنٹوں کی تو بات ہے پھر فجر میں اٹھنا ہی ہے''یہ کہتے ہوئے ادریس کروٹ بدل کر لیٹ گیا۔

اندر کمرے میں آ کر بختاور نے آہستہ سے الماری کا پٹ کھولا اور دراز نکال کر اندر سیف میں روپیوں کی گڈی چھپانے لگی کہ اچانک بختاور کو یوں لگا جیسے اُسے پیچھے سے کوئی تک رہا ہے، بختاور نے گھبرا کر پلٹ کر دیکھا مگر کوئی بھی نہیں تھا۔ادریس باہر صحن میں سوتے ہوئے زور زور سے خراٹے لے رہا تھا اور سامنے کمرے میں عثمان اپنی چارپائی پر بے سدھ سو رہا تھا صرف آنسوؤں کے چند قطرے تھے جو عثمان کے گالوں پر بلب کی ٹمٹماتی ہوئی روشنی میں چمک رہے تھے ۔شائد سونے سے کچھ دیر پہلے تک وہ روتا رہا تھا!

گیارہواں باب

وقت : بارہ بجکر تیس منٹ دوپہر
تاریخ : ۷ نومبر ، ۲۰۱۵
مقام : کابل ، افغانستان

کمپیوٹر آن آف کرکے واحدی نے پہلے تو ایک گہری سانس لی اور پھر دونوں ہاتھوں کی انگلیوں کو گردن کے پیچھے آپس میں الجھا کر چھت کی طرف ترچھا ہو کر خالی خولی نظروں سے تکنے لگا۔ کچھ دیر پہلے کی ثانیہ سے ہوئی گفتگو نے اُس کے دل کو پر ملال کردیا تھا۔ آج کتنے عرصے بعد اُس کے دل کے زخم پھر سے ہرے ہو کر رِس رہے تھے۔ یادیں قطرہ بہ قطرہ اس کے غمزدہ دل کی دیواروں کو بھگو رہی تھیں اور وقت لمحہ بہ لمحہ اُسے ماضی میں دھکیل رہا تھا۔ واحدی نے دھیمے سے آنکھیں بند کی تو اسے لگا جیسے کچھ آنسو پلکوں سے باہر آنے کے بجائے اندر کہیں دل کے اندھیرے کنویں میں اتر گئے۔ ایک ایک کرکے پچیس تیس سال پہلے کی بند کتاب کے ورق پھر سے کھلنے لگے اور وہ نہ چاہتے ہوئے بھی کچھ لمحوں کے لیے ماضی میں کھو گیا۔

’’جنگ کے بعد اصل جنگ شروع ہوتی ہے۔۔۔۔‘‘ پولیٹیکل سائنسز کی کلاس میں جب اُس کے پروفیسر ڈاکٹر زمان اللہ نے ملک کے سیاسی حالات پر فکر انگیز جملہ کہا تھا تو اُس نے چانک ہاتھ اُٹھا کر پشتو میں کہا تھا،’’ آپ کو یقین ہے سر یہ جنگ اب کبھی ختم بھی ہوگی؟‘‘ اُس نے دیکھا تھا کہ اُس کی بات سن کر اُن کی آنکھوں کی ذہانت، وحشت اور بے چینی سے بدل گئی تھی۔ اُس وقت تقریباً سات سال سوویت یونین کے ساتھ جنگ کو ہو چکے تھے۔ کہنے کو تو سارا افغانستان ہی دھواں ہو رہا تھا مگر زیادہ تر لڑائی بڑے صوبوں اور سرحدی پہاڑی علاقوں میں چل

رہی تھی ۔ دارلخلافہ کابل میں تو ابھی بھی روزمرہ کا کاروبار چل رہا تھا ، یہ الگ بات کہ اکثر و بیشتر سرکاری عمارتوں پر بم دھماکوں سے پورا شہر دہل جاتا تھا مگر پھر بھی بجلی اور پانی کا نظام ابھی باقی تھا اور بازار بھی کھل رہے تھے ۔ کابل یونیورسٹی میں کلاسیں نہ ہونے کے برابر ہوتی تھی مگر کبھی کبھار لائبریری سے وہ کتابیں جمع کر کے شیرازی کی طرف آجاتا تھا ۔ شیرازی اُس کا دیوالی چچا زاد بھائی تھا ، بچپن کا دوست تھا اور سب سے بڑھکر اُس کی محبوبہ صوفیہ کے بھائی کا دوست تھا ۔ شیرازی کا باپ سلطان علی کشمند کی کیبنٹ میں وزیر تھا اور واحدی کو اپنے بچوں کی طرح عزیز رکھتا تھا ۔ اُس نے ہی پرائمری کی تعلیم سے واحدی کی پڑھائی کے خرچے کا سارا ذمہ اُٹھایا ہوا تھا اس بات سے واحدی کا باپ مطمئن تھا اور بامیان میں اپنے خاندان کی دیکھ بھال اور چھوٹے سے کاروبار میں مصروف تھا ۔ کابل کے حالات بامیان سے زیادہ مختلف نہیں تھے ۔ کابل میں حکومتی ادارے اس کوشش میں رہتے تھے کہ دالخلافہ کو جنگ کے زمانے میں بھی جتنا ممکن ہو سکے کنٹرول میں رکھیں اور بیرونی دنیا کو مظبوط ہونے کا تاثر دیں ۔ یہی وجہ ہے کہ ہسپتال ، بازار ، تعلیمی ادارے اکثر و بیشتر وقفوں سے کھل جاتے تھے مگر پھر جو نہی لڑائی زور پکڑتی حکومتی اداروں کے ساتھ ساتھ یہ بھی بند ہو جاتے ۔ اُدھر ہزارہ جات کا بھی یہی حال تھا وہاں بھی اکثر و بیشتر ہزارہ جات میں میدان وردک ، غور اور روزگان اور اُس کے صوبے بامیان میں اچانک حالات بگڑ جاتے تھے ۔ اکثر و بیشتر مجاہدین تنظیموں خصوصاً تنظیمِ نسل نو ہزارہ اور خمینی اسلامی گروپس اور کارمل حکومت کے درمیان جھڑپ اس قدر بڑھ جاتی تھی کہ سارا علاقہ میزائلوں اور بموں کے دھماکوں کی آوازوں سے گونجنے لگتا اور پھر چاروں جانب بارود کی بو ارد گرد کی فضا میں پھیل جاتی تھی ۔ یوں بھی یہاں انہتر سے ببرک کارمل کا حکومتی اثر کم سے کم ہوتا جا رہا تھا زیادہ تر سیکولر گرو پس مدافعتی حالات میں تھے اور مجاہدین طاقتور ہوتے جا رہے تھے خصوصاً ایران کی پشت پناہی میں خمینی اسلامی گروپ بہت طاقتور ہو رہا تھا اور اب لڑائی سویت یونین یا کارمل حکومت کے خلاف ہونے کے بجائے آپس میں زیادہ ہو رہی تھی اس میں کوئٹہ کی پشت پناہی میں تنظیمِ نسل نو ہزارہ سب سے آگے تھی ، وہ کسی طور خمینی گروپ کو ہزارہ جات کا کنٹرول دینے کو تیار نہیں تھی اب یہ الگ بات کہ حکومت میں ابھی بھی ہزارہ جات کی نمائندگی سلطان علی کشمند جیسے سیاسی اور سید منصور نادری کی طرح کے مذہبی و سیاسی پیر بھر پور طرح سے کر رہے تھے ۔ بادل نخواستہ سویت

یونین نے یونائٹڈ نیشن کی ہدایت پر چھ رجمنٹ فوج افغانستان سے نکالنے کا وعدہ کیا تھا مگر امریکا اسے چاول کے دانے سے زیادہ اہمیت دینے کو تیار نہیں تھا کیونکہ اُس وقت بھی ایک لاکھ بیس ہزار سوویت فوجی افغانستان میں موجود تھے دوسری طرف مجاہدین تھے جو دن بدن طاقتور ہوتے جا رہے تھے۔ اُنہیں امریکا، انگلینڈ اور چین مسلسل پاکستان کے زریعے زیادہ بہتر اسلحہ خصوصاً اسٹنگر مزائل پہنچا رہا تھا جو نچلی پرواز کے روسی جنگی جہاز اور ہیلی کاپٹر گرانے میں بہت زیادہ کار آمد ہو رہے تھے۔ ببرک کارمل کی سیاسی پالیسیوں سے سوویت لیڈرشپ سخت مایوس تھی انہیں صحت کی خرابی کے بہانے سے ماسکو میں ہی جلاوطنی کی غرض سے روک لیا گیا تھا جبکہ دوسری طرف نجیب اللہ کو تبدیلی کے لیے بھی اشارہ مل گیا تھا۔ جنگ مسلسل جاری و ساری تھی دونوں طرف سے ایک دوسرے کے لیے بڑے نقصانات کا دعویٰ کیا جا رہا تھا مگر یہ کہنا ناممکن تھا کہ کونسا فریق جیت رہا ہے ہاں یہ بات درست تھی کہ پچھلے آٹھ نو مہینے میں ہی دس سے بارہ ہزار افغان شہری مارے جا چکے تھے جن میں بڑی تعداد بچوں کی تھی جو آئے دن ہینڈ گرنیڈ کو کھلونے سمجھ کر اُن سے کھیلنے کے دوران دھماکوں میں مرے تھے یا بڑے دھماکوں کی زد میں آ رہے تھے۔

واحدی کو ۱۶ اکتوبر ۱۹۸۵ کی وہ شام یاد تھی جب پہلی بار اُس نے صوفیہ کو دیکھا تھا اور پھر اُس کی زندگی کے سارے نظریات یکا یک بدل گئے تھے۔ اُس شام جب ریڈ آرمی کی پریڈ سوویت یونین کی واپسی کے لیے کابل کے مرکزی بازار سے گزر رہی تھی تو اچانک مجاہدین کے لگائے گئے طاقتور بموں کے دھماکوں سے پورا شہر گونج اٹھا تھا اور پھر ایک ایک کے بعد ایک کئی عمارتیں اور دوکانیں دھول مٹی کے طوفان کے نذر ہو گئی تھیں۔ اُس شام واحدی اور شیرازی اندھا دھند گلیوں میں بھاگتے ہوئے مسعود کے گھر میں جا گھسے تھے جو شیرازی کا پرانا دوست تھا۔ مسعود یوں تو شیرازی کے بچپن کا یار تھا مگر گلدین حکمت یار کی حزبِ اسلامی سے جڑا ہوا تھا یہ تو بعد میں واحدی کو پتہ چلا کہ اُس دن کے دھماکے میں بھی مسعود کا ہی سب سے بڑا ہاتھ تھا۔ جب واحدی کی نظر پہلی بار مسعود کی بہن پر پڑی تھی تو اُس کی آنکھیں پتھرا گئیں تھیں اور دل دھماکے کی آواز سے زیادہ اپنی ہی دھڑکنوں کی آوازوں سے کانپ گیا تھا۔ ایسا واحدی کے ساتھ پچیس سال کی زندگی میں پہلے پہل ہوا تھا جب سرِ شام ہونے والے دھماکوں، روتی چیختی کراہتی ہوئی انسانی آوازوں اور مذہبی و قومی نعروں کی گونج میں پھیلی ہوئی بار دو کی بوُ اُس کے حواسوں پر طاری تھی

اور ایک ساتھ کئی مخالف وموافق جذبات اُس کے دل و دماغ میں رات بھر دست و گریبان رہے تھے ۔۔ وطن اور محبت، مذہب اور محبت، عورت اور محبت مگر جب وہ صبح بستر سے اُٹھا تو وطن اور مذہب کہیں دھندلا چکے تھے مگر صوفیہ اور اس کی محبت کی خوشبو اُس کے چاروں جانب پھیل چکی تھی ۔ صوفیہ میں کیا تھا جو اُسے خود سے چھین گیا تھا اُس کا تعین اُس سے کبھی بھی نہ ہوسکا، نہ تو اُس دن جب وہ پہلی بار اُسے مسعود کے پیچھے نارنجی رنگ کے پھولوں کی اوڑھنی اوڑھے کچھ مسکراتی کچھ شرماتی ہوئی دکھائی دی تھی اور شیرازی کی پکار کی وجہ سے دونوں بہن بھائیوں کو اچانک اُن کی طرف دیکھنے پر راغب کر دیا تھا، جس لمحے شیرازی کی نظریں مسعود کی طرف اُٹھی تھیں واحدی کی بے ساختہ نگاہیں صوفیہ سے ٹکرا گئی تھیں ۔ اُس ایک لمحے میں واحدی نے صوفیہ کی کنجی آنکھوں میں وہ جازبیت دیکھی تھی جو صرف پہلی نظر کی پہلی محبت میں ہوتی ہے ۔ صوفیہ کا وہ پہلا دلربا نہ عکس واحدی کی رومانوی زندگی کا سب سے زیادہ خوشگوار احساس تھا جس نے اُس کی بے رنگ بدمزہ زندگی کو بعد میں کتنے ہی دلفریب رنگوں سے بھر دیا تھا جو گزرتے وقت کے ساتھ پھر اُڑتے چلے گئے اور اپنی آخری شکل میں لہو کے سرخ رنگ سے رنگتے چلے گئے ۔ اُن دنوں واحدی کابل یونیورسٹی میں پولیٹیکل سائنس میں پچھلر کر رہا تھا جو شہر کے حالات کی وجہ سے دو سے چار سال کے وقفے میں بدل گئے تھے ۔ حالات خراب ہونے پر یونیورسٹی اکثر کئی کئی ہفتوں کے لیے بند ہو جاتی تھی مگر پھر جو نہی حالات ٹھیک ہوتے تعلیم کا سلسلہ دوبارہ شروع ہو جاتا تھا ۔ کابل کا کلچر ابھی بھی پوری طرح سے برقعہ کلچر میں نہیں بدلا تھا بلکہ سچ تو یہ تھا کہ بڑی تعداد طالبات کی ایسی تھی جو اسکرٹ پہنتی تھی اور مغربی انداز کے کوٹ اور پینٹ زیب تن کرتی تھیں صرف گلی کوچوں میں ہی سفید اور کالے برقعے زیادہ دکھائی دیتے تھے ۔ یہی حال طالب علموں کا تھا ابھی داڑھی اور شلوار صرف ان ہی علاقوں میں تھی جو یا تو پسماندہ تھے یا کاروباری اور مزدور وغیرہ ، ورنہ یونیورسٹی تو سویت انداز کے ملبوسات کے بدولت مشرقی ومغربی تہذیب کا حسین اشتراک نظر آتی تھی ۔ بعض گھرانے دقیانوسیت کا شکار تھے اور سویت ملبوسات کو کفر کی علامت سمجھتے تھے خصوصاً سویت افغان جنگ کے بعد مجاہدین کی اسلام و کفر کی جنگ کے پروپگنڈے نے شدت پسندی کو خاصا فروغ دے دیا تھا اور برقعہ اور داڑھی اسلام کی علامت بن کر گھر گھر پھیل رہا تھا اور سویت کلچر دھیرے دھیرے رخصت ہو رہا تھا ۔ واحدی کو یاد تھا صوفیہ اور اس کی دوسری ملاقات جب

شیرازی کے گھر ہوئی تھی تو صوفیہ نے روسی جین اور افغانی اسکارف پہنا ہوا تھا اور وہ واحدی کی گفتگو پر مسعود کے تیور دیکھ کر خاصی مایوس ہوئی تھی۔ صوفیہ نے فائن آرٹ میں بیچلر کیا تھا اور بہت اچھی پینٹنگز بناتی تھی مگر مسعود کے سیاسی خیالات اُس کی تخلیقی زندگی پر بھی اثر انداز ہو رہے تھے۔ اُس شام شیرازی کے گھر کھانے پر کئی بڑی سیاسی شخصیات مدعو تھیں جن میں سلطان علی کشمند کے ساتھ کچھ نادری خاندان کے لوگ بھی شامل تھے۔ واحدی کے ساتھ یونیورسٹی کے جہاں کچھ دوست بیٹھے ہوئے تھے، سویت یونین کی فوجوں کی واپسی کے معاملے پر بحث کر رہے تھے تھے۔ مسعود مسلسل اس سارے معاملے کا کریڈٹ مجاہدین کی مسلسل مزاحمت اور جذبہِ جہاد کو دے رہا تھا مگر واحدی کا خیال تھا کہ یہ جنگ اسلام و کفر کی نہیں بلکہ دو سیاسی نظریات یعنی کمیونزم اور کیپٹل ازم کے درمیان کی ہے۔ واحدی نے جب ایک بار مسکرا کر کہا 'مذاہب کے درمیان جنگیں دراصل مونارار کزم یا بادشہات کے درمیان حکمرانی کے خاطر تھیں، آج بیسویں صدی میں مذاہب کو آئیڈیالوجی ز کے درمیان ٹکراؤ کے لیے استعمال کیا جا رہا ہے بلکہ ہمیشہ کی طرح اس سے مذہب کے تصورِ انسانیت کو نقصان پہنچے گا۔' تو مسعود نے جھنجلا کر جواب دیا، ''یہ ڈرائنگ روم کی گفتگو کرنے والے اسلام کے جہادی تصور سے ناواقف ہیں، اسلام کی حفاظت کا وعدہ رب الکریم نے خود کیا ہے ۔ جس طرح انہوں نے کعبہ پر ابابیلیں بھیجی تھیں ٹھیک اسی طرح اللہ کی نیک ہدایت کی وجہ سے دوسری قوم میں ہماری مدد کے لیے آئی ہیں ۔'' واحدی کی مسکراہٹ مسعود کو اُس وقت زہر آلود لگی تھی جب اُس نے جواب میں کر بلا کے واقعہ پر سوال اٹھایا تھا کہ: اُس وقت ابابیلیں کہاں تھیں جب آلِ رسول کو بے دردی سے قتل کیا گیا تھا؟

صوفیہ کی معصومانہ محبت اور مسعود کے سیاسی و مذہبی شدت پسندانہ خیالات بعد کے کچھ سالوں میں واحدی کی زندگی کی درد ناک تعبیر ثابت ہوئے ۔ اُسی شام اس سارے سیاسی بحث کے دوران واحدی کی نگاہیں کئی بار زنان خانے کی طرف اور خواتین کی بیٹھک کی طرف صوفیہ کو ڈھونڈتی رہی تھیں اور بلاخر تکتھیوں سے اُس سے نظریں ملانے میں کامیاب بھی ہو گئی تھیں ۔ اپنی اس دوسری ملاقات میں واحدی کو اپنے اور صوفیہ کے درمیان ایک انجان رشتے کی موجودگی کا شدت سے احساس ہوا تھا کیونکہ جب جب اُس کی نظریں صوفیہ سے ملی تھیں، اُس کا دل محبت کے سمندر میں ڈوبتا ہوا ملتا تھا اور نہ جانے کیوں اسے اس بات کا یقین تھا کہ صوفیہ بھی اُس کی

طرف اُس کی طرح مائل ہے۔

جوں جوں واحدی ماضی کی گلیوں میں آوارہ پھر رہا تھا، صوفیہ کا مجسم حسین روپ آہستہ آہستہ اُس کے بے رنگ حال کو خوشنما رنگوں سے رنگین تر بنا رہا تھا۔ وہ کبھی یونیورسٹی کے آرٹ ڈپارٹمنٹ میں اُسے اپنی سہیلیوں کے ساتھ مسکراتی کھلکھلاتی ہوئی دکھائی دیتی تو کبھی بازار میں اپنی والدہ اور بہنوں کے ساتھ شاپنگ کرتے ہوئے دکھائی دیتی۔ کبھی اپنے گھر کے پیچھے اُس کو ایک نظر دیکھنے کے خاطر بہانوں سے آتی جاتی دکھائی دیتی تو کبھی کانپتے ہاتھوں سے اُس سے اپنے پیار کی چھٹی لیتی ہوئی یونیورسٹی کے کسی کمپاونڈ میں دکھائی دیتی تھی۔ واحدی صوفیہ کے خیالات میں آہستہ آہستہ یوں جذب ہوتا چلا گیا کہ کرسی پر لیٹے لیٹے اُسے نیند کا ایک جھونکا سا آ گیا کہ اچانک کچھ ٹوٹنے کی آواز کے ساتھ اُس کے رومانی خیالات کی ڈور بھی ٹوٹ گئی۔ اُس نے آدھی نیند کی کیفیت سے نکل کر کمرے میں چاروں طرف حیرانگی سے نظریں گھمائیں مگر جب اُسے کچھ سمجھ نہیں آیا تو وہ کرسی سے اُٹھا اور کمرے کے بالائی دروازے سے نکل کر پیچھے گیلری کی طرف چلا آیا کہ اچانک کسی نامعلوم سمت سے ایک اور پتھر زناٹے کے ساتھ آیا جس نے اس بار کھڑکی کا شیشہ توڑنے کے بجائے اُس کی پیشانی کو خون سے رنگ دیا۔ پھر اس قدر شدت سے اُس کی پیشانی پر لگا تھا اس کی آنکھوں کے سامنے چند لمحوں کے لیے اندھیرا آ گیا اور پھر جب اُس نے بے چینی سے اپنی آنکھوں کو دونوں ہاتھوں سے مسلا تو اسے لگا جیسے اُس کی آنکھیں اور ہاتھ دونوں خون سے بھر گئے ہیں۔

بارواں باب

وقت : بارہ بجے دوپہر
تاریخ : ۷نومبر،۲۰۱۵
مقام : یونیورسٹی آف ٹورنٹو۔کینیڈا

پچھلے دو گھنٹے سے دلیپ اور ثانیہ یونیورسٹی کے کمپاونڈ میں ایک دوسرے کے ہاتھ تھامے ہوئے بیٹھے ہوئے تھے۔ثانیہ کے چہرے پر پریشانی اور دلیپ گہری فکر میں ڈوبا ہوا تھا۔ کچھ لمحوں کی اور خاموشی کے بعد دلیپ نے ایک گہرا سانس لیا اور پھر پلٹ کر ادھر ادھر نظریں گھما کر دیکھنے لگا۔ چاروں جانب اسٹوڈنٹس لڑکے اور لڑکیاں کہیں گروپس تو کہیں جوڑوں کی صورت میزوں کے اردگرد بیٹھے ہوئے پڑھ رہے تھے یا ادھر ادھر کھڑے ہوئے خوش گپیوں میں مصروف تھے۔انڈین، پاکستانی،بنگلہ دیشی،چائنیز،افریقی،کینیڈین،یورپین،یورپین غرض یہ کہ ہر چہرہ زندگی کی رونق سے دمک رہا تھا۔ چہرہ کہیں بات کر رہا تھا تو کہیں آنکھیں، آوازیں کہیں گونج رہی تھیں تو کہیں مسکراہٹیں، نہ کہیں رنگ، نسل یا مذہب کے فرق کا کوئی احساس تھا اور نہ ہی کہیں قد وقامت وشکل صورت کے فرق کا، ہاں اگر کچھ تھا تو ایک دوسرے کے ساتھ ایک محبت و دوستی کا رشتہ تھا جو اِن ساری لغویات سے بالاتر تھا۔نومبر کے باوجود موسم میں ابھی تک شدت پیدا نہیں ہوئی تھی، گھاس اپنا سبز رنگ سینے سے لپٹا کر بیٹھی تھی، درختوں پر خزاں بہار سے زیادہ رنگ بکھیر رہی تھی وہ جو پہلے محض سبز تھے اب زرد اور سرخ بھی ہو رہے تھے جیسے خزاں بھی نوجوانی کے رنگوں میں ڈھل رہی تھی اور افسردگی کے بجائے کسی انجانی مسرت کے احساس سے دوچار تھی۔ ہوا میں خنکی تھی مگر دھوپ کے اُجلے رنگ میں جذب ہو کر اُس کی لطیف گرمی ساتھ مل کر گرم ہونے کے

بجائے ایک تمازت آمیز سردی کا ذائقہ دے رہی تھی ۔ دلیپ نے پھر ثانیہ کو ایک گہری نگاہ سے دیکھا اور پھر دھیرے سے اُس کے ہاتھ کو محبت سے بھینچ لیا ۔۔ جیسے وہ بھی اس گلوبل سوسائٹی کی فطری دنیا کا ایک حصہ بن جانا چاہتا ہو ۔

''تم پھر گھر سے نکلی کیسے آج؟۔۔۔'' دلیپ نے آہستہ سے کہا

''سینڈل پہن کر۔۔۔'' ثانیہ نے منہ بسور کر کہا اور پھر اچانک ہنسنے لگی ، ''یار دلیپ تم بھی نا بس ۔۔۔'' پھر ایک گہرا سانس لے کر کہا ، ''یار میں نے کل رات جب تمھیں ای میل کیا تھا نا تو کیا لکھا تھا یہی نا کہ تم سے ملنا ہے اور فیصلہ کرنا ہے ۔ مما پپا کے سمجھ نہیں آ رہی ہے وہ ابھی تک پاکستان میں ہی رہتے ہیں ذہنی طور پر ۔ سچ بات تو یہ ہے کہ وہ ادھر ایک دن ، ایک رات ، ایک گھنٹہ حتی کہ ایک منٹ بھی کینیڈا میں نہیں رہ رہے ہیں ۔ انہیں پتہ ہی نہیں ہے اس ملک کا ، یہاں کے کلچر کا ، یہاں کے رنگوں کا ، انہیں تو یہ بھی نہیں پتہ کہ اُن کے بیک یارڈ میں جو پچھلے دس سال سے اُگا ہوا درخت ہے ، جو جھاڑی ہے ، اس کا نام کیا ہے؟ اور یونو واٹ (you know what) انہیں دلچسپی بھی نہیں ہے کیونکہ وہ یہاں کینیڈا صرف ڈالر کمانے کے لیے آئے تھے ، وہ یہاں آئے تھے اچھے گھر کے لیے یا بڑی گاڑیوں کے لیے یار ۔ انہیں اس سے کیا غرض کہ یہاں کا سماجی نظام کیا ہے ، اِن کے یہاں کونسی نئی تہذیب پیدا ہو رہی ہے؟ اِن کا ماضی کیا ہے ، اِن کا مستقبل کیا ہے؟ دے ڈونٹ کیر (they don't care)؟ بس انہیں فکر صرف اس بات کی ہے کہ سال میں دو بار پاکستان ضرور جانا ہے اور دو تین سال میں ایک بار انہیں یورپ جانا بہت اچھا لگتا ہے تا کہ فیس بک پر یورپ کے وزٹ کی تصویریں لگا کر دوستوں کو جیلس (jealous) کیا جائے یا پاکستان جا کر اپنے رشتے داروں میں شیخی ماری جائے ۔ اُنہیں اچھا لگتا ہے کہ اپنے دوستوں رشتہ داروں کو پاکستان جا کر بتائیں کہ ہمارے بچے یہ کر رہے ہیں ، ہمارے بچے وہ کر رہے ہیں ، وہ بہت ہی جینیس (genius) ہیں ، وہ سب سے آگے ہیں ، وہ ڈاکٹر بن رہے ہیں ، وہ اب سی ای او (CEO) بن گئے ہیں اور یہ کہ ہمارا گھر ٹورنٹو کی مہنگی ترین سڑک پر ہے اور ہمارے پاس دو دو بی ایم ڈبلیوز (BMWs) ہیں ۔ اِن سب کو اس میں دے ٹرائی ٹو فائنڈ دیر ہیپی نس (they try to find their happiness)۔۔۔ مگر میں ، آئی ایم ناٹ لائیک دیم یار (I am not like them) ، آئی ہیٹ آل دِس شِٹ (I hate all this shit)۔۔۔

دس از مائی کنٹری، کینیڈا،(Canada ... this is my country) آئی لودس کلچر (I love
this culture)، دس لینگو یچ(this language)، دس از واٹ آئی ایم (this is what I
am)، آئی ایم کینیڈین(I am Canadian) یار۔۔میں یہاں رہنا چاہتی ہوں اس ملک میں،
یہی زندگی گزاروں گی کیونکہ یہی جگہ میرا گھر ہے، یہی میرا کلچر ہے، میں اِن جیسی ہی ہوں یار۔۔''
ثانیہ نے اردگرد دیکھ کر کہا،''مجھے نہیں چاہیے کوئی پاکستان نہ ہی وہاں کا کلچر۔۔۔میں نہ تو یہاں پر
اس سوسائٹی میں رہنا چاہتی ہوں اور نہ ہی میں وہاں جانا چاہتی ہوں۔ مجھے پتہ ہے وہاں زیادہ تر
لوگ دو غلے ہیں، جب دیکھو یہ لوگ خواہ مخواہ ہی جھوٹ بولتے رہتے ہیں، کبھی ایک دوسرے سے،
کبھی اپنے آپ سے، وہ سچ سننا نہیں چاہتے، جاہلوں کی طرح ایک دوسرے کی جانوں کے پیچھے
ہیں، وہ نفرتوں کے ساتھ رہتے ہیں۔ آئی کین سی تھرو نیوز، تھرو اور سوسائٹی، تھرو اور فیملی فرینڈز (I
can see through news, through our society,through our family
friends)۔۔ آئی کینٹ افورڈ آل دس نان سینس یار ! (I can't afford all this
nonsense)، لسن (listen) دلیپ میں نے طے کیا کہ ہمیں کچھ طے کرنا ہوگا اور اب ہمیں
اپنے والدین کو بتانا ہوگا کہ ہم کیا چاہتے ہیں، بجائے اس کے ہم ان سے پوچھیں کہ اُن کا
ہمارے بارے میں کیا فیصلہ ہے۔۔''
دلیپ نے مسکرا کر کہا،''وہ تو سب ٹھیک ہے پر یار تو نے بتایا نہیں تو گھر سے نکلی کیسے،
دیوار پھلانگ کر یا گیٹ سے کود کر۔۔؟''
ثانیہ پھر ہنسنے لگی،''ہاں میں بالی وڈ کی ہیروئین ہوں نا؟۔۔۔ یار ابو جاب پر گئے اور
امی پاکستانی ٹی وی کے مارننگ شو دیکھنے بیس منٹ (basement) میں اور میں نے سینڈل پہنی
اور آئی پاڈ (iPod) کانوں میں لگا کر سیدھا اپنے دلیپ کمار کے پاس آ گئی۔ میں نے فوراً سوچا
اِس سے پہلے کہ ان کا فضول سا مارننگ شو ختم ہو اور وہ موڈ بنا ئیں، مجھے ڈانٹنے یا التار نے کا، میں تو
نکلوں یہاں سے ۔۔وی سے بائی دی وے (by the way) اب تک تو مما کی پپا کے پاس
آدھی درجن سے زیادہ کالیں تو جا چکی ہوں گی ۔۔۔'' ثانیہ نے رِسٹ واچ کی طرف دیکھتے
ہوئے کہا۔

''تو ایسا کر یار میرے پاس شفٹ ہو جا ۔۔۔'' دلیپ نے ثانیہ کی تھوڑی کو شرارت

سے ہاتھ لگا کر کہا، ''ہاں تا کہ سال میں میرے تین بچے بنا شادی کے ہی پیدا ہو جائیں اور پھر تم تو نکل جاؤ ہندوستان واپس اپنی ڈاکٹری کی ڈگری لے کر اور میں یہاں ماہرِ نفسیات بننے کہ بجائے، سنگل مادر (single mother) بن کر بچے پالوں اور پوری نفسیاتی مریض بن جاؤں۔۔ ہوں؟'' یہ کہہ کر ثانیہ نے مسکرا کر دلیپ کے ہاتھ کو پکڑ کر ٹھوڑی سے ہٹایا مگر چھوڑا نہیں بلکہ کہنے لگیں، ''نہیں دلیپ ۔۔۔ ہمیں اب کچھ سنجیدہ فیصلے کرنے ہیں یہاں آج ۔۔۔ دیکھو یار ابھی جب میں گھر جاؤں گی تو یہ ہو سکتا ہے میرے مما پپا یا مجھے غصے میں دو ایک ہاتھ بھی لگا دیں گے اور پھر پیار سے چمکا کر میری شادی جلد سے جلد اِدھر اُدھر کہیں کرنے کی بات کریں گے، اور یو نو واٹ کلوز ڈ فیملی سسٹم (closed family system) میں شادی وادی اور یہ رشتے وشتے سب بہت ہی آسانی سے ہو جاتے ہیں ۔۔۔ کوئی نہ کوئی سگی دور یا پاس کی پھوپھی نکل آتی ہے جو بیچاری اپنے بیٹے کے سہرے کے پھولوں کو دیکھنے کے لیے بس مری جا رہی ہوتی ہے اور اُدھر ان کے لڑکے بھی کینیڈا آنے کے لیے مر رہے ہوتے ہیں، تو ایک ٹکٹ میں دو مزے سب کو اچھے لگتے ہیں نا ۔ مگر مجھے یہ سب بکواس نہیں چاہیے۔ میں اس لیے گھر واپس نہیں جانے والی اور ہاں میں شائد تیرے ساتھ بھی نہ رہوں۔ میں سوچ رہی ہوں کسی فرینڈ کے پاس شفٹ ہو جاؤں گی ۔ آئی ایم ویری اسٹیٹ فارورڈ (I'm very straightforward)، یو نو می (you know me) دلیپ اگر تم مجھ سے شادی کر لو گے تو ہی میں تمھارے ساتھ رہوں گی اگر یہ ممکن نہیں ہے تو بھی میں نے سوچ لیا ہے کہ میں گھر نہیں جانے والی اور ہاں میں پھر اپنے اور تیرے تعلق کو بھی مزید ری ویو (review) کروں گی ۔۔ آئی تھنک آئی ایم فیر اینڈ آئی ایم میکنگ دی رائٹ ڈسیشن ۔

''(I think I am fair and I am making the right decision)

ثانیہ جو کل رات دیر تک سوچتی رہی تھی وہ سب اُس نے ایک ہی سانس میں دلیپ سے کہہ دیا۔

''ثانیہ تمھیں مجھ پر اعتبار نہیں ہے ۔۔۔؟ تمھیں لگتا ہے میری محبت میں کھوٹ ہے ۔۔۔؟'' دلیپ کو اس کی باتوں سے شائد کچھ دکھ ہوا تھا۔

''تمھیں کوئی ضرورت نہیں ہے کسی دوست دوست کے پاس جانے کی یار اور پلیز یہ مت سمجھو کہ میں تمھیں چھوڑ کر بھاگنے والا ہوں۔ تم جو مجھے چھوڑ گئی تو چھوڑ گئی ۔۔ مگر میں اِدھر ایسا

کوئی پروگرام نہیں ہے ۔ مجھے تو پہلے ہی معلوم ہے کہ میرے ابا جی تو شائد پھر بھی ہماری شادی کے لیے راضی ہو جائیں گے پر بے جی تو مرتے دم تک راضی نہیں ہونگی ۔اب بس لے دے کر ایک ہی طریقہ ہے کہ میں بے جی کو یونہی لٹکا تا رہوں اور پھر ایک دن تھک ہار کر وہ میری بات مان لیں ،مگر پھر مجھے یہ بھی سوچنا ہوگا کہ میں پھر ہمیشہ کے لیے کینیڈا ہی شفٹ ہو جاؤں کیونکہ انڈیا ہو یا پاکستان دونوں طرف کلوز ڈ فیملی سسٹم ہے ۔اور اگر تم یہاں رہنا چاہتی ہوتو میں بھی ہمیشہ کی واپسی کا خیال دل سے نکال لادوں ۔یار ابھی تک تو میں نے اتنی آگے کا سوچا بھی نہیں تھا ،مگر مجھے اب لگتا ہے جیسے ان سب باتوں کے بارے میں سوچنا پڑے گا۔'' پھر ایک گہری سانس لے کر دلیپ نے کہا ،''یار ثانیہ میں بے جی سے بہت پیار کرتا ہوں جیسے تم ان سب باتوں کے باوجود اپنے مما پاپا سے پیار کرتی ہوگی ۔۔۔مگر تم فکر نہیں کرو ۔۔۔ کچھ نہ کچھ بہتر ہی ہوگا ،بس تم مجھ پر بھروسہ کرو۔۔۔''

ثانیہ شائد یہی کچھ دلیپ سے سننا چاہتی تھی ، جواب میں اُس نے دلیپ کی آنکھوں میں آنکھیں ڈال کر کہا ،''مجھے تم پر خود سے زیادہ بھروسہ ہے دلیپ ،اسی لیے تمھارے خاطر اپنا گھر اپنے ماں باپ سب چھوڑ کر آ گئی ہوں ۔۔۔تم کچھ بھی کہو ،مگر یار یہ میرے لیے آسان نہیں تھا۔۔۔''

'' نہیں یہ آسان نہیں ہے ثانیہ اور میں تمھارا ساتھ مرتے دم تک نبھاؤ نگا یار۔۔۔'' دلیپ نے ثانیہ کو کھینچ کر سینے سے لگالیا ۔دونوں ایک دوسرے کے ساتھ گلے لگے ہوئے یونہی چپ چاپ ایک دوسرے کی قربت کو محسوس کرتے رہے اور پھر کچھ ہی دیر میں دلیپ کو لگا جیسے ثانیہ آہستہ آہستہ رو رہی ہے ۔دلیپ اُس کی آنکھوں کو نمی کو دیکھے بغیر ہی اپنی گردن اور سینے اور دل میں محسوس کر سکتا تھا ۔اُس نے ثانیہ کو پیار سے بھینچ لیا اور پھر اُس کے کان میں کہا ،'' آئی لو یو ودھ آل مائی ہارٹ ، یو آر مائی لائف ثانیہ ۔۔۔ (I love you with all my heart, you are my life) '' اور پھر اسے لگا جیسے اس کے اپنے جملے ثانیہ کی سانسوں میں اُتر کر اُس کی دھڑکنوں کا حصہ بن گئے ہیں کیونکہ اب وہ اُس کے دل کی دھڑکنوں کو اپنے سینے میں محسوس کر رہا تھا ۔محبت چپکے چپکے وقت ،جگہ ،رنگ ،نسل اور مذہب سے بے نیاز ہوتی جا رہی تھی ۔دلیپ اور ثانیہ کے ملاپ سے یونیورسٹی کے کمپاونڈ میں نظر آنے والا ادھورا منظر تکمیل پا رہا تھا اور فطرت

انہیں گلوبل سوسائٹی کا حصہ بنانے کی تگ و دو میں مصروف ہو گئی تھی گو کہ وہاں موجود ہر شے بظاہر ایک دوسرے سے مختلف دکھائی دے رہی تھی مگر اندرون خانہ یکساں تھی اور آپس میں جڑی ہوئی تھی۔

تیرواں باب

وقت: نو بجے رات
تاریخ: ۸ نومبر، ۲۰۱۵ء
مقام: شاہ فیصل کالونی نمبر ۵ ۔ کراچی

ادریس کا اگلا سارا دن مسجد میں ہی گزر گیا۔ فجر سے عشاء تک مبارکباد دینے والوں کا تانتا بندھا رہا، نمازیوں کی نظر نہی جو نہی اس پر پڑتی وہ بے اختیار اُس سے مصحافے کے خاطر بڑھتے، کئی ایک تو تھوڑا سا جھک بھی جاتے تھے بلکہ ایک دو نے تو اس کے ہاتھوں پر بوسے بھی دیے۔ عزت وتکریم کا یہ احساس ادریس کے لیے بالکل نیا اور چونکہ دینے والا تھا جس سے وہ اس سے قبل کبھی بھی نہیں گزرا تھا۔ یہ ٹھیک ہے کہ محلے کے لوگ اس کی دادا گیری کی وجہ سے اُس سے ڈرتے تھے اور پھر اُسے بھی کچھ لیڈری کا شوق تھا جس کی وجہ سے وہ اُس سے ملتے وقت تھوڑا خیال کرتے تھے پھر کچھ ادریس کا قد کاٹھی اور ڈیل ڈال بھی ایسا لمبا تڑنگا اور بھاری بھرکم تھا کہ وہ ہجوم میں آسانی سے نمایاں بھی ہوجاتا تھا اور خود اُسے بھی لوگوں میں اٹھنا بیٹھنا ملنا جلنا اچھا لگتا تھا۔ ہمیشہ سے وہ محلے کا ادریس بھائی تھا۔ چاہے کبھی کسی کی گاڑی خراب ہوجائے یا گھر کا نلکا ٹوٹ جائے یا محلے میں کسی عورت کے ساتھ کوئی چھیڑ چھاڑ کرے یا پھر کوئی باہر کا شخص چوری چکاری کرتا ہوا محلے میں پکڑا جائے تو ہاتھ پاؤں چلانے اور ڈنڈے گھمانے میں ادریس ہمیشہ سے آگے آگے رہتا تھا۔ پچھلے سال بھی جب شمالی علاقوں میں زلزلہ آیا تھا تو اُس نے گھر گھر جا کر سامان جمع کیا تھا اور پھر مسجد کے ذریعے اُسے وہاں بھجوانے کے لیے بندوبست بھی کیا تھا۔ اسی طرح اس سال جب مون سون کی بارش کے بعد محلے کے گٹر ابل کے گئے تھے اور الیکٹریشن الیاس کا

چھوٹا لڑکا گلی کے کھلے مین ہول میں گر کر مر گیا تھا تو ادریس نے نہ صرف اس کی لاش کو گٹر سے نکالا تھا بلکہ بعد میں چندہ کر کے محلے کے سارے مین ہول بھی بند کروائے تھے۔ یہی نہیں کم و بیش ہر دوسرے تیسرے سال وہ محلے کی مسجد کا چونا بھی فری میں کروا دیتا تھا کیونکہ وہ رنگ روغن کا ہی کا کام کرتا بھی تھا اس لیے اس کے پاس اُلے والے چونے کے ساتھ جمع ہو جاتے تھے اور نیکی سمجھ کر مفت چونا پھیر دیتے تھے۔ اس کے یار دوستوں کا پکا خیال تھا کہ اس کو محلے کے لوگ علاقے کے کونسلر سے زیادہ جانتے تھے بلکہ پچھلے برس تو اُس کے جگری یار، رب نواز نے اس کو مشورہ بھی دیا تھا کہ، ''ابے چونے وونے کا کام چھوڑ۔۔۔ اب تو سیاست میں آ جا اور اس اللہ کا نام لے کر کونسلر کے الیکشن میں کھڑا ہو جا'' مگر شائد ادریس کو اندر سے یہ احساس تھا کہ وہ تو آٹھویں جماعت بھی پاس نہیں ہے اور اس کے محلے میں ایک سے بڑھ کر ایک قابل لوگ رہتے ہیں اُن میں انجینیر، ڈاکٹر، وکیل، بینکر، استاد سب ہی شامل ہیں اور ویسے بھی اب کونسلر کے لیے کم از کم بی اے پاس ہونا ضروری تھا۔ مگر ابھی تو حالات ہی اچانک سے بدل گئے تھے۔ آج عصر کے وقت خود علاقے کا کونسلر بھی اُس سے جھک کر ملا تھا اور کافی دیر تک اِدھر اُدھر کی باتیں کر تا رہا تھا۔ محلے کے اکثر پڑھے لکھے نمازی ادریس بھائی سلام علیکم کہتے ہوئے اُس کے پاس سے گزرتے تھے، گلی کی نکر والے گھر کے وکیل صاحب جن کا نام بھی اتفاق سے ایڈوکیٹ محمد وکیل تھا انہوں نے تو اس کے ہاتھ کو پکڑ کر چوما ہی نہیں تھا بلکہ آگے بڑھ کر اسی کی پیشانی کو بوسہ بھی دیا تھا۔ ادریس خود بھی صبح سے مسجد میں نمازیں پڑھتا رہا تھا، آج اُس نے غیر ارادی طور پر ایک تسبیح بھی ہاتھ میں پکڑ لی تھی اور زیرِ لب کسی آیت کا ورد بھی کرتا جا رہا تھا اور گردن کے ارد گرد مولوی سلیم اللہ کی طرح کا ایک اسکارف بھی ڈالا ہوا تھا۔ آج وہ خود کو باعزت اور محترم محسوس کر رہا تھا، وہ جب سے تھانے سے واپس آیا تھا ایک الگ ہی طرح کی بڑائی یا عظمت کا احساس بھی اُس میں پیدا ہو گیا تھا جو اگرچہ ابھی نو مولود حالت میں تھا مگر اُس کی کونپلیں اُس کے اندر تیزی سے پھل پھول رہی تھیں۔ اس سارے عمل میں مسجد کے ماحول میں پھیلی ہوئے تقدس یا پاکیزگی کا احساس اور پھر سب سے بڑھ کر مستقل ملنے والی عزت افزائی، ان سب باتوں کا شائد اس نے کبھی خوابوں میں بھی تصور نہیں کیا تھا۔ اصل بات تو یہ تھی کہ محض ایک دن مسجد میں گزار کر ہی وہ خود کو کچھ کچھ جونیئر مولوی سلیم اللہ سمجھ رہا تھا یا شائد سچ مچ بن بھی گیا تھا۔ عشاء کا وقت کب ہو گیا،

ادریس کو وقت کا پتہ ہی نہ چلا ، اُس کا سارا دن نمازوں ، تلاوت اور خصوصاً مصحافوں میں گزر گیا تھا۔ عشاء پڑھ کر جب اُسے تھوڑا وقت ملا تو مولوی سلیم اللہ نے اس کے کان میں کھسر پسر کی کہ ابھی میرے پاس فون آیا ہے کہ مولوی شمس الحق بس اب راستے میں ہی ہیں اور ممکن ہے آدھے گھنٹے میں گھر پہنچ جائیں گے۔' ادریس نے یونہی اِدھر اُدھر مسجد میں نظریں گھمائیں اور آہستہ سے کہا، ''کیا اور بھی کچھ لوگ آپ کے یہاں شامل ہیں رات کے کھانے میں؟''

مولوی سلیم اللہ نے کہا، ''نہیں بھائی یہ ضیافت صرف خاص خاص لوگوں کے لیے ہے، اچھا اب چلیں، راستے میں سے کچھ چیزیں دودھ دہی مٹھائی وغیرہ بھی لے کر گھر جانا ہے، شمس بھائی کو ٹھنڈی لسی اور گرم گاجر کا حلوہ بہت پسند ہے۔''

ادریس کی مولوی شمس الحق سے پہلی ملاقات تھی مگر اُس کا چرچہ بہت سن رکھا تھا۔ اکثر ان کے تین سطری بیانات بھی اخباروں کے پچھلے صفحوں میں چھپتے رہتے تھے جس میں پاکستان میں شریعت کے قیام، داعش کی موافقت اور شعیاؤں اور احمدیوں کے کفر کا تذکرہ ہوتا تھا۔ ادریس کو یہ نہیں پتہ تھا کہ مولوی شمس الحق کا تعلق کس سیاسی یا مذہبی جماعت سے ہے مگر اُن کی شہرت، دہشت اور طاقت سے وہ دل ہی دل میں مرعوب تھا اُسے پتہ تھا کہ وہ ملک بھر میں بہت سی مساجد اور مدرسوں کو کنٹرول کر رہے ہیں اور کم و بیش ہر ایک مدرسے یا مسجد میں مولوی سلیم اللہ جیسے لوگ اُن ہی کی جماعت نے ہی تعینات کیے ہوئے ہیں۔

ادریس اور مولوی سلیم اللہ کے گھر پہنچنے کے دس پندرہ منٹ بعد ہی ایک ساتھ کئی بڑی گاڑیاں قطار در قطار سلیم اللہ کے محلے میں آ گئی تھیں۔ مولوی شمس الحق اور ان کے تین چار قریبی ساتھی تو ایک ہی بڑی کار میں سوار تھے مگر باقی کی دو تین گاڑیوں میں کچھ اسلحہ بردار داڑھی والے اشخاص بیٹھے ہوئے تھے۔ وہ شائد مولوی شمس الحق کی سیکورٹی کے لیے پابند تھے شائد اسی لیے وہ گھر کے باہر ہی گلی میں بیٹھے رہے اور مولوی سلیم اللہ نے وہی گلی میں ہی اُن کے کھانے پینے کا بھی بندوبست کر دیا تھا۔ مولوی شمس الحق کے ساتھ جو تین چار اور بھی اکابرین تھے اُن کی داڑھیاں خاصی بے ترتیبی سے اُن کے سینوں پر پھیلی ہوئی تھیں۔ اُن چار حضرات میں سے دو تو شمس الحق کے اپنے رشتے دار تھے یعنی ایک اُن کا بڑا بیٹا اور دوسرا چھوٹا بھائی تھا جن کا تعارف بعد میں مولوی سلیم اللہ نے کرایا تھا۔ مولوی شمس الحق کی نظر جو نہی ادریس پر پڑی انہوں نے

با آواز بلند سورہ توبہ کی ایک آیت پڑھی اور جب ادریس نے آگے آ کر اُن سے مصافحہ کیا اور جھک کر ان کے دونوں ہاتھوں کو بوسا دیا تو انہوں نے جواب میں اُس کی پیشانی کو چوم لیا اور پھر ٹھہر کر کہا، ''شاباش ادریس میاں گستاخِ رسول کی سزا صرف موت ہے۔تحفظِ حرمتِ رسول ہر سچے مسلمان کا فرض ہے۔آپ نے تو ہمارا سر فخر سے بلند کر دیا ہے،کسی کافر کی یہ مجال جو ہمارے آقا کی شان میں گستاخی کرے۔''

ویسے ادریس کو تو پہلے ہی مولوی سلیم اللہ کے ذریعے خاصا اطمینان ہو چلا تھا مگر پھر بھی اس نے سوچا کیوں نہ براہِ راست اس سلسلے میں مولوی شمس الحق صاحب سے بھی بات کر لی جائے چنانچہ اس نے آہستہ سے ان کے کان کے قریب آ کر کہا،''مولوی صاحب کیا کوئی کوٹ کچہری کا چکر بھی ہو سکتا ہے آگے۔۔۔؟''

یہ سُن کر مولوی شمس الحق نے اُس کے کندھے پر ہاتھ رکھ کر کہا،''ارے ان کافروں کی مجال ہے جو یہ کچھ کریں ہم یہاں کس لیے بیٹھے ہیں؟ یہاں سے اسلام آباد تک طوفان مچ جائے گا ادریس میاں،آپ بس بے فکر رہیں اور آپ نے کوئی گناہ نہیں کیا ہے بھائی بلکہ آپ نے تو بڑا نیک کام کیا ہے۔دیکھیں جو کام حکومتِ وقت کی ذمہ داری ہے وہ آپ نے انجام دیا ہے۔بس یہ بات ہے،آپ نے جو کیا ہے وہ تو ہر مسلمان پر فرض ہے،اسلام کی سربلندی کے لیے،اُس کے استحکام کے لیے،مگر خیر ابھی تو یہ باتیں چلتی رہیں گی،پہلے تھوڑا کھانا وغیرہ کھا لیا جائے،کیوں بھائی سلیم اللہ صاحب کھانا تو لگوائیں۔۔۔''

''آئیں حضرات۔۔۔''یہ کہتے ہوئے وہ مولوی سلیم اللہ سے اور اپنے پیچھے کھڑے ہوئے تینوں چاروں مولوی حضرات سے مخاطب ہو کر کہا اور پھر اپنی گھنی داڑھی پر ہاتھ پھیرتے ہوئے ادریس کے کندھے پر ہاتھ رکھ کر اُس کے ساتھ دالان میں سے ہوتے ہوئے ڈرائنگ روم کی طرف چلے آئے جہاں پر پہلے ہی سے ایک فرشی نشست کا بندوبست تھا۔کمرے میں سفید چاندنی بچھی ہوئی تھی جس پر دیوار کے ساتھ ساتھ بڑے سائز کے سرخ مخملی گاؤ تکیے لگے ہوئے تھے جن پر گوٹے کناری سے جا بجا پھول کڑھے ہوئے تھے۔کمرے کے کونوں میں گلدان رکھے ہوئے تھے سوائے ایک کونے میں جہاں ایک اُگلدان بھی دھرا ہوا تھا۔کمرے میں چاروں جانب اگربتی کی خوشبو پھیلی ہوئی تھی جو اُسے کسی مقبرے کی طرح مہکا رہی تھی۔دیواروں پر مسجد

نبوی اور خانہ کعبہ کی دو بڑی تصاویر سنہرے فریم میں جڑی ہوئی تھیں ۔ کمرے کے بیچوں بیچ دسترخوان پر گرم گرم کھانا چنا ہوا تھا جن سے نکلنے والا دھواں اُن میں موجود بھنے ہوئے مرغ مسلم ،بریانی ،قورمہ اور سیخ کباب کی موجودگی کی شہادت دے رہے تھے۔ مولوی شمس الحق کے ساتھ ساتھ باقی حضرات بھی ایک ایک کرکے دسترخوان کے ارد گرد جمع ہو گئے اور پھر سب دسترخوان کے ارد گرد بیٹھنے لگے ۔ مولوی شمس الحق نے ادریس کو خصوصاً اپنے پہلو میں جگہ دی اور پھر خود ہی اپنے ہاتھوں سے اُس کی پلیٹ میں بریانی اور سیخ کباب ڈال دیے اور کہا، ''لیجیے ادریس میاں آپ بسم اللہ فرمائیے ۔۔۔''

کچھ دیر تک تو کمرے میں صرف چمچوں اور پلیٹوں کی آوازیں گونجتی رہیں مگر پھر تھوڑی دیر بعد گفتگو کا سلسلہ دوبارہ سے شروع ہو گیا اور مولوی شمس الحق نے مولوی سلیم اللہ سے مخاطب ہو کر کہا، ''ہاں تو سلیم اللہ صاحب کیا کہہ رہا تھا پھر وہ ایس ایچ او؟''

''جی مولوی صاحب وہ یہی کہہ رہا تھا کہ ابھی واقعہ ذرا گرم ہے ،کچھ دن تو یہ ہیومن رائٹس اور سول سوسائٹی والے اس واقعہ کو اٹھائیں گے ،میڈیا پروپیگنڈا کرے گا ،اشتہارات جمع کرے گا ، پیسہ ویسہ بنائے گا مگر پھر جوں جوں تھوڑا وقت گزرے گا تو سب معاملہ پیچھے چلا جائے گا ۔''

مولوی سلیم اللہ نے نان کی پلیٹ دوسرے اشخاص کی طرف بڑھاتے ہوئے کہا، ''مولوی صاحب جواب میں میں نے بھی وہی کچھ کہا جیسا کہ آپ نے حکم فرمایا تھا کہ بھائی یہ جو چرسی موالی شہر میں گھوم رہے ہیں انہیں پکڑا پکڑا کر بند کرو بجائے ہمارے ان نیک لوگوں کے اور مولوی صاحب یہ بات آپ کی سو فیصد بجا بھی تو ہے ، اچھا ساتھ ہی میں نے اشارہ بھی کیا کہ مولوی شمس الحق صاحب کی بھی پہنچ اوپر تک ہے اور رہی بات ڈنڈے کی تو بھائی اگر پولیس نے ڈنڈا چلایا تو ہمارے پاس بھی بہت لاٹھی بردار ہیں ۔'' مولوی سلیم اللہ نے یہ کہتے ہوئے نان کی تھالی ایک طرف رکھی اور بھنے ہوئے مرغ کے ٹکڑے مہمانوں کے پلیٹوں میں ڈالنے لگا اور ساتھ ہی ساتھ بڑبڑاتے ہوئے کہنے لگا، ''بھائی انصاف کیجیے ،آپ لوگ تو بہت تکلف فرما رہے ہیں ۔''

مولوی شمس الحق نے ایک ہلکی سی ڈکار لی اور اپنے ایک ہاتھ سے نہیں کا اشارہ بناتے ہوئے مولوی سلیم اللہ سے مخاطب ہو کر کہا، ''ارے نہیں سلیم صاحب ۔۔۔ دیکھو بھائی ہم اکثر کہتے ہیں مذہب میں جبر نہیں ہے ،ایسی باتیں مت کرو جس سے تصادم کا اندیشہ ہو ،ہم تو ویسے بھی

خون خرابے کے خلاف ہیں ۔ بھائی اسلام امن کا مذہب ہے، یہ تو کچھ لوگ ہیں جو سمجھتے نہیں ہیں کہ شریعت کے اپنے کچھ قوانین ہیں، یہ قوانین اللہ تبارک تعالیٰ کی طرف سے ہیں، کیا اب ہم نعوذ باللہ اُن احکامات کی پابندی نہیں کریں گے؟ اب رہی بات اس ملعون کے واقعہ کی تو اس بات پر تو کوئی حجت، بحث اور دلیل کی گنجائش ہی نہیں ہے کیونکہ رسولِ پاک کی حرمت کے لیے تو جان لی بھی جا سکتی ہے اور دی بھی جا سکتی ہے ۔ بہرحال ایس ایچ او اپنا ہی آدمی ہے بس ذرا تھانے میں وردی کی دھونس بھی دکھانی ہوتی ہے اور پھر تھانے میں تو اِن اخبار والوں کے مخبر ہوتے ہیں نا ۔۔۔ سالا کون کس سے ملا ہوا ہوتا ہے پتہ نہیں چلتا ہے، اِس لیے بھی سب باتیں اندر ہی طے کرنی پڑتی ہے۔'' یہ کہہ کر وہ پھر ادریس سے مخاطب ہو گئے، ''اچھا ادریس میاں اب آپ کچھ ضروری کام کر لیں ایک تو یہ کہ آپ فٹافٹ ہماری جماعت کا حلف نامہ بھر دیجیے تا کہ آفیشیلی (officially) آپ ہماری جماعت کے رکن بن جائیں ۔ اُس کا آپ کو بہت فائدہ ہو گا کیونکہ ہماری جماعت اپنے ارکان کا بالکل اپنے بچوں کی طرح خیال رکھتی ہے اور دوسرا یہ کہ فرض تو آپ پورے فرما رہے ہیں تو سنت بھی پوری کیجیے اور اس خشخشی کو مٹھی برابر تو اللہ کے فضل سے کر لیجیے۔۔۔''

مولوی شمس الحق نے مسکرا کر ادریس کی ٹھوڑی کے بالوں پر ہاتھ لگا کر کہا، ''اور ہاں ایک اور بات یہ کہ اب آپ چونے کے کام کی جگہ جماعت کے کام میں زیادہ وقت دیجیے کیونکہ اللہ کی عبادت کے ساتھ ساتھ اس کے بندوں کو عبادت کی طرف اور اُن کی خدمت کرنا ہر مومن کی ذمہ داری ہے ۔ خصوصاً امت جب بے راہروی اور اخلاقی پستی کا شکار ہو جائے تو مسلمانوں کا فرض ہے کہ وہ دین کی تبلیغ کرے اور اخلاقیات کا درس دے، انہیں سیدھے راستے پر لانے کی کوشش کرے۔''

بجا فرمایا جی، بجا فرمایا مولوی صاحب بار بار کہتے ہوئے ادریس کا دل ایک طرف تو مسرت سے بھرتا جا رہا تھا کہ زندگی کس طرح دونوں ہاتھوں سے اس پر برکتیں نچھاور کرتی جا رہی تھی مگر دوسری طرف یہ خیال اُسے مسلسل حیران بھی کر رہا تھا کہ سب کچھ اس قدر اچانک اور طاقت سے اس کے حق میں ہو رہا تھا جس کا اسے اب تک شاہبہ بھی نہیں تھا۔ اب اس کا ذہن اس بات پر آمادہ ہوتا جا رہا تھا کہ اب تک جو کچھ بھی ہو رہا ہے اس میں یقیناً قدرت کی رضا شامل ہے

نہیں تو وہ یوں ہی تھوڑی اتنی کم مدت میں اتنے بڑے جید عالموں اور بزرگوں کی نگاہِ التفات کا مرکز بن جاتا اور یوں اُس پر عزت و پیسے کی بھرمار ہونی شروع ہو جاتی ۔ کہاں وہ آٹھویں جماعت فیل چونے والا اور کہاں یہ عزت و تکریم، ہو نہ ہو اللہ تبارک تعالیٰ نے اسے کسی خاص مقصد کے لیے پیدا کیا ہے، سچ کہہ رہے ہیں مولوی صاحب دین کی سربلندی اور اس کی عظمت کے لیے تو اُس کی دی ہوئی جان بھی حاضر ہے اور زندگی بھی تو اسی کی بخشی ہوئی ہے ۔ اچانک مولوی سلیم اللہ نے مرغی کی ایک ٹانگ ڈونگے سے نکال کر اُس کی رکابی میں ڈالی تو چمچہ پھسل کر رکابی سے زور سے ٹکرا گیا اور ادریس کے خیالات کی ٹرین اچانک رُک گئی، اُس نے چونک کر پلیٹ میں پڑے چمچے کو ایک کونے سے پکڑا اور پھر دوبارہ ڈونگے میں ڈال دیا۔

چودہواں باب

وقت : دو بجے دو پہر
تاریخ : ۷ نومبر ، ۲۰۱۵ء
مقام : کابل ، افغانستان

واحدی کی آنکھ کھلی تو اُس کا سر درد سے پھٹا جا رہا تھا۔ وہ فرش پر جہاں اوندھا پڑا ہوا تھا وہاں خون ٹپک کر جم گیا تھا۔ شکر ہے آنکھ بچ گئی تھی ورنہ پتھر خاصا نوکدار تھا جس نے اُس کی پیشانی کو چھیل کر رکھ دیا تھا۔ دائیں بھنویں پر گہراؤ گہرا تھا جہاں سے نکلنے والی خون کی پچکاری اُس کی آنکھ کو بھر گئی تھی۔ جس طرح سے آنکھ پر بوجھ بڑھ گیا تھا واحدی کو یوں لگا جیسے دائیں آنکھ پر پپوٹا سوجھ گیا ہے مگر بائیں آنکھ سے وہ اردگرد دیکھ سکتا تھا۔ وہ ابھی بھی گیلری میں ویسے ہی الٹا پڑا ہوا تھا جیسے پتھر لگنے کے بعد وہ چکرا کر گرا تھا۔ واحدی آہستہ سے اُٹھا اور لڑکھڑاتا ہوا گیلری سے واپس کمرے میں آ گیا اور پھر انداز سے دروازے کی کنڈی چڑھا کر کمرے کو اندر سے لاک کر لیا۔ باتھ روم میں آ کر اُس نے آہستہ آہستہ اپنا ہاتھ آنکھ اور پیشانی پر سے ہٹایا تو اسے دیکھ کر اطمینان ہوا کہ صرف پپوٹا خون کے جمنے کی وجہ سے آنکھ سے چپکا ہوا تھا۔ اُس کی آنکھ صاف بچ گئی تھی صرف دائیں بھنویں کے اوپر کا زخم تھا جس سے رسنے والے خون نے اُس کی آنکھ بھر دی تھی۔ واحدی نے پانی سے آنکھ اور پیشانی کا سارا جمع ہوا خون صاف کیا اور پھر قریب سے زخم کو دیکھنے لگا۔ زخم پچھلے گھنٹے بھر کے گزرنے کی وجہ سے تھوڑا سا خشک ہو گیا تھا گو کہ ابھی بھی اس کا ایک کونا جو زیادہ گہرا تھا ہلکا سا رس رہا تھا۔ واحدی نے فرسٹ ایڈ بکس الماری سے نکال کر زخم صاف کیا اور پھر اُس پر بینڈ ٹیج لگائی۔ کمرے میں آ کر اُس نے دو گولی اسپرو کی کھائی اور پھر

کھڑکی کے جھروکے سے باہر جھانکنے کی کوشش کی جہاں توقع کے مطابق اُسے کوئی نظر نہیں آیا کیونکہ اُسے یقین تھا کہ ابھی اُس کو دھمکانے کا پیریڈ چل رہا ہے، پہلے فون پر گالیاں اور اب پھر بازی مگر کچھ پتہ نہیں وہ ابھی دو چار خالی فائر بھی مار سکتے یا شائد اُسے زخمی کرنے کی کوشش کرتے۔ واحدی نے کھڑکی سے ہٹ کر سیل فون پر ناظر عزیزی کا نمبر ملایا، خوش قسمتی سے ناظر عزیزی فون پر مل گیا، ناظر عزیزی نے اُسے خبردار کیا کہ ابھی گھر سے نکلنے کا سوچے بھی نہیں جب تک وہ خود دو چار بندے لے کر اُس کے گھر اُسے لینے نہ پہنچ جائے۔ دروازے بند رکھے اور احتیاطاً ہینڈ گن پاس ہی رکھے۔ واحدی نے اُس کی بات سن کر بستر کی دراز سے اپنی ہینڈ گن نکالی اور اس کے میگزین کو چیک کر کے اپنے سرہانے رکھا اور پھر سر پر ہاتھ رکھ کر بستر پر لیٹ گیا۔ آنکھیں بند ہوتے ہی واحدی کا ذہن بہت سے بے ترتیب خیالوں کی ناؤں میں ہچکولیاں سی کھانے لگا۔ اُن لہروں میں کبھی تو اچانک صوفیہ تاریکی میں سے نکل کر ست رنگی کرنوں کی صورت اس کے چاروں جانب پھیل جاتی اور اُس کا دل محبت و مسرت سے بھر جاتا تو کبھی اچانک طالبان کے داڑھی والے ہولناک چہرے سایوں کی صورت اپنی شیطانی شکلوں کے ساتھ نمودار ہونے لگتے اور اُس کا دل پھر سے نفرت و متلاہٹ سے اُلٹنے لگتا جب صوفیہ کی شربتی آنکھوں میں واحدی کی سپردگی کا احساس اُس میں نشہ بھرنے لگتا تو مسعود کی جلتی ہوئی سرخ انگارہ آنکھوں میں اُسے اپنے لیے چھپی ہوئی نفرت بھی یاد آنے لگتی۔ کچھ ہی لمحوں میں واحدی کو لگا جیسے پتھر لگنے سے قبل وہ ماضی کی کھائیوں میں جس شدت سے وہ اُتر گیا تھا شائد یہ پتھر بھی اُس کی زندگی کے اور دوسرے پتھروں کی طرح زخمی کر کے اُس کے لیے نئی راہوں کو متعین کرنے کا اشارہ بن گیا تھا۔ خواب میں اسے لگا تھا جیسے اُس کی ساری زندگی دو بڑے حصوں یعنی پہلے تیس سالوں اور بعد کے بیس سالوں میں تقسیم ہوگئی تھی۔ پہلے تیس سال جن میں اُس کی امیدیں، خواہشیں، طلب، خواب، عشق، اور ہلاکتیں جیسے ایک دن میں سمٹ گئی تھیں جبکہ اگلے بیس سال میں افسردگی، غم، ملامتیں، پژمردگی، فرار اور پھر جنگ دوسرے دن میں سمٹ گئی تھیں۔ پہلے تیس سال وہ تھے جن میں اُس کا بچپن تھا، نو جوانی کا پیار صوفیہ تھی، اُسے ماں باپ اور چھوٹے بھائی کی رفاقتیں تھیں جنہیں اُس سے بیدردی سے چھین لیے گیا تھا اور پھر تقدیر نے اُسے انگاروں پر جینے کے لیے دوسرے بیس سالوں میں پھینک دیا تھا۔ اس کی زندگی کے پچاس سال ہو چکے تھے

جس میں سے وہ دو تہائی حصہ وہ گزار چکا تھا اور تیسری تہائی میں ابھی بھی لڑ رہا تھا۔ کبھی اپنے آپ سے تو کبھی اُس مردہ فکر سے جو سارے افغانستان کو اژدھا بن کر نگل چکی تھی، اُس کے دشمنوں کے پاس کل بھی بندوقیں تھی، پتھر تھے اور نفرتیں تھیں، اُس کے پاس آج بھی قلم تھا، الفاظ تھے اور محبتیں تھیں۔ یہ اور بات تھی کہ وقت کے ساتھ ساتھ اُس کے الفاظ گولیوں سے زیادہ طاقتور ہو گئے تھے۔ اُس کی پہلی کتاب 'سول وار ان افغانستان' آج سے پندرہ سال قبل ۲۰۰۱ میں چھپی تھی جس میں واحدی نے ۱۹۹۶ء اور ۲۰۰۱ء تک کی افغانستان کی سول وار کو ۱۹۷۸ء سے آگے پھیلی ہوئی جنگ کے ایک حصہ سے ہی تعبیر کیا تھا۔ اُس کا خیال تھا افغانستان ۱۹۷۸ء سے ایک مسلسل جنگ کی صورتِ میں ہے جو وقت کے ساتھ ساتھ شدید ترین ہو گئی ہے۔ ۱۹۹۶ء میں جب کابل پر طالبان کا قبضہ ہوا تھا اور ری پبلک آف افغانستان کا نام اسلامک اسٹیٹ آف افغانستان ہو گیا تھا تو اس وقت سعودی عرب، پاکستان اور متحدہ عرب امارات نے اپنے اپنے سیاسی مقاصد کے خاطر اُس کی حمایت کی تھی۔ اُس وقت کا وزیر دفاع کابل انجینیرنگ یونیورسٹی کا قوم پرست طالبعلم احمد شاہ مسعود تھا جس نے طالبان کے مقابلے پر نارتھرن الائنز بنایا تھا اور جس میں تاجک، ازبک، ہزارہ، ترکمن اور کچھ پشتو بھی شامل تھے۔ اس وقت ان کے اور طالبان کے درمیان جھگڑوں کے دوران طالبان کو ملٹری سپورٹ پاکستان سے اور اقتصادی سپورٹ سعودی عرب سے پہنچتی تھی۔ اس زمانے میں القاعدہ کے ساتھ ساتھ اسلامک موومنٹ آف ازبکستان بھی نارتھرن الائنز کے خلاف عرب ممالک اور سینٹرل ایشیا سے جنگجو سپلائی کر رہے تھے۔ چھ سال کی اس سول وار میں طالبان اور القاعدہ نے کم و بیش پندرہ بار عام شہریوں کا بڑے پیمانوں پر قتل عام کیا تھا جن میں زیادہ تر ہزارہ کے غریب شیعہ عوام کو نشانہ بنایا گیا تھا۔ اس دوران بڑی تعداد میں شیعہ عوام جان بچانے کی غرض سے احمد شاہ مسعود کے علاقوں میں منتقل ہو گئے تھے۔ درہ پنجشیر، کندز، کابل اور مزار شریف میں چلنے والی اس سول وار میں براہ راست طالبان اور القائدہ کے پیچھے ملا احمد عمر، اسامہ بن لادین، ایمن الظواھری کی رہنمائی میں پاکستان آرمی کے تقریباً پچاس ہزار سویلین ڈریس میں وہ جنگجو بھی شامل تھے جن کی ایک بڑی تعداد پاکستان کے مذہبی مدرسوں سے جنگ میں جہاد کے نام پر پارسل کی گئی تھی۔ ان کم عمر طلباء کی شناخت کٹی ہوئی باڈیز کی شکل میں پاکستان پہنچنے پر مسلسل ہو رہی تھی۔ اس زمانے میں

پاکستان کے جنرل مشرف، لیفٹیننٹ جنرل حمید گل، نسیم رانا، ضیاء الدین بٹ، محمود احمد اور سلطان احمد تارڑ افغانستان کی اس سول جنگ میں طالبان کے سب سے بڑے سپورٹرز تھے جبکہ دوسری طرف ان سب کے خلاف نارتھرن الائنز کے پیچھے انجینیر احمد شاہ مسعود، مشرقی افغانستان شوریٰ کا پشتون لیڈر عبدالقادر، اُس کا بھائی عبدالحق اور عبدالرشید دوستم شامل تھے۔ مگر پھر ۹ ستمبر ۲۰۰۱ء میں احمد شاہ مسعود کا القاعدہ اور طالبان نے مل کر قتل کروا دیا اور پھر دو ہی دن بعد ستمبر ۱۱ کو نیویارک میں ٹوئن ٹاور پر حملے میں تین ہزار امریکیوں کے مرنے کے نتیجے میں افغانستان کی سول وار کا دور ختم ہو گیا اور پھر وہی افغانستان ایک نئی جنگ میں چلا گیا اور پاکستانی فوج ایک نئے کردار کے ساتھ افغانستان کی جنگ میں شامل ہوئی، جہاں ان کے بڑے موافق طالبان اور القاعدہ اب ان کے سب سے بڑے دشمن بن گئے تھے۔ جہاد کے نام پر لاکھوں لوگوں کو خاک میں سلانے والے اور سونے والے سیاسی بندر بانٹ کے بائی پروڈکٹ کے سوا کچھ بھی نہیں رہے تھے۔ پانچ سال پہلے ۲۰۱۱ء میں واحدی کی دوسری کتاب ' فرام دی ڈیتھ آف احمد شاہ مسعود ٹو دی ڈیتھ اف آسامہ بن لادین' چھپ کر آئی جس نے واشنگٹن سے کابل تک خوب ہی دھوم مچائی اور پھر واحدی کا نام افغانستان کے پچاس انفلینشل (influential) لکھنے والے صحافیوں میں شامل ہو گیا تھا۔ واحدی کے یکے بعد دیگرے کئی آرٹیکلز خصوصاً عورتوں پر طالبان کے مظالم، کابل ٹائمز کی شہ سرخی تک بن گئے تھے جنہوں نے انٹرنیشنل پریس میں کئی بار اپنی جگہ بنائی تھی۔ قندوز کی لڑائی کے دوران طالبان پر اغوا، ریپ اور عام شہریوں کی ہلاکتوں پر لکھے گئے آرٹیکل (article) پر بھی اُسے کئی بار فون پر سخت دھمکیاں ملی تھی جب اُسی آرٹیکل کی بنیاد ایک نیوز چینل نے ٹی وی خبر بنا دی تو جنوری میں ہونے والے خودکش دھماکے میں پانچ صحافیوں کی موت بھی ہوئی تھی۔ واحدی کو اس سے قبل بھی کابل یونیورسٹی کے اسٹاف رپورٹر نے اندر کی خبر دی تھی کہ سیکورٹی فورسز نے اُسے خصوصاً خبردار رہنے کو کہا ہے۔ اب واحدی کا نام کابل میں موجود طالبان کو چبھنے لگا تھا یہی وجہ تھی اُسے مسلسل فون پر دھمکیاں مل رہی تھیں اور اب تو حد ہی ہوگئی تھی اور پتھراؤں کا سلسلہ شروع ہوگیا تھا۔ فون کی گھنٹی بجی تو خیالوں کا سلسلہ یک لخت ٹوٹ گیا۔ گھر کے باہر نظر عزیزی یونیورسٹی کے پانچ چھ طلبا کے ساتھ اُسے لینے کے لیے پہنچ گیا تھا۔

☆☆

پندرواں باب

تاریخ: ۱۳ نومبر، ۲۰۱۵

مقام: ٹورنٹو ـ کینیڈا

ثانیہ کو دلیپ کے گھر میں رہتے ہوئے کئی دن ہو چکے تھے۔ ان دنوں میں مما پپا کی بے تحاشہ فون کالز آ چکی تھیں۔ شروع شروع میں جو غصہ اور دھمکیاں تھیں وہ آہستہ آہستہ منت سماجت، درخواستوں اور قسموں وعدوں میں بدل گئی تھیں۔ خاندان کی عزت شرافت، نیک نامی پاسداری، نام نمود، جائز ناجائز، نکاح طلاق، خاندانی غیر خاندانی غرض یہ کہ ہر ایک اچھی اور اچھا، بری اور برا اخلاقی اور غیر اخلاقی کوشش اور حربہ استعمال کر کے انہوں نے دیکھ لیا تھا۔ فون پر ثانیہ کو اس طرح کی 'غیر فطری' شادیوں کے سماجی و مذہبی نقصانات سمجھانے کے لیے گھنٹوں لیکچر دیے گئے۔ اُسے ماں کے دودھ سے لیکر باپ کی قربانیوں کے واسطے دیے گئے اور تو اور ہمیشہ کے لیے منہ نہ دیکھنے اور اپنی زندگیوں سے نکال دینے کی دھمکی بھی دی گئی مگر ثانیہ کے خیالات ٹس سے مس نہیں ہوئے۔ ثانیہ کے ماں باپ حیران تھے کہ آخر دلیپ نے ایسا بھی کیا جادو اُن کی خوبصورت اور سمجھدار بیٹی پر کر دیا تھا کہ اُس کی عقل اپنے نقصانات اور فائدے سمجھنے سے قطعی قاصر ہو گئی تھی۔ ان کے خیال میں اُن کی پرورش میں تو کوئی کمی نہیں تھی بس یہ یونیورسٹی کے کھلے ماحول نے سارے مسائل کھڑے کر دیے تھے۔ اُن کا یہ پختہ خیال تھا کہ کینیڈا میں یونیورسٹی لیول تک لڑکیوں اور لڑکوں کی تعلیم ایک ساتھ نہیں ہونی چاہیے۔ انہوں نے اپنی بچی کو اسلامی اسکول میں پڑھایا تھا وہاں وہ ہمیشہ نقاب میں رہی مگر جونہی وہ یونیورسٹی آئی اُس نے نقاب ترک کر دیا تھا۔ ثانیہ کا خیال تھا کہ نقاب یا اسکارف کا تعلق ہمیشہ سے عرب کی تہذیب سے

تھا نہ کہ خالصتاً مذہبِ اسلام سے کیونکہ اس کے خیال میں جو مذاہب عرب دنیا میں پیدا ہوئے تھے انہوں نے وہاں کے کلچر کو اس میں شامل کرلیا تھا جیسے ہندوستان میں جو مذاہب پیدا ہوئے مثلاً ہندوازم اور بدھازم ،تو انہوں نے تو ایسی کوئی شرط اپنے ماننے والی عورتوں پر نہیں لگائی تھی ہاں ہندوستان کا کلچر رسوم ورواج اُن کے بھی مذہب میں شامل ہوا اور جب پاپا نے زیادہ بحث کی تو اُس نے جواب دیا کہ کیتھولک ،عیسائی اور یہودی عورتیں بھی عبائیں پہنتی ہیں اور یہ ڈریس مذہب سے پہلے کا بھی ہے اگر ہم مذہب سے قبل کی انسانی تاریخ کو پڑھیں یعنی جس دور میں نہ یہودیت پیدا ہوئی تھی اور نہ عیسایت اور نہ ہی اسلام کا نام ونشان تھا تب بھی عرب میں خواتین دھول مٹی سے بچنے کے خاطر اسی طرح کے کپڑے منہ پر لپیٹ لیا کرتی تھیں مگر یہاں کینیڈا میں نہ تو لوگوں کو ایک دوسرے کو گھورنے کا شوق ہے اور نہ ہی یہاں کی ہواؤں میں کوئی دھول یا مٹی ہے ۔ایسی باتوں کا نہ تو اُس کے والدین کے پاس جواب تھا اور نہ ہی دلیل مگر پھر بھی جب اُنہوں نے ایک بار سختی سے کہا کہ جو بھی ہو اُسے اسکارف تو پہننا ہی پڑے گا تو اُس نے پلٹ کر کہہ دیا کہ میں اکیسویں صدی کی لڑکی ہوں اور مجھے چودہویں صدی میں رہنے کا کوئی شوق نہیں ہے اور سب سے بڑھ کر یہ کہ میں آپ لوگوں سے جھوٹ نہیں بولنا چاہتی اور نہ ہی یہ چاہتی ہوں کہ کچھ اس طرح کی حرکتیں کروں کہ گھر سے نقاب یا اسکارف باندھ کر یونیورسٹی چلی جاؤں اور پھر وہاں جا کر اسے اپنے لاکر میں رکھ دوں ، مجھے اِس طرح کی فضول باتیں پسند نہیں ہیں اس لیے پلیز خدا کے واسطے مجھے میری نارمل زندگی گزارنے دیجیے جس طرح نوے فیصد لوگ گزارتے ہیں، میں اپنے کام اور اپنے علم سے اچھوتی اور اچھی نظر آنا چاہتی ہوں نہ کہ اپنی بودو باش، کپڑے لتوں سے ،میں ماہرِ نفسیات بننا چاہتی ہوں پلیز مجھے اپنی زندگی کے فیصلے اعتماد اور علم کی روشنی میں کرنے دیجیے، میں نے نہ تو سماج میں مصنوعی انداز میں پیش ہونے کا کوئی ٹھیکہ لیا ہے اور نہ ہی مجھے اس کا کوئی شوق ہے اور نہ ہی مجھے اس طرح کی باتیں مرعوب کرتیں یا چونکاتی ہیں، ثانیہ کی تقریر سُن کر انہوں نے بھی پھر نقاب پر اور زیادہ بات نہیں کی شائد اندرونِ خانہ اُنہیں بھی ڈر تھا کہ مستقل نقاب وغیرہ سے اچھے رشتوں کے امکانات میں کمی بھی ہوسکتی ہے ۔ثانیہ نے یونیورسٹی جوائن اس لیے کی تھی کہ وہ فلسفہ پڑھنا چاہتی تھی مگر پھر بعد میں اُس کا شوق نفسیات میں بڑھنے لگا تو اُس نے فلسفے میں بیچلر کے بعد اپنا میجر سبجکٹ تبدیل کروالیا

تھا۔پچھلے دو سالوں میں فلسفے کے مطالعہ کی وجہ سے اُس کی فکری نشوونما ہوتی چلی گئی تھی اور اُسے سماج کے روائتی تصورات سے بالاتر ہوکر سماج کا تجزیہ کرنے کی کچھ عادت سی پڑ گئی تھی۔ پھر آہستہ آہستہ اُس کا اجتماعی سماجی نقطہ نظر اُس کی انفرادی زندگی کے عوامل پر اثر انداز ہونے لگا اور اُس میں ایک اور ناقدانہ علمی رویہ پیدا ہوا جس کے نتیجے میں وہ ایک ذاتی محاسبہ کے عمل سے گزرنے لگی۔ پھر وقت کے ساتھ ساتھ وہ اپنی زندگی کے کئی ایسے تصورات کو رد کرتی چلی گئی جو اُس کے خیال میں قطعی غیر علمی بنیادوں پر مورثی اور خاندانی وجوہات کی وجہ سے اُس میں شامل کیے گئے تھے۔ خوش قسمتی سے اُس کا تعلیمی ریکارڈ اس قدر اچھا اور متاثر کن تھا کہ اُس کے ممّا پاپا اُسے اکثر و بیشتر یونورسٹی میں تہنیتی اسناد وصول کرتے ہوئے ہی پاتے تھے مگر پھر انہوں نے دیکھا کہ اُس میں دھیرے دھیرے تبدیلی آنی شروع ہوگئی ہے۔ اس تبدیلی کی وجہ دلیپ سے اُس کی ملاقات تھی۔ دلیپ نہ صرف نصابی طور پر زہین تھا بلکہ وہ ایک بہت ہی اعلیٰ فکر کا روشن خیال ذہن رکھتا تھا۔ یہ ٹھیک ہے کہ اُس نے اپنی زندگی میں شائد ہی فلسفے کی کوئی کتاب پڑھی ہو مگر شائد وہ دل کی کتاب سے اچھی طرح سے واقف تھا۔اُس نے اپنی پہلی ہی ملاقات میں جس طرح ٹھیٹ پنجابی انداز میں اُس سے اپنے پیار کا اظہار کیا تھا اُس نے ہی ثانیہ کے ہوش اُڑا دیے تھے اور جب ثانیہ نے اپنے اور اُس کے فرق پر بات کرنی چاہی تو وہ دیر تک ہنستا رہا تھا اور بس ایک ہی جملے میں اپنی بات کہہ کر وہ اُس کے لیے کیفے ٹیریا سے آئس کریم لانے چلا گیا تھا، اُس نے ہنستے ہوئے کہا تھا،''ثانیہ جی دنیا کے سارے فلسفے محبت سے شروع ہوتے ہیں، سارے رنگ، سارے مذہب، سارے سماجی اور نفسیاتی تصورات ۔۔۔اگر دنیا میں محبت ہی نہ ہو تو انسان ہی نہیں ہوگا اور جو انسان نہیں ہوگا تو پھر ان سب باتوں کا فائدہ ہی کیا ہے؟ کیا دنیا کے جس پہلے مرد اور عورت نے محبت کی تھی کیا وہ احمدی مسلمان تھے یا گرو نانک کے ماننے والے سکھ، کیا وہ اردو بولنے والے پاکستانی تھے یا پنجابی بولنے والے ہندوستانی ۔ نہیں وہ صرف انسان تھے ۔۔۔''اور پھر ہنستے ہوئے اپنے دونوں انگوٹھے اُس کی طرف نچاتے ہوئے کہا تھا،''یا پھر حیوان؟؟''ثانیہ کو اُس کا کھلنڈرا پن بہت اچھا لگا تھا کیونکہ وہ بہت ہی فطری تھا اس قدر فطری کہ اُس میں کہیں بھی کسی بھی قسم کی مصنوعی فکر کی آمیزش نہیں تھی۔ ثانیہ کو لگا تھا جیسے دلیپ کا دل اور اُسکی زبان ایک دوسرے سے اچھی طرح سے جڑے ہوئے ہیں۔ جو بھی جیسا بھی خیال اُس

کے دل میں آتا ہے وہ جوں کا توں اُس کے لبوں پر آجاتا ہے۔ دلیپ کی ایسی ہی سیدھی سپاٹ باتیں سن کر ثانیہ اپنا فلسفہ، اپنی نفسیات اور اپنا دل سب کچھ اُس پر ہار بیٹھی تھی۔ اُس نے دل ہی دل میں طے کر لیا تھا کہ مجھے زندگی بھر کے لیے دلیپ جیسا سادہ اور سچا دوست چاہیے۔ مما پاپا کی ضد جوں جوں بڑھتی گئی ثانیہ کا لہجہ بھی ویسا ہی سخت ہوتا چلا گیا آخر اُس نے تنگ آ کر کہہ دیا کہ اگر وہ شادی کرے گی تو صرف اور صرف دلیپ سے ہی کرے گی۔ باتوں ہی باتوں میں اُس نے مما کو بتا دیا تھا کہ وہ اور دلیپ ساتھ ساتھ رہ رہے ہیں مگر وہ ایک دوسرے کے ساتھ سو نہیں رہے ہیں اس لیے پریشان ہونے کی ضرورت نہیں ہے۔ مما پاپا اس بات سے شدید غصہ اور دکھ میں تھے کہ آخر ثانیہ دلیپ کے پاس منتقل ہی کیوں ہوئی ہے؟ اور ثانیہ اس بات سے شدید غصہ اور دکھ میں تھی کہ اُس کے مما پاپا نے آخر اُس کے کردار پر سوالات ہی کیوں اُٹھائے ہیں؟ جس شام پاپا نے سخت لہجے میں اُس کے کردار کو نشانہ بنایا تھا تو خود اُس کے اپنے ذہن میں عورتوں کے حوالے سے مذہب کا کردار بھی مشکوک ہو گیا تھا۔ اُس دن سے ہر لمحے وہ عورتوں کے کردار پر خود سے ایک فلسفیانہ بحث میں الجھی ہوئی تھی اور کئی بار اپنے آپ سے یہ سوالات پوچھ چکی تھی کہ آخر عورت کا کردار اُس کے جنسی اعضاء سے ہی کیوں منسوب ہے؟ آخر عورت کا بدن کس طرح بیک وقت اُس کا اپنا دوست اور دشمن ہو سکتا ہے؟ آخر عورت کی طاقت اسکی کمزوری ہی کیوں بنائی گئی ہے؟ آخر مذاہب کی جڑوں میں جنس ہی کیوں گھس کر بیٹھی ہوئی ہے؟ آخر اخلاقیات کا سارا سماجی ڈھانچہ اس کی مصنوعی بنیادوں پر ہی کیوں قائم کیا گیا ہے؟ آخر مذاہب نے سچ کی تلقین کے لیے جھوٹ کا سہارا کیوں لیا ہے کیونکہ ایک طرف تو وہ نسل پرستی کے خلاف احکامات نازل کرتا ہے مگر دوسری طرف اپنے پھیلاؤ کے خاطر نسل پرستی کو شادیوں کے لیے شرط کے طور پر استعمال بھی کرتا ہے؟ آخر میری محبت کا میرے کردار سے کیا تعلق بنتا ہے؟ اگر میں مسلم اور وہ سکھ ہے تو ہماری شادی سے مذہبی اور سماجی بنیادیں کیوں ہل رہی ہیں؟ اگر محبت کا تعلق روح سے ہے اور جنس کا تعلق جسم سے ہے تو مذہب کا تعلق پہلے روح سے ہے یا پہلے جسم سے؟ آخر یہ خیال کیوں دیا گیا ہے کہ جسم کی پاکیزگی سے روح کی پاکیزگی بنتی ہے یہ خیال کیوں نہیں دیا گیا کہ روح کی پاکیزگی سے جسم بھی پاکیزہ ہو جاتا ہے؟ آخر کیوں نہیں میرے ہونے والے بچے آدھے سکھ اور آدھے مسلمان ہو سکتے ہیں، آخر کیوں نہیں ہم ایک ہی وقت میں دو مذاہب کے

پیرو کار ہو سکتے جبکہ ماتما تو سب کا ایک ہی ہے؟ آخر کیوں معاشی و معاشرتی مسائل سے انسانی قوانین کے ذریعے براہِ راست نبردآزما ہو جانے سے مذاہب کی آسمانی حیثیت کو دھچکا لگتا ہے؟ آخر کیوں نہیں ہم زمین کے مسائل زمینی حقائق کے ذریعے حل نہیں کر سکتے؟ آخر کیوں ہم سمجھ رہے ہیں کہ آسمانی سچائیاں آسمانی جھوٹ بھی تو ہو سکتے ہیں؟ کیا اِن آسمانی سچائیوں کے کچھ حقیقی ثبوت ہمیں ابھی تک کہیں سے میسر ہوئے ہیں، سوائے ایقان و ایمان یا قصے کہانیوں کے؟ جوں جوں اُس کے کنفیوشن میں اضافہ ہو رہا تھا اُس کے واحدی کے لیے فیس بک پر میسجز بڑھتے جا رہے تھے۔۔۔ آخر کیوں پروفیسر واحدی فیس بک پر نظر نہیں آ رہے ہیں؟ اُس کی بے چینی دن بدن بڑھتی جا رہی تھی۔

پچھلے کئی دنوں سے ثانیہ ڈاؤن ٹاؤن ٹورنٹو میں دلیپ کے ساتھ اُسکے دو کمروں کے اپارٹمنٹ میں رہ رہی تھی گو کہ مما پاپا کے لیے یہ بات قیاس آرائی تھی کہ وہ دونوں ایک دوسرے سے پیار تو کرتے ہیں مگر ان کا رشتہ ابھی تک صرف اچھے دوستوں کا ہے یعنی وہ واقعی ایک دوسرے کے ساتھ بستر شیئر نہیں کر رہے ہیں مگر سچ یہی تھا کہ وہ دونوں ہی اِس بات کا تعین کرنا چاہتے تھے کہ اُن کی محبت میں جنسی کشش کے علاوہ ایک دوسرے کی شخصیت کے حصار کا بھی حصہ ہے کیونکہ وہ دونوں ہی اوائل عمر کے جذباتی دور سے آگے نکل چکے تھے، دونوں ہی ایک دوسرے کی موجودگی کو ایک دوسرے کے لیے ضروری سمجھنے لگے تھے، دونوں ہی ذہین تھے اور مستقبل کے خواب دیکھنے والے اور خود کی تعمیر میں تعلیم و تربیت کے لیے کوشاں تھے۔ شائد اِسی لیے دونوں کے رویے بیک وقت روحانی اور میکانی تھے، شائد اسی لیے دونوں اپنی محبت کو ایک بالغ نظر سے دیکھ رہے تھے اور سمجھنے کی کوشش کر رہے تھے۔ یوں بھی اُن کی محبت کا معاملہ سماج و مذہب کے عمومی تصورات سے بالاتر تھا۔ اس ساری فکر پر وہ کم و بیش روزانہ ہی ایک علمی بحث سے گزر رہے تھے مگر ابھی تک کسی بھی حتمی نتیجے پر پہنچنے سے قاصر تھے۔ ابھی تک اُن کی سمجھ سے یہ بالاتر تھا کہ اُن کی ہیئت میں کہاں سے ایک ایسی رکاوٹ پیدا ہو گئی تھی جو مصنوعی یا فطری سماجی بندھنوں کے ساتھ ملکر یا آزاد ہو کر نئی دنیا کی طرف اُن کے بڑھنے میں مشکل بن رہی تھی۔ شائد یہی وجہ تھی ثانیہ نے ایک دن دلیپ سے اپنے فیس بک فرینڈ پروفیسر واحدی کا تذکرہ کیا اور اُسے بتایا کہ ڈاکٹر واحدی محض ایک سیاسی مفکر ہی نہیں ہے بلکہ اُس کی نظر انسانی نفسیات کے

ارتقائی عمل پر بھی ہے جس میں معاشیات اور سماجیات کا ایک طویل کردار ہے اور جس کو جانے بغیر ایک پر اعتماد فیصلہ کرنا ناممکن ہے۔ دلیپ نے جب اُس سے پروفیسر واحدی کا ذکر سُنا تو اُس کی دلچسپی اُن میں بڑھ گئی تھی۔ اُس نے ایک دن پروفیسر واحدی کو گوگل کر کے اُن کی کتابوں کا سراغ نکال لیا۔ ثانیہ نے پہلی بار پروفیسر واحدی کی تصویر اُن کی کتاب پر ہی دیکھی تھی اس سے قبل اُس کے لیے پروفیسر واحدی صرف کابل یونیورسٹی کے انٹرنیشنل ریلیشنز یا پالیٹیکل سائنس ڈپارٹمنٹ کا ایک گمنام مگر ذہین پروفیسر تھا جو اکثر و بیشتر اُس کے سیاسی اور سماجی سوالوں پر کمنٹس (comments) لکھ دیا کرتا تھا۔ ثانیہ نے جوں جوں پروفیسر واحدی کے بارے میں ویسٹرن نیوز اور انٹرنیشنل میڈیا میں ریفرنسز (references) پڑھے اُس کے دل میں اُن کے لیے قدر و عزت اور بھی بڑھتی چلی گئی خصوصاً یہ بات اُسے بہت بالغ لگی کہ انہوں نے کبھی بھی خود سے اپنا تعارف کرانے کی کوشش نہیں کی تھی۔ ثانیہ کو بھی پروفیسر واحدی کے بیک گراؤنڈ کا کچھ خاص پتہ نہیں تھا اور نہ ہی کبھی اُس نے جاننے کی کوشش کی تھی اور انہیں ایک گمنام الیکٹرانک فرینڈ کے طور پر اپنے دوستوں کی لسٹ میں رکھا ہوا تھا مگر آہستہ آہستہ وہ ان کی گفتگو سے متاثر ہوتی چلی گئی اور باتوں ہی باتوں میں اُسے یہ پتہ چل گیا تھا کہ وہ کابل یونیورسٹی میں پولیٹیکل سائنس کے ایک پروفیسر ہیں۔ ابھی بھی اُسے پروفیسر واحدی کی ذاتی زندگی کا پتہ نہیں تھا کیونکہ اُن کی گفتگو کبھی بھی ذاتی حوالوں پر نہیں ہوئی تھی۔ اُن کی گفتگو کا عمومی محور علمی موضوعات تک ہی محدود رہتا تھا مگر اب چند دنوں سے ثانیہ سوچ رہی تھی کہ وہ اپنے ذاتی مسائل اور کنفیوشن پروفیسر واحدی سے شیئر کرے گی اور دیکھے گی کہ اُن کا اس سلسلے میں کیا نقطہ نظر ہے؟ اِس وقت اُس کی زندگی کا سب سے بڑا سوال یہی تھا کہ کون سے سماجی تصورات فطری یا نیچرل (natural) ہیں اور کونسے تصورات انسانی ارتقائی عمل سے نرچر (nurture) ہوئے ہیں؟ شائد اسے اس بات کا شدت سے احساس ہو رہا تھا کہ ایسے ہی سوالات کے جواب میں اُس کی محبت کی زندگی کا بھی دارومدار ہے۔

☆☆

سولہواں باب

تاریخ: ۱۴ نومبر، ۲۰۱۵

مقام: شاہ فیصل کالونی نمبر ۵ ۔ کراچی

ادریس کی خشخشی داڑھی چند دنوں میں ہی اُس کی مٹھی تک پہنچ گئی تھی ۔ سر پر مستقل سفید ٹوپی، گلے میں سبز اسکارف، آنکھوں میں گہرا سرمہ، ٹخنوں سے اونچی شلوار اور چوڑے دامن کی لمبی قمیص پہننے اور ہاتھ میں مستقل تسبیح پڑھنے سے اُسے اپنے آپ میں ایک بہتر مسلمان پیدا ہو جانے کا احساس ہونے لگا تھا۔ مولوی سلیم اللہ کے بار بار سمجھانے پر اُس نے اپنی گفتگو میں گالی گلوچ کم و بیش ختم کر دی تھی اور لہجہ بھی کسی حد تک بدل لیا تھا، ایک اور بدلی ہوئی بات جو اُس کے دوستوں نے ہی نہیں بلکہ بختاور نے بھی محسوس کی تھی کہ ادریس اب بات بے بات کچھ نئے لفظ یا جملے اپنی گفتگو میں بکثرت استعمال کرنے لگا ہے مثلاً یہ کہ اللہ بڑا کارساز ہے، اللہ کا کرم ہے، اللہ نگہبان ہے، رب العزت کی جو مرضی اور پھر اس کے ساتھ ساتھ کبھی سینے پر ہاتھ رکھ کر تو کبھی دونوں ہاتھوں کو کانوں پر لگا کر کبھی ہاتھوں کو جوڑ کر معافی اور دعائیہ انداز میں آسمان کی طرف دیکھنا اُس کے اندازِ گفتگو بن گئے تھے۔ شائد اس کی وجہ ادریس کے ارد گرد مولانہ سلیم اللہ کی دی ہوئی تربیت اور اطراف میں پائے جانے والے اُن کے سینکڑوں ساتھیوں کی ہمہ وقت موجودگی تھی ۔ وہ اب اُن جیسے طرزِ عمل اور گفت و شنید کو ارادی اور غیر ارادی طور پر اپناتا جا رہا تھا۔ اُس نے خود بھی یہ محسوس کیا تھا کہ گفتگو کے دوران بات بے بات ماشااللہ، سبحان اللہ اور الحمدللہ کہنے سے ایک اندرونی تحفظ کا احساس بڑھتا جاتا ہے اور اپنا آپ دوسروں سے بہتر بھی محسوس ہوتا ہے ۔ اس طرح کی گفتگو سے مذہب سے رشتہ اور بھی گہر ا محسوس ہوتا ہے اور ساتھ ہی

ایک تقویت کا احساس بھی ملتا ہے۔ مولوی شمس الحق کے بتانے پر ہی یہ بات اُس کی سمجھ میں آئی تھی کہ کسی بھی زبان کے کچھ رٹے رٹائے الفاظ جب کبھی اراتاً یا غیر اراداً منہ سے ادا ہوتے رہتے ہیں تو دراصل یہ اُس زبان کے بولنے والوں سے اپنے پرخلوص تعلق یا اُن سے متاثر ہونے کے رویے کو ظاہر کرتے ہیں مثلاً محلے کے ڈاکٹر، انجینیر اور بینک مینیجر جب بات بے بات تھینک یو، سوری اور ایکسیوز می کہتے ہیں تو وہ انگریزی زبان سے محبت سے نہیں بلکہ فرنگی کافروں سے بھی اپنے تعلق یا وفاداری کو ظاہر کرتے ہیں۔ ان چند دنوں میں ادریس کو یہ نئی بات بھی پتہ چلی تھی کہ یہ لوگ دنیاوی علم کے پیچھے چلنے والے لاعلم لوگ ہیں جنہیں یا تو بدقسمتی سے دینوی علم کی نعمت ہی نصیب نہیں ہوئی یا پھر سمجھ نہیں پیدا ہوئی کہ عربی زبان پاک رسول عربی کی زبان تھی اور قران مجید بھی عربی زبان میں ہی اُن پر اترا تھا تو اللہ تبارک تعالی کے لیے یہ بھی افضل ترین زبان ہے۔ یہ ٹھیک ہے کہ کوئی کافر ہی اس بات سے انکار کر سکتا ہے کہ دنیا کی ساری زبانیں اصل میں تو اللہ تبارک تعالی کی ہی ہیں مگر کیونکہ اللہ تبارک تعالی اپنے پیارے نبی سے عربی زبان میں مخاطب ہوئے تھے اس لیے وہ ہمیشہ عربی زبان کو دیگر زبانوں پر فوقیت دینگے۔ مولوی شمس الحق کے مطابق گفتگو کے دوران ہر بار عربی زبان کے الفاظ کی ادائیگی سے مسلمانوں کو بہت ثواب ملتا ہے۔ بالکل اسی طرح فارسی میں خدا کہنے سے زیادہ بہتر عربی میں اللہ کہنا ہزار گنا بہتر ہے، عربی حلیہ، غذا، رہن سہن بھی اور قوموں سے بالاتر ہے کیونکہ محمدﷺ عربی النسل تھے اس لیے عرب دنیا کی افضل ترین قوم ہے۔ پچھلے کئی دنوں سے ادریس کے دل میں عرب دنیا سے ایک خاص رغبت کا احساس بڑھتا جا رہا تھا جس کا نہ تو اس سے قبل اسے کوئی احساس تھا اور نہ ہی اُس نے ایسا کبھی سوچا تھا۔ اسے وہابیت اور دیوبندی فرقوں کے فرق تو مولوی شمس الحق نے ہی سمجھایا تھا۔ انہوں نے یہ بھی سمجھایا تھا کہ شیعہ ہمیشہ سے صحابہ کرام کے دشمن رہے ہیں اور ان کا فرین سے مذہب اسلام کی یک جہتی کو بہت نقصان پہنچا ہے اور یہ بھی کہ قادیانی اور سانپ اگر ساتھ ملے تو قادیانی پر نظر رکھنا سانپ سے زیادہ ضروری ہے کیونکہ یہ نبی پاک کو خاتم الرسول نہیں سمجھتے ہیں اور یہ اسلام کی شہ رگ کے دشمن ہیں اور اسلام کی پشت میں سینہ گھونپتے ہیں۔ ایسی بہت سی باتیں تھی جو چند ہی دنوں میں اُسے سمجھ میں آ گئیں تھیں اور وہ حیران بھی ہوتا تھا اور دکھی بھی کہ ان سب باتوں سے پہلے وہ کیوں ناواقف تھا۔ اس سے قبل تو اسے یہ بھی نہیں پتہ تھا کہ اُس کے دوستوں

اور محلے میں کون کون کس فرقے سے کس کس سے تعلق رکھتا ہے ۔ مولوی شمس الحق اور مولوی سلیم اللہ کے پاس سارے محلے بلکہ آس پاس کے محلے کی بھی ساری تفصیلات موجود تھیں اور وہ اکثر خلوت میں اُنہیں خنزیر یا کتے کہہ مخاطب کرتے تھے اور کبھی اگر زیادہ چند تو طیش ہو تو ایک آدھ گالیاں بھی نواز دیتے تھے مگر عام لوگوں کے سامنے بُرے لفظ سے اجتناب برتتے تھے ۔ گھر پر بھی ادریس نے بختاور کو بھی پابند کر دیا تھا کہ وہ پردے کے بجائے اب برقعہ پہنا کرے اور نامحرموں سے باضابطہ پردہ کیا کرے اور تو اور اُس کے بچپن کا دوست رب نواز بھی بختاور کے لیے غیر محرم ہو گیا تھا ۔ پہلے رب نواز جب چاہے گھر کے دالان میں آ کر بیٹھ جاتا تھا اور بھابی جی کا نعرہ لگا کر روٹی پانی مانگ لیا کرتا تھا اور بختاور بھی بنا کسی اگلے خیال کے اُس کو گھر کے فرد کی طرح دالان میں چارپائی پر بٹھا دیتی تھی مگر اب وہ بھی ادریس کی تبدیلیوں کو بھانپ گیا تھا اور اُس کے سمجھنے سے پہلے ہی اپنے آپ کو خاصا محتاط کر لیا تھا ۔ اب وہ ہمیشہ ادریس کے گھر اُس کی موجودگی میں ہی آتا تھا بلکہ پہلے دروازہ کھٹکھٹا کر پردے کا یقین کر لیتا تھا پھر ہی گھر میں قدم رکھتا تھا ۔ ادریس نے کئی بار بختاور سے دبے لفظوں میں کہا تھا کہ عثمان کو بھی مدرسے میں بٹھا دے اور قرآن حفظ کرانا شروع کر دے مگر بختاور کچھ پس و پیش کا شکار تھی ۔ شائد اس لیے کہ عثمان چوک والے واقعے کے بعد سے پہلا جیسا بچہ نہیں رہا تھا ۔ اس واقعہ سے قبل عثمان صبح شام گلی کوچوں میں دوستوں کے ساتھ کھیلتا کودتا اور پتنگیں اڑاتا پھرتا تھا مگر اب وہ کھیل کودکے بجائے سارا سارا دن گھر کے کسی کونے میں پڑا رہتا تھا ۔ اکثر و بیشتر وہ راتوں کو اچانک سوتے میں ڈر جاتا اور پھر روتے ہوئے چیخیں مار نا شروع کر دیتا تھا جیسے اُس نے کوئی بُرا خواب دیکھ لیا ہو اور پھر وحشت ناک نگاہوں سے جاگ کر ماں سے چمٹ جاتا تھا ۔ پہلے وہ بات بے بات زور زور سے ہنستا تھا مگر اب ایک عجیب طرح کی اداسی اُس کے چہرے پر رہتی تھی خصوصاً جب بھی ادریس گھر میں ہوتا تو وہ یا تو چپ چاپ بستر پر لیٹا کسی لحاف میں دبکا رہتا یا پھر کسی کونے میں بیٹھا اپنے کھلونوں سے کھیلتا رہتا ۔ کبھی کبھی تو بختاور کو لگتا جیسے عثمان کچھ کچھ نفسیاتی بھی ہو گیا ہے ۔ بات بے بات رونا چلانا ، چیخنا اور گھنٹوں خاموش رہنا ، کسی بات کا جواب نہیں دینا اور نہیں تو گھنٹوں گلی کی نکڑ پر جا کر آ تے جاتے لوگوں کو تکنا اُس کا کچھ دنوں سے مشغلہ سا بن گیا تھا ۔ اب اُس کی پسندیدہ جگہ گلی کی نکڑ کی ٹوٹی ہوئی دیوار والا کارنر تھا جہاں وہ اکثر جا کر چھپ جاتا اور پھر وہی بیٹھے بیٹھے مٹی کے گھر بناتا ، توڑتا اور

پھر بنتا تھا اور جب اکتا جاتا تو چوک پر بدلتے مناظر کو دیکھتا رہتا اور راہ چلتے گدھوں گھوڑوں اور آوارہ کتوں کو گنتا رہتا تھا۔ جب سے ادریس کی مصروفیت مدرسے اور مسجد میں بڑھ گئی تھی گھر میں پیسے کی آمدورفت میں بھی خاصا اضافہ ہو گیا تھا، پہلی جیسی غربت اور مفلسی نہیں رہی تھی، گھر میں نیا چونا ہو گیا تھا اور تو اور اب تو ادریس کا ارادہ چھت پکی کرا کے ایئر کنڈیشن لگوانے کا تھا جس کا خواب وہ اور بختیار کئی برسوں سے دیکھ رہا تھے مگر اُس کی تعبیر یوں چند دنوں میں پوری ہو جائے گی ایسا انہیں خیال بھی نہیں آیا تھا۔ یہ سب باتیں بختاور کے لیے بے خود بے انتہا خوشی اور اطمنان کا سبب تھیں کہ اچانک چند دنوں پہلے جو مصیبت ادریس کے جیل جانے سے آئی تھی وہ اصل میں اپنے پیچھے بہت سی راحتیں اور مسرتیں چھپا کر لائی تھیں ۔

سترہواں باب

وقت: گیارہ بجے رات

تاریخ: ۱۴نومبر، ۲۰۱۵ء

مقام: کابل، افغانستان

ناظری کے گھر تین چار روز کے آرام نے واحدی کو خاصا پرسکون کردیا تھا۔ان دنوں میں نہ صرف یونیورسٹی کے وائس چانسلر اور پروفیسر دوست اُس کی خیریت دریافت کرتے رہے بلکہ اُس کے طالبعلم، یونیورسٹی کے علاوہ دوست احباب اور پریس کے لوگ بھی ملتے رہے یوں اس واقعہ کی خبر کابل کے نجی اخباروں سے نکل کر الیکٹرانک میڈیا کے ذریعے بیرونی ممالک بھی پہنچ گئی اور فیس بک اور ٹوئٹر پر بھی دوستوں کا تانتا بندھ گیا۔اُن سے بھی جن سے وہ کبھی بھی باضابطہ نہیں ملا تھا مگر اپنے خیالات اور تحریروں کی وجہ سے شناسا تھا۔اس دوران جب بھی اُسے وقت میسر ہوا اُس نے کئی ایک اہم سوالوں پر سوچ بچار کر کے نوٹس بنائے جن پر وہ مستقبل میں آرٹیکلز لکھنا چاہتا تھا۔سویت وار کے بعد کی تین دہائیوں میں چلنے والی مستقل سول وار کی وجہ سے جو انتظامی بربادیاں ہوئی اُس نے تمام تر افغانستان کے الیکٹرانک اور پرنٹ میڈیا کو مکمل طور پر تباہ و برباد کردیا تھا مگر طالبان کے دور حکومت کے بعد سے افغانستان میں مجموعی طور پر میڈیا آزادی کی طرف مائل ہوا تھا جس کے نتیجے میں ملک میں سیکڑوں رسائل، درجنوں ٹی وی اور ریڈیو اسٹیشنز اور کئی ایک نیشنل اور انٹرنیشنل نیوز ایجنسیز قائم ہوئی تھیں ۔مگر اس مقام تک پہنچنے میں افغان صحافیوں کو ایک بڑی قیمت بھی ادا کرنی پڑی تھی کیونکہ وہ نہ صرف اس سارے عرصے میں سخت ترین جسمانی زیادتیوں سے گزرے تھے، بلکہ اُن کی املاک کو نقصان بھی پہنچایا گیا تھا۔

جنگ سے متعلق بہت سی اندرونی ہناک خبروں سے انھیں بے خبر طور پر مکمل طور پر بے خبر رکھا گیا تا کہ اُن کے زریعے بیرونی دنیا افغانستان میں ہونے والی زیادتیوں کے علم سے قطعی محروم رہے مگر بہت سے ایسے واقعات جن کا تعلق براہ راست جنگ سے نہیں بلکہ جنگ کی پالیسیوں کے پیچھے چھپے ہوئے تھے، تھنک ٹینک سے تھا جن کا مجموعی شعور دنیا بھر کے عوام الناس کے لیے قطعی ضروری تھا۔

۲۰۱۴ء سے انٹرنیشنل افواج کے افغانستان کے اخراج کے عمل سے طالبانی قوتیں ایک بار پھر آزاد میڈیا کے خلاف برسرِ پیکار ہو رہی تھیں اور سیکولر صحافیوں، دانشوروں اور پریس کو خصوصاً ہراساں کیا جا رہا تھا۔ واحدی اس ساری سیاسی تبدیلی کے عمل کے نتیجے میں پیدا ہونے والے اُن سماجی امکانات پر فکری مقالات لکھ رہا تھا جو مستقبل کے افغانستان اور افغانستان جیسے دوسرے غریب ممالک میں پائے جانے والے عام انسانوں کو سیاسی، سماجی اور معاشی شعور عطا کر سکے۔ اُس کا خیال تھا کہ افقی ہی نہیں عمودی طور پر بھی سماجوں کے ٹکراؤ کے عمل نے تہذیبی گنجلک میں اضافہ کیا تھا جس کے نتیجے میں نئے سماج نئی شکلوں میں دنیا کے طول و عرض پر بنتے بگڑتے نظر آ رہے ہیں۔ شعور کی تبدیلی کا عمل فکری ارتقاء سے ہے جس کی کمی محض معاشی تنگ حالی کو دور کرنے سے پوری نہیں ہوتی بلکہ سائنسی انداز فکر اور مشاہداتی و تجرباتی تبدیلیوں سے ممکن ہے۔ ماضی و مستقبل کا تہذیبی ٹکراؤ دراصل مستقبل کے اگلے قدم کے لیے مثبت یا منفی علامت کی شکل رکھتا ہے کیونکہ ماضی پرست معاشرہ جامد مذہبی بنیادوں پر کھڑا ہوا ایک مظبوط ڈھانچہ ہے جس کی جڑیں دماغی خلیات کے اندر تہہ در تہہ پھیلی ہوئی ہیں اگر مستقبل کا معاشرہ اُن سطحوں کو یکسر نظر انداز کر کے اپنی شکل متعین کرے گا جس کے امکانات گلوبل ورلڈ میں عرضی تہذیبی تصادم کے نتائج میں زیادہ ہیں تو اسی گلوبل ورلڈ کی خودغرضانہ سیاسی مقاصد کے لیے با آسانی استعمال ہو کر مثبت سے منفی نتائج دے سکتا ہے بلکہ اُس کے خیال میں دے رہا ہے۔ واحدی کے تصور میں عمودی تصادم کا عمل ایک لاشعوری عمل ہے جبکہ افقی تصادم سراسر شعودی تصادم ہے مگر اس کے ڈائمنشن ز (dimension) براہِ راست سیاسیات، سماجیات، معاشیات اور انسانی نفسیات سے جڑے ہوئے ہیں۔ اس سلسلے میں اُس کا انداز فکر عمومی تجزیہ نگاروں سے قطعی مختلف تھا کہ بڑی قوتوں کی سیاسی حکمت عملی غریب ممالک کی تباہی و بربادی کا سبب ہے جبکہ اُس کے خیال میں غریب ممالک کی غربت کی بڑی وجہ وہاں کے بسنے والوں کی غریبانہ فکری سوچ ہوتی

ہے کہ وہ علم و شعور سے مجموعی طور پر بہرہ ور نہیں ہوتے اور ذہنی طور پر پس ماندہ اور قلاش ہوتے ہیں اسی لیے وہ مسلسل اندرونی و بیرونی سیاسی سازشوں کا شکار ہوتے ہیں اور اپنی کمزور آگہی اور خستہ حال ذہنی صلاحیتوں کی وجہ سے اُس کا علمی تجزیہ بھی نہیں کر پاتے ہیں اور الزام تراشیوں کی دنیا میں رہتے ہیں اس طرح سے وہ وقتی سکون حاصل کر لیتے ہیں اور یوں مستقل ایک تباہی و بربادی کی دنیا میں رہتے ہیں ۔ واحدی کے خیالات کی تائید اُس کے اردگرد کے سیکولر مزاج کے لوگ اکثر و بیشتر کرتے تھے مگر ان کا خیال تھا کہ افغانستان کے حالات ابھی تک اس لائق نہیں ہوئے کہ ان موضوعات پر کھل کر لکھا یا کہا جائے جبکہ واحدی کا معاملہ مختلف تھا۔ اُس کے خیال میں کسی بھی شے کی ضرورت فطرت کے اصولوں کے مطابق ہوتی ہے ۔ علم و شعور اور جدید فکر کی کمی اس وقت غریب ملکوں کی عوام کا سب سے بڑا مسئلہ ہے ۔ وہ اکثر یہ جملہ اپنے دوستوں میں دہراتا تھا کہ اندھے کو اندھیرے یا روشنی میں فرق نہیں نظر آتا ہے ۔ ہم کیسے ایک اندھے شخص سے اس امتزاج کی توقع رکھ سکتے ہیں جب اُس کے پاس دیکھنے کے لیے نظر ہی نہیں ہے ۔ اُس کا خیال تھا کہ عمارت کی نئی تعمیر پرانے کھنڈر پر نہیں ہو سکتی جب تک کہ ملبہ اچھی طرح سے صاف نہ کر دیا جائے ۔ مذاہب کے بارے میں اُس کی تجزیاتی و ناقدانہ فکر بھی خاصی عالمانہ تھی ۔ یہ تجزیاتی فکر کبھی کبھار اُسے تنہا بھی کر دیتی تھی کیونکہ عمومی طور پر مذہبی تجزیہ یا تنقید غیر مذہبی ہونے کا لیبل عطا کر دیتی ہے ۔ افغان معاشرہ مذہبی پسماندگی کا شکار معاشرہ تھا اور مذہبی انتہا پسندی کا اثر جس معاشرے پر چڑھ جائے وہ پھر آسانی سے نہیں اترتا اس کے لیے جدید فکر کی جھاڑ پونچھ کی نہیں بلکہ واشنگ مشین درکار تھی ۔ پچھلے سال واحدی کا ایک آرٹیکل اُس وقت بھی اُس کی جان کے لیے عذاب بن گیا تھا جب اُس نے اِسلام میں بُت پرستی کو موضوع بنایا تھا۔ اُس کے مطابق مذہب بت پرستی کے باہر دم توڑ دیتا ہے ۔ قرآن مجید کا ہر ایک لفظ بُت کی شکل و صورت اختیار کر گیا ہے کیونکہ مسلمان لفظوں کے معنوں سے بے بہرہ اپنے اپنے ایمان کی جائے نماز پر بیٹھے اِنہیں چومتے رہتے ہیں ۔ جو اِن لفظوں کے تراجم پڑھ بھی لیتے ہیں وہ اُس کے سطحی معنویت تک ہی رہتے ہیں ۔ شخصیات کے حوالے سے بھی مسلمانوں نے یہی کیا اور اپنے اُس پیغمبر کا بُت تراش لیا ہے جس نے کعبہ کے ۳۶۰ بُت توڑے تھے ۔ گو کہ یہ آرٹیکل بھی اپنے بیک گراونڈ میں دوسرے ابراہیمی مذاہب یعنی عیسائیت اور یہودازم کے ساتھ ساتھ غیر ابراہیمی مذاہب یعنی ہندو ازم ،

بدھا ازم اور جین ازم کے تقابل کے ساتھ لکھا گیا تھا اور تو اس میں خاصی تفصیل کے ساتھ اسطورایا متھ کے فلاسفیانہ تصور کا بھی تجزیہ کیا گیا تھا۔ اس آرٹیکل پر خود یونیورسٹی کے کئی ایک پروفیسرز نے بھی لے دے کی تھی اور باضابطہ اس کے خلاف ایک گروپ بن گیا تھا جن کے خیال میں پروفیسر واحدی کی تحریریں یونیورسٹی کو جلد ہی ایک سیاسی و سماجی اکھاڑہ بنا دیں گی۔ اُن کے خیال میں ایسے وقت میں جب ایک طویل عرصے کے بعد بھی کابل پوری طرح شدت پسندوں کے اثرات سے باہر نہیں نکلا ہے یہ بحثیں قبل از وقت ہیں اور ان کے مضر اثرات پیدا ہو سکتے ہیں ۔ واحدی بھی اِس سارے منظر نامے کو سمجھتا تھا مگر تمام تر احتیاطوں کے باوجود اُس کی جامع مگر متنازع تحریروں نے اُس کا نام خصوصی علمی حلقوں سے نکال عمومی سیاسی و مذہبی حلقوں میں دھکیل دیا تھا۔ جن کے اثرات ذہنی اور جسمانی تشدد کی صورت میں سامنے آنے شروع ہو چکے تھے مگر اس میں ایک بڑا حصہ یونیورسٹی میں اُس کے خلاف اُن پروفیسرز کے گروپس کا بھی تھا جو اُس کے خیالات کی وجہ سے اُس کے پھیلتے ہوئے نام سے خائف اور حاسد بھی تھے۔ اپنے آرٹیکلز پر لکھے ہوئے کئی ایک کمنٹس پڑھنے اور جواب دینے کے بعد اچانک اُس کی نظر کمپیوٹر کے میسج باکس میں ثانیہ کے لکھے ہوئے میسج پر بھی پڑی جس میں اُس نے گزارش کی تھی کہ وہ اُس سے اپنے ذاتی مسائل پر کچھ رائے چاہتی ہے ۔ واحدی نے جواب میں دو سطریں لکھیں 'ضرور ثانیہ، موسٹ ویل کم' مگر شائد وہ اس وقت کمپیوٹر پر سائن اِن نہیں تھی اس لیے فوراً ہی کوئی جواب میسر نہیں ہوا۔ واحدی نے کچھ لمحوں کے انتظار کے بعد اپنے کئی اور دوستوں کو فرداً فرداً ان کے کمنٹس کے جوابات لکھے اور پھر اپنے بلاگ پر جا کر کچھ ری ویوز (reviews) پر نظریں گھمائیں اور پھر بالاخر کمپیوٹر کو سائن آف کر دیا۔

★★

اٹھارواں باب

وقت : پونے دو بجے رات
تاریخ : ۱۶ نومبر، ۲۰۱۵ء
مقام : مسی ساگا۔ کینیڈا

ثانیہ اپنے بیڈ روم سے اس خیال سے دبے پاؤں نکلی کہ اُس کے شور سے دلیپ کی نیند نہ خراب ہو مگر کچن میں لائٹ آن دیکھ کر حیران ہوگئی۔ رات کے تقریباً پونے دو بجے تھے اور دلیپ چپ چاپ سر جھکائے کسی میڈیکل میگزین میں گم تھا اور ساتھ ہی بسکٹ چائے کے ساتھ کھاتا بھی جا رہا تھا۔ ثانیہ کو نظر اُٹھا کر اُس نے دیکھا اور پھر کتاب کی طرف دیکھتے ہوئے کہا، ''خیریت تو ہے میرے بنا نیند نہیں آ رہی ہے کیا؟''

ثانیہ کے چہرے پر یہ سن کر ہلکی سی مسکراہٹ آ گئی، ''ہاں میرا دلیپ کمار کسی اور سائرہ بانو کے چکر میں ہو تو یہ ہوگا ہی نا۔''

''یہ'' دلیپ نے یہ پہ زور دے کر اپنے ہاتھ میں موجود امریکن جنرل آف میڈیسن کو ہلکا سا ہلایا اور پھر دوبارہ اُسے پڑھنے لگا مگر پھر اچانک اُسے کوئی خیال آیا تو ثانیہ کی طرف کنکھیوں سے دیکھ کر مسکرا کر کہا، ''مگر یہ سائرہ بانو دل کا دورہ نہیں دیتی بلکہ دل کے دورہ سے بچاتی ہے۔''

''اچھا میں بھی دیکھوں ۔۔۔!'' ثانیہ نے فریج سے پانی نکال کر منہ بھر کر گھونٹ لیا اور پھر قریب آ کر دلیپ کے کندھوں پر دونوں ہاتھ رکھ کر کھڑی ہوگئی اور پھر دھیمے دھیمے اُس کی گردن اور کندھوں پر مساج کرنے لگی، '' کارڈیک (Cardiac) ریسنکرو رائزیشن تھراپی (resynchronization therapy) ۔۔۔ کیا، کب، کیسے اور کیوں ۔۔ اچھا آرٹیکل تو خوب

ہے۔،،

،،ہاں۔،، دلیپ نے کہا،،،ہارٹ فیلیر کی علامتوں کے ساتھ مریضوں میں ایل وی ای ایف (LVIF) ۳۵ فیصد یا اُس سے کم ہواور کیو آر ایس (QRS) ۱۲۰ ملی سیکنڈ یا اُس سے کم ہوتو کارڈیک ریسنکرائزیشن تھراپی خاصی اہمیت کی حامل ہو جاتی ہے۔،، ،،اچھا۔۔،، ثانیہ نے زور دے کر کہااور شرارت سے اپنا بایاں ہاتھ کندھے سے سرکا کر دلیپ کے دل پر رکھ دیا۔دلیپ نے مسکرا کر اپنا ہاتھ چپس کی تھیلی پر سے ہٹا کر ثانیہ کے ہاتھ پر رکھ دیا اور مسکرا کر کہا، ،،اب ایسی صورت میں تو ریسنکرائزیشن کے ساتھ ساتھ ڈی فبری لیٹر (Defibrillator) بھی ضروری ہو جائے گا کیونکہ سڈن کارڈیک اریسٹ (sudden cardiac arrest) میں دونوں ضروری ہو جاتے ہیں۔،، یہ کہہ کر دلیپ نے اچانک جھٹکے سے ثانیہ کا ہاتھ کھینچا اور ثانیہ اُس کے پیچھے سے نکل کر سائڈ میں آئی اور پھر اچانک کرسی کے بازوں پر سے پھسل کر اُس کی گود میں بیٹھ گئی۔دلیپ نے میگزین کو بند کیا اور ایک ہاتھ سے اُس کے کندھے کو سہارا دیا اور دوسرے ہاتھ سے اُس کی ٹھوڑی کو ہلکا سا اُٹھا کر اپنے ہونٹ اُس کے ہونٹوں پر رکھ دیے۔ثانیہ نے اپنے دونوں ہاتھوں کی انگلیوں کو دلیپ کی گردن کے پیچھے سے لے جاکر ایک دوسرے میں پھنسا لیا اور آنکھیں بند کر لیں۔دونوں کچھ دیر تک یونہی ایک دوسرے کے لبوں کو چومتے رہے اور پھر کچھ دیر میں ثانیہ اُس کے سینے سے لپٹ گئی، دلیپ نے اُس کو پیار سے بھینچ لیا اور اُس کی گردن پر پیار کرتا رہا۔کچھ دیر بعد ثانیہ نے آنکھیں کھولیں اور دلیپ کی طرف دیکھتے ہوئے آہستہ سے بولی،،،ممّا کا فون پھر آیا تھا۔،،

،،اچھا کیا کہہ رہی تھیں ۔۔۔،، دلیپ نے ثانیہ کی آنکھوں میں آنکھیں ڈال کر پوچھا۔

،، وہی جو ہمیشہ کہتی ہیں ۔ کہہ رہی تھیں کہ اٹ از بیٹر موونگ سم وئر ایلس ریدر دن لیونگ ودھ ہیم (It is better moving somewhere else rather then living with him) اُن کا خیال ہے کہ ہم چاہیں سیکس نا کریں تو یہ لوگ یہی سمجھیں گے نا ۔۔۔ابھی تو یہ بات کسی رشتے دار کو نہیں پتہ ہے،مگر آج نہیں تو کل یہ بات سارے خاندان میں پھیل جائے گی ۔خصوصاً احمدی کمیونٹی میں یہاں کینیڈا میں بھی اور وہاں پاکستان میں بھی تو ممکن ہے اِس کے بہت سخت نتائج ملیں گے۔،، دلیپ نے شرارت سے کہا،،،اگر ایسا ہے تو ہمیں پھر خوب دل بھر کر

سیکس کر لینا چاہیے، آخر لوگ بھی تو یہی سمجھ رہے ہیں ہے نا؟'' ثانیہ نے دلیپ کی آنکھوں میں آنکھیں ڈال کر کہا، ''تو تمھارا خیال ہے کہ ہم اِن لوگوں کی وجہ سے سیکس نہیں کر رہے ہیں؟، کیا ہماری محبت سیکس کے بنا مکمل نہیں ہوگی؟؟''

دلیپ ہنسنے لگا، ''یار، لوگ تو سیکس اور محبت کو ایک ہی چیز سمجھتے ہیں نا۔۔۔اُن کا خیال ہے دل و جائنا (Vagina) یا پینس (Penis) کا ہی ایک ایمبرائلوجیکل ریمنٹ (Embryological remnant) ہے۔''

ثانیہ بھی دلیپ کے ساتھ ہنسنے لگی۔ کچھ دیر بعد جب اُن کی ہنسی رک گئی تو دونوں ایک دوسرے کی آنکھوں میں پھر جھانکنے لگے، ''یار یہ دنیا میں سب لوگ اتنا الگ الگ کیوں سوچتے ہیں۔''

ثانیہ نے پھر کہا، ''کیا ہوا جو میں احمدی مسلمان ہوں، کراچی پاکستان میں پیدا ہوئی اور میرا خاندان نان پنجابی ہے اور تم سکھ ہو، ہندوستان میں پیدا ہوئے اور تمھارے خاندان والے پنجابی ہیں۔ میری تمھاری محبت کے درمیان یہ مذہب، قومیت اور نسل کے فرق کہاں سے گھس گئے۔۔۔؟''

دلیپ نے شرارتی نظروں سے ثانیہ کی ایک زلفوں کی ایک لڑی پیار سے پکڑ کر اُس کے ہونٹوں کے پاس سے ہٹا کر کان کے پیچھے پھنسا دی اور کہا، ''۔۔۔کہاں ہیں؟ لو ہم نے ساری رکاوٹیں ہٹا دیں۔'' اور پھر جھک کر اُس کے ہونٹوں کو چوم لیا۔ ثانیہ نے آنکھیں بند کر لیں اور وہ بھی اُس کے ہونٹوں کو پیار کرنے لگی دونوں کچھ دیر تک یونہی ایک دوسرے میں کھو کر پیار کرتے رہے۔

کچھ لمحوں بعد ثانیہ نے آنکھیں کھولیں اور آہستہ سے اپنے لب دلیپ کے ہونٹوں پر سے ہٹا کر گہری سانس لی اور کہا، ''کاش یہ سب اتنا ہی آسان ہوتا۔۔۔۔ویسے دلیپ۔۔۔کیا پھر تمھاری بات ہوئی تھی بے جی یا ابا جی سے؟''

''ہاں ہوئی تو تھی۔۔۔اور ابا جی کو میں نے ہلکا سا اشارہ بھی دیا تھا کہ مجھے ایک لڑکی اچھی لگتی ہے مگر زیادہ بیک گراونڈ نہیں بتایا ابھی بھی۔ مجھے پتہ ہے وہ ہر بات بے جی سے کرتے ہیں اور اس بات کو تو مشکل ہی ہے چھپائیں گے۔۔۔''

ثانیہ نے دلیپ کی بات سن کر کہا، ''ویسے دلیپ تمھارا کیا خیال ہے؟ کیا۔۔ہمیں

واقعی ایک دوسرے سے شادی کرنی ہی چاہیے؟ کبھی تم نے سوچا کہ ہمارے جب بچے ہوں گے تو وہ کیا ہوں گے احمدی مسلمان یا سکھ؟۔۔۔اُن کی شادی کس سے ہوگی احمدی مسلمانوں میں یا سکھوں میں؟ وہ کونسا کلچر اپنائیں گے میرے گھر والا یا تمھارے گھر کا۔۔۔؟ وہ پنجابی میں بات کریں گے یا اردو میں؟۔۔۔وہ گرونانک کو ماتھا ٹیکیں گے، یا مسیح موعود کو مانیں گے؟۔۔۔‘‘

دلیپ پہلے تو کچھ دیر چپ چاپ ثانیہ کی آنکھوں میں آنکھیں ڈال کر دیکھتا رہا اور پھر اچانک اُس کی آنکھوں میں بہت ساری شرارت ایک ساتھ آ گئی اور اُس نے ثانیہ کے کان کے پاس آ کر کہا،’’فکر نہ کر یار۔۔ہم کنڈوم استعمال کر لیں گے۔‘‘ یہ کہہ کر زور زور سے ہنسنے لگا۔ثانیہ نے ایک دم سے اُس کی گود میں سے اُٹھ کر دلیپ کے کان پکڑنے چاہے مگر دلیپ کرسی سے اُٹھ کر میز کے ارد گرد ہنستے ہوئے بھاگنے لگا۔ثانیہ بھی ہنستے ہوئے اُس کے پیچھے پیچھے بھاگنے لگی مگر پھر کچھ دیر بعد تھک کر لیونگ روم میں آ کر صوفے پر گر گئی۔دلیپ بھی اُس کے پاس ہی آ کر بیٹھ گیا اور پھر اُس کے دونوں پیروں کو اپنی گود میں رکھ کر سہلانے لگا۔ثانیہ کچھ دیر تک یونہی لیٹی رہی مگر پھر کچھ سوچ کر اُٹھی اور قریب ہی کافی ٹیبل پر پڑے ہوئے لیپ ٹاپ کو اٹھایا اور ٹرن ان کر کے فیس بک پر لاگ ان ہونے لگی۔دلیپ نے اُسے یوں اچانک لیپ ٹاپ کی اسکرین پر ٹائپ کرتے ہوئے دیکھ کر مسکراتے ہوئے کہا،’’لگتا ہے کل کا ویک اینڈ رات میں ہی شروع ہو چکا ہے تمھارا۔ چائے پیو گی کیا؟۔۔۔مجھے بھی ابھی وہ آرٹیکل ختم کرنا ہے۔‘‘

’’ہاں یار دل تو کر رہا ہے، پلیز بنا لونا۔‘‘

دلیپ نے کھڑے ہو کر ہلکا سا سر کو آگے خم کیا،’’جو حکم میری جان کا۔۔۔‘‘ وہ کچن کی طرف چلا گیا۔اچانک ثانیہ کی نظر فیس بک پر واحدی کے اسٹیٹس پر پڑی اور وہ جلدی جلدی ایک کے بعد ایک کئی سوال ٹائپ کرنے لگی،’ہیلو سر کیسے ہیں آپ؟ میں نے اپ کی طبیعت کا سنا تھا، اب آپ کا زخم کیسا ہے؟ کون لوگ تھے وہ؟ کچھ ہی دیر میں واحدی کا جواب آیا’میں بالکل ٹھیک ہوں ثانیہ، میں تمھیں بتاؤں گا اس بارے میں مگر تم نے مجھے لکھا تھا کہ تم مجھ سے کچھ پرسنل بات شیئر کرنا چاہتی تھیں، سب خیریت تو ہے نا؟ جواب میں ثانیہ کی انگلیاں دوبارہ سے کی بورڈ پر چلنے لگیں۔

☆☆

انیسواں باب

تاریخ: ١٦نومبر، ٢٠١٥ء
مقام: کراچی پاکستان

مولوی شمس الحق کی ہدایت کے مطابق ادریس مسجد کے ساتھ جڑے ہوئے مدرسہ دینیات میں اب زیادہ وقت دینے لگا تھا۔اس مدرسے میں دوسرے سے زیادہ طالبعلم تھے جومولوی سلیم اللہ کے مطابق اُن کی اورمولوی شمس الحق کی رہنمائی میں قرآن، تفسیر، حدیث اورفقہہ کی تعلیم حاصل کررہے ہیں مگراُس نے کبھی بھی مولوی شمس الحق کو کچھ پڑھاتے ہوئے نہیں دیکھا تھا شائد اس لیے کہ وہ ایسے کئی ایک درس گاہوں کی ایڈمنسٹریشن کے کاموں میں خاصے مصروف رہتے تھے دوسری طرف مولوی سلیم اللہ نے بھی مسجد کے ہی مختلف اماموں کی ڈیوٹی لگائی ہوئی تھی کہ وہ نماز پڑھانے کے ساتھ ساتھ اس مدرسے میں بچوں کو قرآن مجید بھی حفظ کرائیں گے۔ادریس کے لیے مدرسے کا کلچر خاصا نیا تھا کیونکہ اس سے پہلے وہ کبھی بھی مدرسے میں نہیں آیا تھا۔اُس کے بچپن میں محلے میں مدرسے کا وجودنہیں تھا اس لیے اُس کے ابا نے اُسے مسجد میں ہی قرآن شریف پڑھوایا تھا۔ایک دن مولوی سلیم اللہ نے مدرسے کے آفس میں دیر تک اُسے بٹھا کراُس کے بیک گراونڈ کے بارے میں خاصی تفصیل سے بتایا تھا کیونکہ انہیں میڈیا کی طرف سے اُن کے بارے میں افواہوں کا علم تھا اور وہ نہیں چاہتے تھے کہ ادریس کبھی بھی کسی کنفیوشن کا شکار ہو کیونکہ ادریس معمولی عقل کا ایک کم علم سا عام آدمی تھا۔ادریس کو یہ بھی پتہ نہیں تھا کہ حضور مکہ میں پیدا ہوئے تھے یا مدینہ میں یا اُن کا روضہ مبارک کہاں پر واقع ہے۔ جب اُس سے مولوی

سلیم اللہ نے پوچھا کہ پہلا کلمہ کیا ہے تو اُس نے جھٹ سے کلمہ سنا دیا۔ ہاں اسے کلمہ طیبہ یا توحید کہتے ہیں مگر دوسرا کلمہ کیا ہے تو ادریس کچھ دیر تک سر کھجاتا رہا اور جونہی مولوی سلیم اللہ نے اشھد ان لا اللہ کہا ہی تھا تو اُس نے فوراً ہی اشھد ان لا اللہ سے محمد عبدہ وَرسُول اللہ سنا دیا جو اُس نے شائد کبھی بچپن میں رٹا تھا اور اکثر و بیشتر نمازوں میں پڑھتا بھی تھا مگر ہاں اُسے بہت سے اور مسلمانوں کی طرح یہ نہیں پتہ تھا کہ اِس کے لفظی معنی کیا ہیں اور اسے کلمہ شہادت کہتے ہیں ۔ مولوی شمس الحق نے مولوی سلیم اللہ کو یہ بھی ہدایت کی تھی کہ وہ ادریس کا خاص طور پر خیال رکھے کیونکہ وہ ایک جذباتی، بہادر اور مضبوط اعصاب کا مسلمان ہے ۔ مولوی سلیم اللہ نے ادریس کو بتایا تھا کہ اُن کے اس والے مدرسہِ دینیات میں زیادہ تر بچے ۸ سے ۱۲ سال کے ہیں مگر بعض اوقات والدین سات سال کے بعد بھی یہاں بچوں کو داخل کرا دیتے ہیں ۔ کیونکہ اس سے پہلے بچوں کو پیشاب پاخانے کے مسائل بہت ہوتے ہیں اس لیے مسجد میں سات سال سے کم عمر بچوں کو داخلہ نہیں دیا جاتا ہے ۔ ہاں بعض اوقات اگر کلاس میں جگہ ہو یا کوئی بہت ضرورت مند ہو تو کبھی کبھار ۱۲ سال سے زیادہ عمر کے بچوں کو بھی لے لیتے ہیں مگر دیکھا یہ گیا ہے کہ زیادہ عمر کے بچے قران کو حفظ کرنے میں وقت بھی زیادہ لیتے ہیں اور اکثر و بیشتر چھوٹے بچوں کے لیے پریشانی کا بھی سبب بنتے ہیں کیونکہ وہ زیادہ شرارتی اور جھگڑالو ہوتے ہیں ۔ بہت سی باتیں تھیں جو ادریس کے علم میں نہیں تھیں مثلا یہ کہ مدرسہِ دینیات دیوبندی مسلک پاکستان کے دیگر چالیس پچاس ہزار مدرسوں میں سے ایک مدرسہ ہے جو جنرل محمد ضیاالحق کے زمانے میں ۸۶۔۱۹۸۵ء میں روسی باطلوں پر فتح پانے کی خاطر سعودی امداد سے بنا ئے گئے تھے ۔ ایک زمانے میں خود مولوی سلیم اللہ کے مدرسے میں ۵۰۰ سے زیادہ طالب علم تھے مگر مشرف کی حکومت نے بہت سارے مدرسوں پر کئی ایک پابندیاں لگا دی تھی اس لیے مدرسہ دینیات کو بھی ۲۰۰۳ء میں پاکستان مدرسہ ایجوکیشنل بورڈ سے رجسٹرڈ کرایا گیا اور اس میں شامل بہت سے بیرون ملک کے طالبعلموں کو راتوں رات فارغ کیا گیا تھا ۔ لشکر طیبہ اور جماعت الدعوٰی وغیرہ کے نام ادریس کے لیے کچھ نئے نہیں تھے ان کے بارے میں وہ کچھ نہ کچھ اڑتی ہوئی باتیں سنتا رہتا تھا مگر مولوی سلیم اللہ سے باتوں کے دوران اُسے اندازہ ہوا کہ کس طرح جان تو ڑ کوششوں سے یہ جماعتیں پاکستان میں وہابی ازم کے پھیلانے میں اہم کردار ادا کر رہی ہیں کیونکہ اصل اسلام کی روح تو

وہابیت یا سلفی فرقہ میں ہے جو تمام تر بدعتوں سے پاک ہیں اور پاک سرور کائنات کے مقام مقدسہ سعودی عرب سے خالصتاً منسوب ہے جبکہ اہل سنت وّلجماعت یا بریلوی فرقہ سراسر بدعتوں سے بھرا ہوا ہے کیونکہ یہ فرقہ اولیاءوں کے مزاروں پر جا کر اللہ تبارک تعالی سے دعائیں کرتے ہیں جبکہ اللہ اور اُس کے رسول نے مزاروں یا مقبروں کے نشانات رکھنے کو بھی منع کیا ہے۔مولوی سلیم اللہ نے ہی اسے بتایا کہ صوفی ازم کی وجہ سے یہ جو قوالیاں ، میلا دِ شریف وغیرہ اس فرقے میں شامل ہوئی ہیں یہ سب ہندووں کے کلچر کی وجہ سے ہوا ہے اور یہ سب بدعتیں ہیں اور اسلام میں اس کی سخت سزائیں ہیں ۔ مدرسہ دینیات میں بچوں کو تین وقت کا کھانا قرآنی تعلیم کے ساتھ مفت میسر تھا ۔اوپری کئی منزلوں میں کل ملا کر پچاس سے بھی زیادہ کمرے تھے جہاں ایک کمرے میں چار بچے سوتے تھے۔ان سب کے لیے کچن ، لانڈری ، صفائی ستھرائی ، صحت ، بیماری ، سیکیورٹی کے انتظامات غرض یہ کہ یہ سب کوئی چھوٹی ایڈمنسٹریشن نہیں تھی اور پھر یہ تو ایک مدرسہ تھا ایسے تو شہر میں کئی مدرسے تھے جو مولوی شمس الحق کی رہنمائی میں چل رہے تھے۔مولوی سلیم اللہ ایک دن ادریس کو مولوی شمس الحق کی رہائش گاہ پر بھی لے گیا تھا جو ڈیفنس ہاوسنگ سوسائٹی میں تھی ۔مولوی شمس الحق کا گھر تھا کہ محل نما ایک قلعہ تھا جسے دیکھ کر ادریس کا تو دل ہی دھڑکنا بھول گیا تھا۔گھر کے باہر آدھے درجن تو سیکیورٹی گارڈز کے پہرے تھے اور گھر کے اندر پجیرو اور مرسیڈیز کی قطار لگی ہوئی تھی ۔ادریس کے لیے یہ ایک بالکل نئی دنیا تھی جس کا اس سے قبل اُس کے فرشتوں کو بھی پتہ نہیں تھا۔اُس دن صحیح معنوں میں وہ مولوی شمس الحق سے بہت مرعوب ہو گیا تھا اور اُس نے دل میں سوچ لیا تھا کہ وہ بھی اُن کی طرح دین اور دنیا کے اِس کام میں پوری طرح جُت جائے گا کیونکہ نیک کام میں واقعی برکت ہوتی ہے۔ وہ اس فکر میں لگ گیا تھا کہ مدرسے کے تمام تر معاملات کو اِس خوبی سے چلائے کہ مولوی سلیم اللہ اور مولوی شمس الحق کے اعتماد کو بھی ٹھیس نہ پہنچے ۔یوں بھی جب سے مدرسے کی مصروفیت شروع ہوئی تھی اُس کی زندگی ایک ڈگر پر آ گئی تھی جو پہلے دور دور تک نہیں تھی ۔مولوی سلیم اللہ کی خاص ہدایت تھی کہ مدرسے کے معاملات کو ادریس خود تک محدود رکھے اور اُسے محلے کے لوگ ، قریبی دوستوں حتی کہ اپنی گھر والی سے بھی ذکر نہ کرے کیونکہ پچھلے کئی سالوں سے حکومت کی بدلتی ہوئی پالیسیوں کی وجہ سے پاکستان بھر میں مدرسوں کو بہت سی مشکلات کا سامنا بھی کرنا پڑ رہا تھا جن سے مولوی

شمس الحق کو بہت ہی احتیاط سے نمٹنا پڑ رہا تھا۔مولوی سلیم اللہ نے ادریس کو پاکستان کی سیاست کے بھی کچھ حالات سمجھانے کی کوشش کی تھی تا کہ اُسے اپنے کام کی نزاکت اور اہمیت کا اندازہ ہو سکے۔اُنہوں نے ادریس کو ایک دن سمجھایا کہ ''سیاست پاکستان میں ایسے ہی کروٹ بدلتی ہے جیسے طوائف اپنے گاہک اور مزیدار بات یہ ہے کہ ہر گاہک سے اُس کا رویہ بھی ایسا ہوتا ہے جیسے وہ اُس کا سب سے چہیتا گاہک ہے۔یہی پاکستان جب بنا تھا تو یہاں کل ملا کر ٹوٹل ۱۸۹ مذہبی مدارس تھے جو ۲۰۰۸ء تک آتے آتے بڑھ کر چالیس ہزار تک ہو گئے۔اس تمام ترقی کا سہرا مردِ مومن مردِ حق جنرل محمد ضیاء الحق کے سر پر تھا۔کہتے ہیں اللہ تبارک تعالیٰ خود ریئے بناتا ہے اُس کا کرنا ایسا ہوا کہ روس کے کافروں نے ایک مسلمان ملک اور ہمارے قریب ترین ہمسائے افغانستان پر حملہ کر دیا اور یوں اسلام جو پہلے تیس پینتیس سالوں میں صرف نام نہاد سا پاکستان میں تھا چند ہی سالوں میں سارے ملک میں پھیل گیا اور پاکستان اسلام کا مضبوط ترین قلعہ بن گیا۔اس دوران ساری دنیا کی اسلامی حکومتیں خصوصاً سعودی عرب اور عرب امارات اپنے افغان مسلمان بھائیوں کی مدد کے لیے صف آرا ہو گئیں۔اللہ تبارک تعالیٰ کے کرم سے اُس وقت امریکا میں بھی ایسی حکومت تھی جو اسلامی دنیا کی بھلائی چاہتی تھی یوں افغانستان کے مٹھی بھر مسلمانوں نے دنیا کی سب سے بڑی طاقت روس کو شکست فاش عطا کی اور کافروں کو ذلت و خواری کا منہ دیکھنا پڑا۔اسی وقت پاکستان صحیح معنوں میں ایک اسلامی ریاست بھی بن گئی، اپ اس بات سے اندازہ لگائیں ادریس بھائی کہ محمد ضیاء الحق کے دور میں لگ بھگ دو ملین بچے مدارس کے طالبِ علم تھے اور غریب ماں باپ اس بات سے خوش تھے کہ ان مدرسوں کی صورت نا صرف اُن کے بچوں کو کھانے پینے رہنے کی مفت سہولت دستیاب تھی بلکہ وہ دن رات قرآنی تعلیم بھی حاصل کر رہے تھے۔مگر پھر ستمبر ۱۱ کا واقعہ ہو گیا اور یہودیوں کی سازش سے مسلمانوں کے خلاف ساری طاغونی قوتیں اکھٹی ہو گئیں۔پھر تو ایک کے بعد ایک مسلم ملک پر حملے ہونے شروع ہو گئے پہلے عراق اور پھر افغانستان پر حملہ ہوا بس اس کے بعد پاکستان میں بھی مشرف کی کافرانہ حکومت آ گئی جو یہودیوں کے ایجنڈے پر کام کر رہی تھی۔ابھی حالات مسلم امہ پر سخت ہیں مگر سعودی عرب اور دوسری عرب دنیا ڈٹی ہوئی ہے انشاء اللہ و تعالیٰ اسلام پھر غالب ہو گا اور کفر ذلیل و خوار۔۔۔''اِن ساری باتوں کو سُن کر ادریس کے اندر کا مردِ مومن پوری طرح پک کر تیار ہو رہا تھا

شائد یہی وجہ تھی کہ جب مولوی شمس الحق نے ادریس کو اگلے ہفتے ایک اسپیشل پروجیکٹ کے لیے اپنے ڈیفنس والے گھر پر بلوایا تو پروجیکٹ کی تفصیل سننے سے پہلے ہی وہ اپنا دماغ اِس کام کو ہر صورت میں کرنے کے لیے تیار کر چکا تھا۔

بیسواں باب

وقت : دس بجکر تیس منٹ صبح
تاریخ : ۱۶ نومبر، ۲۰۱۵ء
مقام : کابل افغانستان

واحدی نے ثانیہ کو اپنے زخمی ہونے کی ساری تفصیلات بتانا مناسب نہیں سمجھا۔ ثانیہ کے متواتر سوالوں کے جواب میں اُس نے سوال کر کے ثانیہ کو آسانی سے اُس کی زندگی کے مسائل کی طرف موڑ دیا تھا، ''میں بالکل ٹھیک ہوں ثانیہ، میں تمہیں بتاؤں گا اس بارے میں مگر تم نے مجھے لکھا تھا کہ تم مجھ سے کچھ پرسنل باتیں شیئر کرنا چاہتی تھیں؟ سب خیریت تو ہے نا؟''

جواب میں ثانیہ کی انگلیاں دوبارہ سے کی بورڈ پر ناچنے لگیں، ''ڈاکٹر واحدی، پہلے تو آپ یہ بتائیں کہ آپ کے نزدیک اچھے یا بُرے کردار کی تعریف کیا ہے۔؟'' ثانیہ نے نپے تلے انداز میں ٹائپ کیا۔

یہ پڑھ کر واحدی نے بھی مختصر سوال کا نپا تلا سا جواب لکھ دیا،'' اگر کسی کی ذات سے کسی بھی انسان یا جاندار کو جانی یا مالی نقصان پہنچے گا تو اُس کا کردار بُرا ہے اور جو نقصان نہ ہو یا فائدہ ہو جائے تو اچھا ہے۔''

ثانیہ نے اگلا سوال لکھا،'' کیا ہمارے کردار کا فیصلہ ہمارا معاشرہ کرتا ہے۔۔۔؟''

'' کرتا ہے مگر ضروری نہیں کہ ہر معاشرے کے لحاظ سے وہ درست بھی ہو اس لیے ہمارا کوئی بھی عمل اگر ہماری نفسیات میں ہیجان پیدا کر دے اور ایک احساسِ شکستگی عطا کر دے تو وہ عمل خود ہمیں ہی ہمارے اپنے کردار کے بارے میں ایک گمان ضرور پیدا کر دیتا ہے اب باقی

رہیں معاشرہ وغیرہ کی باتیں تو یہ بہت حد تک مصنوعی باتیں ہیں ۔'' پھر واحدی ٹائپ کرتا چلا گیا، ''دیکھیے ثانیہ ہم معاشرے میں شامل ہر ایک فکر و خیال کے شخص کو کبھی بھی ایک ساتھ خوش نہیں رکھ سکتے اس لیے بنیادی تخلیق شدہ معاشرتی اصولوں تک بھی ہمارا پابند رہنا بھی کافی ہے ۔''

'' سر کیا سیکس یا جنس کا تعلق اچھائی یا بُرائی سے ہے ۔۔۔؟'' ثانیہ نے تھوڑا سا سنبھل کر اگلا سوال لکھا، ''انسانی تہذیبی ارتقاء کا سفر نا معلوم سے معلوم کی طرف ہے اس نا معلوم سے مذہبی فکر نے جنم لیا اور جنس اُس فکری بنیادی ڈھانچے میں ریڑھ کی ہڈی کی حیثیت رکھتی ہے ۔ فطری طور پر مذہب نے اخلاقیات کی پرورش کا ٹھیکہ سیکس کے ذریعے سے لیا کیونکہ جنس انسانی پیدائش کا فطری عمل تھا۔ چونکہ جنس یا سیکس واحد نفسیاتی تحریک ہے جو بیک وقت حیوانی اور انسانی تہذیبی تقاضوں کا تعین کرتی ہے ۔۔۔'' واحدی نے اسی روانی میں جواب دیا اور پھر کچھ سیکنڈ کے وقفے کے بعد دوبارہ ٹائپ کرنا شروع کیا، ثانیہ نے جوں ہی محسوس کیا کہ ابھی واحدی کی بات پوری طرح ختم نہیں ہوئی ہے تو اُس نے اپنی انگلیوں کو مزید ٹائپ کرنے سے روک دیا اور اُس کے اگلے میسج کا انتظار کرنے لگی ۔

''اچھا تم میرے سوال کا جواب دو کیا مذہب اور سیکس فطری دشمن ہیں ثانیہ ۔۔۔؟'' ثانیہ نے ایک لمحے کے لیے سوچا اور پھر لکھا، ''میرے خیال میں تو یکے دشمن ہیں مگر پلیز مجھ سے مت پوچھیے گا کیوں؟''

اس دوران دلیپ بھی کچن سے چائے کے دو کپ لے کر لیونگ روم میں آ گیا اور ثانیہ کے ساتھ ہی صوفے پر بیٹھ گیا اور ایک چائے کا کپ ثانیہ کو دے کر اُس گفتگو کو دلچسپی سے پڑھنے لگا، ''محبت ایک فطری کیفیت ہے مگر اس کا تعلق ایک لطیف احساس سے ہے جس کا میکانی تجزیہ ممکن نہیں ہے جبکہ سیکس ایک شدت سے بھر پور احساس کا نام ہے جس کا میکانی تجزیہ ممکن ہے ۔ محبت لامحدور فاصلے اور لا متناہی اشکال پر مشتمل ہے جبکہ جنس یا سیکس کا عمل محدود فاصلوں اور محدود اشکال پر محیط ہے ۔ دیکھو مذہب کی فطرت میں تجزیہ نہیں ہے کیونکہ تجزیاتی ذہن مذہب سے فطری طور پر دور چلا جاتا ہے اِس عمل سے بچنے کے خاطر سیکس کو منفی قوت جبکہ محبت کو مثبت طاقت کے طور پر مذہب نے استعمال کیا گیا ۔۔۔ اچھا اگلا سوال؟'' ثانیہ نے پھر سے لکھنا شروع کیا، ''کیا مذہب نے نسل پرستی کو فروغ دیا ہے ۔۔۔؟''

واحدی نے جواب میں ٹائپ کرنا شروع کیا،''ثانیہ نسل پرست بنیادی طور پر کلر بلائنڈ ہوتا ہے اُسے کائنات میں صرف چند ہی رنگ نظر آتے ہیں جو خود غرضی کی حد تک صرف اُس سے متعلق ہوتے ہیں۔ یہ رنگ دراصل جلد، زبان، رسوم و رواج اور تہذیبی و جغرافیائی بنیادوں پر سیاسی طور پر انسانی معاشرے میں پیدا کیے گئے تھے جس کا بنیادی مقصد معاشی فوائد کا تعین تھا۔ بلاشبہ اس سلسلے میں مذہب کا ایک بڑا تاریخی کردار ہے۔ مذہب جو حقیقت میں نسل کشی کے خلاف ہوتا تو مختلف مذاہب کے درمیان شادی کے لیے شرائط ہی نہیں رکھتا، مذہب اپنے پیغمبر اور دوسرے پیغمبروں میں امتزاج بھی نہیں کرتا، وہ اُن رسوم و رواج اور عبادات کی تائید بھی نہیں کرتا جو ایک دوسرے سے متنازع ہوتے ہیں اور اکثر و بیشتر امتیاز کا سبب بنتے ہیں۔ بدقسمتی سے مذاہب نے نسل پرستی کے خاتمے کا دعویٰ تو کیا مگر حقیقت میں پوری شدت کے ساتھ نسل پرستی کو پھیلانے کا سبب بھی بنا ہے۔ اس کے لیے ہم منفی سیاست کو بھی الزام دے سکتے ہیں مگر یہ بھی تو سوچنا ہوگا نا کہ ایک منفی سیاسی عمل ایک مثبت مذہبی فکر پر اس قدر آسانی سے غالب کیوں اور کیسے آ گئی۔ اس کی وجہ یہی تھی کہ فکر میں کہیں نہ کہیں کمزوریاں تھیں اور یوں وہ بہت آسانی سے انسانی سیاسی چالوں کے نظر ہو گئی تو پھر یہاں مذہب کے الٰہی رشتے پر بھی کئی ایک سوالات اُٹھ جاتے ہیں۔ نہیں؟''

کچھ دیر کے لیے دونوں کی گفتگو میں ایک وقفہ آ گیا تھا۔ شائد واحدی کا آخری جملہ دلیپ اور ثانیہ کے لیے کئی ایک فکری دروازے کھول گیا تھا اور وہ اس وقفے میں اُس فکر پر غور کر رہے تھے مگر اس سے پہلے کہ وہ اس سوالیہ 'نہیں' پر کوئی جواب لکھتے، ثانیہ نے کچھ سوچتے ہوئے ایک براہ راست سا سوال ٹائپ کرنا شروع کر دیا،''سر آپ نے ایک بار مجھے کہا تھا کہ آپ کی اپنی محبوبہ سے شادی نہیں ہو پائی تھی اور اُسے آپ سے پیار کرنے کی سزا ملی تھی اور آپ نے شائد یہ بھی لکھا تھا کہ اُس پر بدکرداری کا ایک جھوٹا الزام لگا کر اُسے اور آپ کے خاندان پر حملہ کیا گیا تھا جس کی وجہ سے آپ کے والدین اور محبوبہ ماری گئی تھی۔ کہیں آپ اُس سارے واقعہ سے متاثر ہو کر مذہب کی روائتی فکر سے تو نالاں نہیں ہو گئے ہیں۔۔۔؟''

کچھ دیر کی خاموشی کے بعد ثانیہ کو محسوس ہوا جیسے دوسری جانب ٹائپ کے دوران چند جملے لکھے گئے اور پھر ڈیلیٹ کر دیے گئے مگر پھر لفظ ایک ایک کے بعد ایک ٹائپ ہونے لگے۔ دلیپ

اور ثانیہ بے صبری سے واحدی کے جواب کا انتظار کرتے ہوئے ان باکس کو تک رہے تھے
جوں جوں واحدی نے کی بورڈ پر ٹائپ کرنا شروع کیا اُس کے سامنے سے آہستہ
آہستہ کمپیوٹر کا سکرین اوجھل ہوتا چلا گیا اور تیس سال قبل ۱۹۸۶ء کا افغانستان، ماضی کے
جھروکوں سے نکل کر واحدی کی چاروں سمتوں میں اچانک پھیلتا چلا گیا۔ اُس وقت نجیب کی جگہ
ببرک کارمل کی تعیناتی نے جنگ بندی کی کچھ امیدیں پیدا کی تھیں مگر مجاہدین نے ببرک کارمل کی
آواز پر کان دھرنے سے انکار کر دیا تھا اور جینوہ میں امن معاہدہ پر دستخط سے قبل مجاہدین نے
۱۹۸۶ء – ۱۹۸۵ء کے سال کو روسی فوجیوں کے خون کے اچھی طرح سے نہلا دیا تھا۔ اس
پورے سال میں مجاہدین نے ہزاروں شیلوں، راکٹوں اور دستی بموں کی بھر مار سے سارے کابل
میں خصوصاً گورنمنٹ کے اداروں، ریڈیو اسٹیشنز، ایر ٹرمنل، سڑکوں، پلوں، ہوٹلوں، سینماؤں،
الیکٹرک پاور ہاؤس، انڈیسٹریل اداروں حتیٰ کے فیکٹریز اور ایجوکیشنل اداروں کو بھی اچھی طرح
سے نشانہ بنایا جس کے نتیجے میں سارے شہر کی بجلی اور پانی کئی کئی دنوں کے لیے بند ہو جاتی تھی
۔ سڑکوں، گلیوں، محلوں، کھیل کے میدانوں اور اسکول کالجوں میں جگہ جگہ دستی بم پھٹے رہتے تھے
اور آئے دن شہری بھی افغان اور سوویت فوجیوں کے ساتھ لقمہ اجل بن رہے تھے۔ کابل کے
مقابلے میں واحدی کے صوبے بامیان میں اُس سال قدرے امن تھا اور واحدی کے پاس
سوائے بامیان واپس جانے کے کوئی دوسرا راستہ باقی نہیں بچا تھا۔ کابل یونیورسٹی کئی مہینوں سے
بند تھی اور صوفیہ سے اُس کی ملاقاتیں ہفتوں نہیں ہو پا رہی تھیں۔ اُدھر صوفیہ کی زندگی خود اسی کے
اپنے سگے بھائی مسعود نے اجیرن کر کے رکھی ہوئی تھی جب سے وہ گلبدین حکمت یار کی حزب
اسلامی میں گیا تھا اُس نے صوفیہ کے لیے سختیاں شروع کر دی تھیں۔ صوفیہ کا باپ بیٹے کے برتاؤ
پر کبھی کبھار سرزنش کرتا تھا مگر آہستہ آہستہ وہ بھی اب اُس کے تیوروں سے ڈرنے لگا تھا۔ مسعود
مجاہدانہ کاروائیوں میں خاصا آگے نکل گیا تھا اور اُن کی کسی ونگ کمانڈر کو لیڈ بھی کر رہا تھا۔ اِس
سلسلے میں وہ ہفتوں گھر سے باہر رہتا تھا مگر جب گھر آتا تو پھر گھر کے لوگوں کو بھی ونگ سمجھ کر
ہی کنٹرول کرتا تھا۔ صوفیہ کا باپ ان دن بدن مجبور اور بے کس ہوتا جا رہا تھا، صوفیہ کی ماں صوفیہ کو
بھائی کے سامنے بھی جانے کو منع کرنے لگی تھی مگر پھر بھی وہ صوفیہ پر سخت نگاہیں رکھتا تھا اور
اُسے اکثر و بیشتر ڈانٹ ڈپٹ تار ہتا تھا۔ اُس کا زیادہ تر غصہ صوفیہ کے کپڑوں، گھر کی لتوں، گھر سے باہر نکلنے

پر ہوتا تھا اُسے صوفیہ کے آرٹ ورک سے تو الرجی ہوگئی تھی ۔اُسے پتہ تھا کہ صوفیہ نے آرٹ ورک میں بیچلر کیا ہے اور پینٹنگ اُس کی کمزوری ہے ۔صوفیہ کو فائن آرٹ میں بچپن سے دلچسپی تھی مگر اب جیسے ہر شے کو ایک اسٹاپ سائن لگ چکا تھا ۔اُس کی گھٹن تھی کہ بڑھتی جا رہی تھی کیونکہ مسعود اب اُس پر چیختا چلاتا ہی نہیں تھا بلکہ چھوٹی چھوٹی باتوں پر ہاتھ بھی اُٹھانے لگا تھا ایسے بُرے حالات میں لے دے کر واحدی کی محبت ہی اُس کے جینے کا سہارا بن گئی تھی ۔شیرازی کی مدد سے اُس کے گھر پر واحدی اور صوفیہ کی ملاقاتیں تین چار ہفتوں میں ایک آدھ بار ہو جاتی تھیں مگر مسعود کا خوف صوفیہ کو ہمیشہ اُس سے ملنے سے باز رکھتا تھا ۔واحدی آغا خانی شعیہ خاندان کا فرد تھا جبکہ صوفیہ کا تعلق ایک کٹر سنی گھرانے سے تھا ۔صوفیہ کابل میں پیدا ہوئی اور بڑی ہوئی تھی جبکہ واحدی ہزارہ جات کے صوبے بامیان کا رہنے والا تھا ۔دونوں کے مذہبی اور سوشل بیک گراونڈ میں ہی نہیں بلکہ پختون اور ایرانی نسل ہونے کا بھی فرق تھا ۔یہ فرق شائد سویت وار سے پہلے کے افغانستان میں فرق بھی نہیں سمجھے جاتے تھے مگر اب حالات یکسر بدل چکے تھے اب یہ فرق صرف فرق نہیں تھا بلکہ گناہ بن گیا تھا جس کی سزا موت بھی ہو سکتی تھی ۔شدت پسندی کی یہ لہر اچھی طرح سے واحدی کے علم میں تھی اور خود اُس کے لیے بھی اس گھٹن میں افغانستان میں رہنا مشکل ہوتا جا رہا تھا ۔وہ اکثر تنہائی میں سوچتا تھا کہ وہ کیسے بھی صوفیہ کو ساتھ لے کر افغانستان سے نکل جائے اور کسی بھی طرح سے قریبی ملک ایران وغیرہ ہی چلا جائے اور پھر وہاں بیٹھ کر حالات کے لحاظ سے آگے کا فیصلہ کرے ۔مگر شائد اسے ابھی صوفیہ کو اپنے ساتھ لے جانے میں جلد بازی نہیں کرنی چاہیے تھی ۔

کاش اُس رات صوفیہ مسعود سے کسی بات سے پٹنے کے بعد گھر چھوڑ کر شیرازی کی بہن سے ملنے اُس کے گھر روتی ہوئی نہیں آتی اور واحدی جذبات کی رو میں اُس کا ہاتھ پکڑ کر بامیان کے لیے نہیں نکل جاتا تو شائد آج حالات مختلف ہوتے ۔واحدی اور صوفیہ دونوں کو پتہ تھا کہ کابل سے بامیان تک کی سڑک کا راستہ انتہائی غیر محفوظ تھا ۔اسی لیے انہوں نے احتیاطاً صوبہ وردک کے بجائے پاروان والا راستہ لیا تھا اور پھر چار یکار سے گھور بند ہوتے ہوئے تقریباً آٹھ دس گھنٹے میں دو تین گاڑیاں بدل کر بامیان پہنچے تھے ۔اُس رات تین بجے جب سارا گاؤں گہرے اندھیرے میں ڈوبا ہوا تھا، بامیان کے مرکزی بازار میں چاروں جانب سناٹا تھا، کچی

سٹرک کے دونوں اطراف کچے پکے مکانوں کی قطاروں میں کہیں کہیں قندیلیں جل رہیں تھیں، ٹھیلوں اور چھابڑی والوں کی دوکانوں کے نیچے چھپے ہوئے کہیں کچھ آوارہ کتے اچانک نکل کر ایک دوسرے کے پیچھے پیچھے غول کی شکل میں کبھی بھاگ رہے تھے تو کبھی ایک دوسرے پر بھونک رہے تھے۔ رات کے پچھلے پہر جوہی واحدی اور صوفیہ والی لاری وہاں پہنچی تو دھول مٹی کے طوفان اور انجن کی زوردار گھڑ گھڑاہٹ کی آواز سے ڈر کر کتے چھابڑیوں اور ٹھیلوں کے پیچھے چھپ گئے۔ اسی مرکزی بازار میں خشک میوے کا سب سے بڑا بزنس واحدی کے باپ کا تھا جو ایک زمانے سے آس پاس کے چھوٹے بازاروں کی دوکانوں میں میوے کی سپلائی کا کام بھی کر رہا تھا۔

افغان ریاستوں سے ہزاراں کا تعلق ہمیشہ سے پیچیدہ رہا تھا۔ لگ بھگ سو سال پہلے ۱۸۸۶ء۔ ۸۷ء میں افغانستان کے حاکم عبدالرحمان نے مرکزیت کی ایک تحریک شروع کی تھی۔ اس دوران اس نے سیاسی طریقوں سے کئی ایک خود مختار اور نیم خود مختار قبائلی گروہوں کو اپنے تابع کیا لیکن نہ جانے کیوں ہزاراں کے مکینوں کے ساتھ اُس کا رویہ بے انتہا جابرانہ اور ظالمانہ رہا۔ اُس نے اُن کو زمینوں سے بے دخل کر کے غلام بنا کر فروخت کیا اور پھر بڑی تعداد میں انہیں قتل و غارت کیا جس کے نتیجے میں ہزاراں کے بچے کچے لوگوں نے بھاگ کر ایران اور مستقبل کے پاکستان والے علاقوں میں جا کر پناہ لینی لی تھی۔ ان واقعات کے نتیجے میں ہزاراں کے لوگ مستقل طور پر سماج میں دوسرے اور تیسرے درجے کے شہری بن گئے تھے اور مزدور اور نوکر چاکر بن کر زندگی گزارنے پر مجبور ہو گئے تھے۔ سوویت یونین وار سے افغانستان میں شدت پسند مجاہدین کی مضبوطی ہزاراں کے شعیہ مسلمانوں کے لیے موت کا سندیسہ بنتی چلی گئی تھی۔ وہاں آباد ہونے والے رہائشی علاقے اُن کے لیے بیک وقت خوفزدہ اور تشویش زدہ تھے۔ واحدی کو ان باتوں کی سُن گُن تھی اس لیے اُس کا ارادہ تھا کہ بامیان میں ایک دو دن ٹھیر کر اپنے ماں باپ سے صوفیہ کو ملانے کے بعد ایران چلا جائے گا۔ اُس رات تقریباً تین بجے جب واحدی ایک ہاتھ میں چھوٹا سا سوٹ کیس اور دوسرے ہاتھ سے صوفیہ کا ہاتھ تھامے اپنے چھوٹے مگر قدرے پکے مکان میں پہنچا تو واحدی کے ماں باپ اُس کے ساتھ صوفیہ کو دیکھ کر خوش ہونے کے بجائے خوفزدہ ہو گئے تھے خصوصاً اُس کا باپ جسے ہزاراں میں مجاہدین کے سیاسی اثرات کا اچھی طرح

سے اندازہ تھا۔ اُس کا خیال تھا کہ واحدی نے دو بہت بڑی غلطیاں کر دی تھیں ایک تو یہ کہ وہ صوفیہ کو جو سنی فرقہ سے تعلق رکھتی تھی اُسے نکاح کیے بغیر اپنے ساتھ لے کر کابل سے چلا آیا تھا اور دوسرا یہ کہ اسے کابل سے یہاں بامیان لے کر آیا تھا جو کسی بھی طرح سے اُن کے لیے محفوظ جگہ نہیں تھی۔ واحدی کے پہنچنے پر اُس کے باپ نے اُسے بتایا کہ اِس وقت بامیان کے حالات کابل جیسے نہیں ہیں مگر امن یہاں بھی نہیں ہے۔ ہزارہ جات میں میدان وردک، غور اور روزگان اور بامیان کے حالات اچانک بگڑ جاتے ہیں کیونکہ مجاہدین، تنظیمِ نسلِ نو ہزارہ اور خمینی اسلامی گروپس اور حکومتی گروپ کے درمیان جھڑپیں بار بار چل رہی ہیں۔ گلدین حکمت یار کی حزبِ اسلامی کے جنگجو جتھے یہاں جگہ جگہ موجود ہیں جو اِس تصادم میں آ گئے ہیں۔ یہی ہوا بھی اُن کی انٹیلی جینس واحدی اور صوفیہ کے رومانی خوابوں سے بھی کہیں زیادہ تیز ثابت ہوئی۔ واحدی کی کابل سے روانگی کے فوراً ہی بعد شیرازی کو گھر سے اٹھا لیا گیا اور اگلی رات ابھی واحدی کے بستر کی شکنیں بھی دور نہیں ہوئی تھی کہ مسعود اپنے ۱۴ جنگجو مجاہدین ساتھیوں کے ساتھ ٹرکوں اور جیپوں میں اندھا دھند بامیان پہنچ گیا۔ اللہ اکبر کے نعروں اور کلاشنکوف کے برسٹوں سے واحدی کے ماں باپ اور صوفیہ اور واحدی کو سوتے میں چھلنی کر دیا گیا۔ واحدی حملے میں شدید زخمی ہوا مگر اُس کے ماں باپ اور صوفیہ موقع پر ہلاک ہو گئے۔ واحدی کو اندازہ بھی نہیں تھا کہ یہ سب اس قدر جلدی ہو جائے گا ورنہ وہ صوفیہ کو لے کر کبھی بھی بامیان نہیں آتا اور اُس کے ماں باپ اور صوفیہ اُس کی غلطی کی سزا نہیں پاتے۔ واحدی کے زخم ابھی پوری طرح بھرے بھی نہیں تھے کہ اُس نے سنا کہ مسعود کابل میں سوویت یونین کی فوج اور مجاہدین کی کسی جھڑپ میں کابل میں مارا گیا۔

واحدی نے کمپیوٹر کی دھندلی اسکرین کو صاف کرنے کے لیے اسکرین پر ہاتھ پھیرا مگر اسکرین پھر بھی دھندلی رہی۔ پھر اُس نے دوسرے ہاتھ سے اپنی ڈبڈبائی آنکھیں صاف کی اور لکھنا شروع کیا، ''نہیں ثانیہ ایسا نہیں ہے، میں تو وہ خوش نصیب ہوں جو بامیان میں بدھا کے عظیم ترین مجسموں صلصال اور شاہ مامہ کے زیرِ سایہ پلا اور بڑا ہوا ہوں اور میں نے اپنی بلوغت کے اُس دور میں دنیا کے ان قد اور ترین مجسموں کے قدموں میں بیٹھ کر مہاتما بدھا سے یہ سوال کیا تھا کہ بدھا ازم میں تو خدا کا دور دور تک کوئی تصور نہیں ہے اور آپ کی تعلیمات بھی تو بت پرستی کے ہمیشہ خلاف ہی رہی ہیں تو پھر آپ کے بھکشوؤں نے آپ کے یہ بُت کیوں تعمیر کر دیے؟ کیا

محض اس لیے کہ انسان فطرتاً بت پرست ہے؟۔۔۔دیکھو ثانیہ تم جدید فکر کی اکیسویں صدی کی نئی نسل سے ہو اور تم ایک ماہرِ نفسیات بننا چاہتی ہو تو تمہیں اس کی سچائی انسانی نفسیات کے ارتقا میں سائنسی آگہی سے ڈھونڈنی چاہیے نہ کہ پانچویں قبل مسیح کی مذہبی فکر میں۔ ہو سکتا ہے انسانی فکر کے گنجلک روحانی تقاضے کچھ دیر کے لیے اپنی نفسیاتی پیچیدگیوں میں تمھیں الجھا دیں مگر مجھے یقین ہے کہ روح اور ذہن کی جدید تجزیاتی تفریق تمہیں شعور کی اُس اعلیٰ ترین منزل سے بھی آگے لے جائیں جہاں بہت ممکن ہے تمھارے قبل مسیح کے آبا و اجداد کی فکر نہ پہنچ پائی ہو اور میرا یقین مانو کہ ایسا ممکن بھی ہے کیونکہ شعور صرف اور صرف علم کی روشنی کا محتاج ہے اور تم خوش نصیب ہو کہ تم اکیسویں صدی کی روشن سائنسی دنیا میں پیدا ہوئی ہو نہ کہ ماضی کے کسی لاعلمی کے تاریک مزار میں۔۔۔اچھا ثانیہ مجھے اب اجازت دیں کیونکہ میری طبیعت اِس وقت ماضی کے دکھوں سے بے انتہا بوجھل ہو گئی ہے۔ میں تم سے پھر کبھی بات کروں گا، یہ کہہ کر واحدی نے کمپیوٹر ٹرن آف کر دیا۔

اکیسواں باب

وقت : گیارہ بجے رات

تاریخ : ۲۱ نومبر ، ۲۰۱۵ء

مقام : شاہ فیصل کالونی ، پاکستان

بختاور نے جونہی ٹی وی ٹرن آن کیا بریکنگ نیوز کی ہائی لائٹ اسکرین پر چل رہی تھی اور بلیٹن میں کراچی کی ایک مسجد پر شدت پسندوں کے حملے کی خبر دکھائی جا رہی تھی۔ نیوز کاسٹر کے مطابق چند دہشت گرد مسجد کے پچھلے دروازے سے داخل ہوئے اور جب نمازی رکوع میں گئے تو انہوں نے نمازیوں کی پیٹھ اور سر پر گولیاں برسانا شروع کر دی۔ شدت پسندوں کا حملہ اس قدر اچانک اور شدید تھا کہ دیکھتے ہی دیکھتے گیارہ نمازی تو وقت پر ہی شہید ہو گئے اور چھتیس زخمی ہو گئے مگر زخمیوں کی حالت نازک تھی اور مرنے والوں کی تعداد میں مسلسل اضافہ ہوتا جا رہا تھا۔ ٹی وی اسکرین پر زخمی اور مرنے والوں کی تصاویر ہر ایک لمحے پر بدل رہی تھی۔ مسجد کا فرش اور دیواریں نمازیوں کے خون سے سرخ ہو رہی تھیں۔ کہیں دیواروں پر اُن کے جسموں کے حصے خصوصاً سروں پر گولیاں لگنے کی وجہ سے نمازیوں کے بھیجے اُڑ کر جگہ جگہ چپکے ہوئے تھے۔ جانمازیں ، قرآن مجید اور سپارے انسانی خون میں لت پت ہو رہے تھے اور چاروں طرف بکھرے پڑے تھے۔ نمازیوں کے رشتے دار ، دوست ، جاننے والے چیخ چیخ کر ماتم کر رہے تھے اور زخمیوں کو اُٹھا کر ایمبولینس میں رکھنے میں مدد کر رہے تھے۔ بختاور نے بے چین ہو کر ٹی وی کا والیم بڑھایا تو نیوز کاسٹر کی آواز ، لوگوں کی چیخ و پکار ، رونے کی کرب ناک چیخیں اور ایمبولینس کا شور آپس میں مل کر مرے میں زور زور سے گونجنے لگیں۔ دیکھتے ہی دیکھتے ٹی وی کی اسکرین سے

خون رستے ہوئے کمرے میں آنے لگا اور پھر بہاؤ بڑھتا چلا گیا اور خون کے ساتھ ساتھ اُس میں لتھڑی ہوئی نمازیوں کی لاشیں بھی کمرے میں اترنے لگیں ۔ خون کے بہاؤ کی رفتار جوں جوں بڑھنے لگی وہ کسی دریا کی لہر کی طرح تیزی سے بہتا ہوا بختاور کے اردگرد جمع ہونے لگا مگر اُسے گیلا کیے بغیر اُس کے پیچھے پلنگ پر بیٹھے ہوئے سہمے ہوئے عثمان کی طرف بڑھنے لگا۔ عثمان ڈر کے مارے ٹی وی اسکرین کو دیکھ کر زور زور سے چیخنے چلانے لگا۔ اُسے لگا جیسے خون کا یہ دریا کمرے میں پھیلتا جا رہا ہے اور جوں جوں نیوز ریڈر کی آوازوں کا شور نمازیوں کے رشتہ داروں کی چیخوں پکار سے مل رہی ہیں کمرے میں خون کی سطح بڑھتی جا رہی ہے ۔ کمرے میں اُن مرے ہوئے اور زخمی نمازیوں کی لاشیں تیر رہی ہیں ۔ کمرے میں خون کے بڑھنے کی وجہ سے اُسے سانس لینے میں دشواری ہو رہی ہے۔ عثمان نے جوں جوں گہری گہری سانسیں لینی شروع کی اور ہسٹریائی انداز میں چیخنا شروع کیا ، بختاور نے پلیٹ کی ہیبت ناک نگاہوں سے اُسے دیکھا اور پھر حیرانگی سے ٹی وی کو دیکھا جہاں مسجد میں حملے کی بریکنگ نیوز کا بلٹین چل رہا تھا جس میں مسجد میں شہید اور زخمی ہونے والوں کی تصویریں اور ایمبولینس کی ایمرجنسی سروسز دکھائی جا رہی تھیں ۔ بختاور کے کچھ دیر کے لیے تو کچھ بھی سمجھ نہیں آیا کہ اچانک عثمان کو کیا ہو گیا جو ابھی تھوڑی دیر سے چپ چاپ بیٹھا کاغذ پر کچھ تصویریں بنا رہا تھا مگر پھر اچانک اُسے احساس ہوا کہ ممکن ہے عثمان پر ٹی وی پر چلنے والی خبر سے ہسٹریائی دورہ پڑا ہے۔ اس خیال کے آتے ہی وہ جھٹکے سے اُٹھی اور سب سے پہلے ٹی وی کو ٹرن آف کر دیا اور پھر پلٹ کر ہیبت زدہ عثمان کو پکڑنا چاہا۔ عثمان نے جونہی بختاور کو اپنی طرف بڑھتا ہوا دیکھا وہ گھبرا کر پیچھے سرکنے لگا جیسے بختاور بھی مرے ہوئے نمازیوں میں سے کوئی ایک ہے مگر پھر پیچھے موجود دیوار کی وجہ سے وہ رک گیا اور سہمی ہوئی نظروں سے بختاور کو دیکھ کر گہری گہری سانسیں لینے لگا۔ بختاور نے عثمان کو جونہی پکڑا تو پہلے تو اُس نے بیقرار ہو کر اُس کے ہاتھوں سے نکلنا چاہا مگر پھر چیختا ہوا اُس سے کس کر لپٹ گیا جیسے کوئی ڈوبتا ہوا شخص اپنے بچانے والے سے پانی میں بُری طرح چمٹ جاتا ہے ۔ بختاور نے عثمان کو گود میں اٹھایا اور گھبرا کر کمرے سے باہر بھاگی مگر پھر کچھ سوچ کر اُسے دالان میں چھوڑا، اور پھر واپس کمرے میں آئی اور الماری سے عثمان کی دوا کی بوتل نکالی جو پچھلی بار اُس کے ڈاکٹر نے اس تاکید کے ساتھ اُسے دی تھی کہ اگر عثمان کو پھر کبھی ہسٹریا کے دورے پڑے تو ڈائزا پام (diazapam) کی وہ گولیاں اُس کو

فوراً کھلا دے ۔ بختاور نے بوتل سے ایک گولی نکالی اور فوراً عثمان کے حلق میں ڈالی اور اُسے زبردستی پانی کا گھونٹ پلایا۔ عثمان جس طرح سے گہری گہری سانسیں لے کر اپنے بدن کو بے چینی سے ہلا رہا تھا اور ہاتھوں کو ہوا میں چلا رہا تھا اُس میں اُسے دوا یا پانی پلانا واقعی جان جوکھوں کا کام تھا۔ ادریس کو کال ملائی مگر اُس کا فون مسلسل ٹرن آف جا رہا تھا۔ بختاور نے آ و دیکھا نہ تاؤ فوراً ہی برقعہ سر پر ڈالا اور اُلٹے قدموں بھاگتی ہوئی اپنے پڑوسی غازی صلاح الدین کے یہاں پہنچی تا کہ اُن کی گاڑی میں کسی طرح سے عثمان کو ڈاکٹر کے پاس لے کر جائے۔

بختاور کے گھر سے جانے کے چند گھنٹوں کے بعد جب ادریس گھر پہنچا تو اُس وقت رات کے تقریباً ایک بج چکے تھے۔ اُس کا رنگ فق ہو رہا تھا اور بدن پسینہ پسینہ جیسے وہ کوئی سخت جان لیوا کام کر کے گھر لوٹا ہے۔ بختاور اور عثمان کو گھر پر نہ پا کر اُس نے پہلے تو سیل فون ٹرن آن کیا اور پھر بے چینی سے اُس کے میسیجز سُنے تو اُسے اندازہ ہوا کہ بختاور عثمان کو لے کر پہلے محلے کے ڈاکٹر پھر بعد میں قریبی ہسپتال لے کر گئی ہے کیونکہ عثمان کے ہسٹریائی دوروں کا علاج محلے کی کلینک کے ڈاکٹر سے نہیں ہو پا رہا تھا اور اُسی نے بختاور سے کہا تھا کہ وہ عثمان کو فوراً قریبی ہسپتال کی ایمر جنسی وارڈ میں لے جائے۔ ادریس نے جب یہ میسیجز سنے تو وہ اُلٹے پاؤں گھر کو تالا لگا کر ہسپتال کی طرف دوڑا مگر چند قدم چلنے کے بعد ہی اُسے کچھ خیال آیا اور وہ واپس گھر آ گیا۔ گھر میں آ کر اُس نے اندر سے دروازے کھڑکیاں بند کی اور پھر اپنی شلوار کی اندر کی جیب میں سے ایک شارٹ گن نکالی اور اُسے الماری میں رکھ کر اُسے لاک کر دیا۔ گھر سے باہر نکل کر دروازے پر تالا لگایا اور پھر تیز تیز قدموں سے چلتا ہوا گلی کے اندھیرے میں غائب ہو گیا۔

☆☆

بائیسواں باب

وقت : چار بجے شام
تاریخ : ۲۱ نومبر ۲۰۱۵
مقام : مسی ساگا۔ کینیڈا

''اچھا پھر کل یونیورسٹی میں ملتے ہیں ۔۔۔'' یہ کہہ کر دلیپ نے فون بند کیا اور فون واپس کریڈل پر رکھ کر مڑ کر ثانیہ کی طرف دیکھا اور ہنستے ہوئے کہا، ''یار آج کل کے منڈے منڈیوں سے زیادہ گل نہیں کرتے ۔۔۔؟'' اور پھر اُسے مسکراتے ہوئے دیکھ کر اپنے دونوں کندھے اُچکائے اور دوبارہ سے لیونگ روم میں آ کر صوفے پر بیٹھ گیا جہاں ثانیہ دلیپ کے لکھے ہوئے کچھ اسائنمنٹس (Assignments) کی ورق گردانی کر رہی تھی ۔ ثانیہ نے اُسے مسکرا کر دیکھنے کے بعد دوبارہ فائل پر نظر گھمائی اور ابھی اُس کا اگلا صفحہ پلٹا ہی تھا کہ اس بار کافی ٹیبل پر رکھے ہوئے دلیپ کے سیل فون کی گھنٹی بجنے لگی، اُس نے ہاتھ بڑھا کر فون اُٹھایا اور پھر اسکرین پر انگریزی میں 'ابا جی' لکھا ہوا دیکھ کر اُس سے کہا، ''اے شائد ابا جی کی کال ہے ۔۔۔'' کیونکہ کبھی کبھی دلیپ کی امی بھی اُن کے ہی فون سے کال کر لیتی تھی مگر چونکہ تھوڑی دیر پہلے ہی دلیپ ابا جی کو کال کرنے کی کوشش کر رہا تھا اس لیے ثانیہ کا خیال تھا کہ ابا جی ہی کال بیک کر رہے ہونگے اور اُس کا خیال درست بھی تھا دوسری طرف ابا جی ہی لائن پر تھے ۔ دلیپ اور اُن کی پیس منٹ کی یہ گفتگو زیادہ تر پنجابی میں ہوتی رہی مگر اب ثانیہ کسی حد تک پنجابی سمجھنے لگی تھی یہ اور بات تھی کہ اُسے پنجابی زبان بولنی نہیں آتی تھی ۔ فون کے بند ہونے کے بعد ثانیہ نے پیپرز پر سے اپنی نگاہیں اُٹھائیں اور دلیپ کی طرف دیکھتے ہوئے کہا، ''پھر کیا کہہ رہے ہیں ابا جی ۔۔۔؟''

دلیپ نے کچن کی طرف جاکراپنی چائے دوبارہ سے مائیکرو ویو میں رکھی اور ۴۰ سیکنڈ کے لیے ٹمپریچر کا بٹن دبا دیا۔ وہ کچھ دیر تک یونہی خالی آنکھوں سے مائیکرو ویو میں گرم ہوتی ہوئی چائے کو چپ چاپ تکتا رہا اور پھر کچھ دیر بعد کپ ہاتھ میں لے کر ثانیہ کے قریب صوفے پر بیٹھ گیا، ''ثانیہ ابا جی وہ ہی کہہ رہے تھے جیسا کہ میرا اُن کے بارے میں خیال تھا، وہ خاصے کشادہ ذہن کے آدمی ہیں ۔ ہمارے بارے میں ساری باتیں سُن کرو ہ کہنے لگے کہ 'دیکھ پتر نا نک دیو جی فرماتے ہیں ہندو، مسلمان، سکھ اور عیسائی بننے سے پہلے ہمیں انسان بننا چاہیے اور جس نے محبت پائی اُس نے گویا اپنے رب کو پالیا۔ اگر تجھے لگتا ہے کہ یہ تیری سچی محبت ہے تو اُس کو دل میں بسا لے، اور اُس کا احترام کر، پتر تو خوش نصیب ہے۔ اب رہی باقی باتیں تو تو اس کی فکر مت کر یہ سب باتیں وقت کی دھول میں اڑ جائیں گی ۔ تیری ماں ذرا روائتی قسم کی عورت ہے ہوسکتا ہے اُس کو یہ باتیں ذرا مشکل سے ہی ہضم ہو مگر تو فکر نہیں کر پتر ۔ وقت کے ساتھ ساتھ آدمی زندگی میں کئی سمجھوتے کرتا ہے مگر پھر بھی میرا مشورہ تجھ کو یہی ہے کہ کسی بھی کام میں جلد بازی نہیں کرنا کیونکہ کبھی کبھی جو بات دور سے کچھ نظر آتی ہے وہ قریب سے کچھ اور ہی ہوتی ہے ۔ایک طرح سے یہ بھی رب کا کرم ہے کہ تم دونوں ایک دوسرے کے ساتھ ہوتو یہ اچھا ہی ہے ایک دوسرے کو دیکھ لو اور سمجھ لو اور یہ بھی جان لو کہ تم جو ایک دوسرے کے بارے میں دور سے سوچتے ہو کیا واقعی قریب میں بھی تم لوگ ایک دوسرے کے لیے ویسے ہی ہو، کہیں ایسا تو نہیں کہ یہ محض وقتی جذبات ہیں؟ کیونکہ بیٹا اکثر جب ہم کسی کے ساتھ رہتے ہیں تو ہمیں اپنے اور اس کے بارے میں زیادہ پتہ چلتا ہے ۔ بس ایک دوسرے کی عزت کا خیال رکھو آگے میں کیا کہوں تم خود پڑھے لکھے اور بالغ انسان ہو ۔ رب راکھا، اور ہاں میں دھیرے دھیرے تیری ماں کو بھی سمجھانے کی کوشش کروں گا مگر اس میں تھوڑا وقت لگے گا۔۔۔' ثانیہ نے مسکرا کر دیکھا،''دس از گریٹ۔۔ آئی ایم سر پرائزڈ (Iam surprised)۔ دلیپ، یو آر اے لکی مین (You are a lucky man)۔ کاش میرے ابو بھی تمھارے ابو کی طرح ہوتے تو کم از کم فِفٹی پرسنٹ پرابلم تو حل ہو جاتا نا۔۔۔؟''

دلیپ نے اُس کی بات بیچ میں سے کاٹ کر کہا، ''اچھا یہ بتاؤ تمھارے امی ابو کل یہاں آنے والے تھے نہ۔۔۔؟ کتنے بجے تک وہ آئیں گے؟''

''ہاں یار، صبح دس بجے، تمھاری اُن سے پہلی ملاقات ہے اور مجھے ڈر ہے خاصا تماشہ ہونے والا ہے کل ۔۔۔ لیٹس سی ۔۔۔'' یہ کہہ کر ثانیہ نے فکر مندی سے ایک گہرا سانس لیا اور چپ چاپ سامنے پڑے ہوئے پیپرز کو تکنے لگی۔

ــــــــــــــــــــــــــ

اگلے دن ثانیہ کے مما پاپا اُس صوفے کے عین سامنے بیٹھے ہوئے تھے جہاں کل وہ اور دلیپ دونوں بیٹھے، آج ہونے والی اس میٹنگ کے نتائج سے کسی حد تک خوفزدہ تھے۔

''ثانیہ تم نے کیا سوچا ہے پھر ۔۔۔؟ یہ سب سلسلہ کب تک اور چلے گا؟'' ثانیہ کی ماں نے ثانیہ کی آنکھوں میں آنکھیں ڈال کر کہا۔ ''میرا خیال ہے ہمیں ثانیہ کے بجائے کچھ باتیں دلیپ صاحب سے کر لینی چاہییں۔'' ثانیہ کے پاپا نے ثانیہ کا جواب سنے بغیر ہی درمیان سے بات کاٹ کر چباچبا کر کہا۔ اُن کی آنکھوں میں دلیپ کے لیے غصہ اور بیزارگی کا ملا جلا احساس تھا۔ دلیپ نے نظر اُٹھا کر ثانیہ کے پاپا کی طرف دیکھا اور پھر سر جھکا لیا۔ ایک پل کے لیے اُسے یوں لگا جیسے اُس سے ایک انجانا گناہ مرتکب ہو گیا ہے جسے وہ محبت کا نام دے رہا ہے گناہ اور ثواب جیسے بے معنی لفظ اور محبت جیسے معنی آفریں لفظ شائد مجھے افریدی سے ہی پوچھنا ہوگا کہ محبت کا اخلاقیاتی تجزیہ کیسے ہو؟ کہیں ایسا تو نہیں گناہ و ثواب جیسے لفظوں ہی سے انسانی فکر کے استحصال کا عمل شروع ہوا؟ دلیپ کو اندازہ ہوتا جا رہا تھا کہ ثانیہ سے اُس کی محبت میں اُس پر ایک ایسی دنیا کے دروازے کا قفل کھول دیا ہے جس میں اُس سے قبل وہ کبھی بھی نہیں آیا تھا۔ دلیپ نے آفریدی کے بارے میں ثانیہ سے اب تک جو بھی سننا تھا وہ انجانے میں اُس کی شخصیت کی کسی گمنام فکر سے جُڑ گیا تھا۔ اُس کا دل چاہ رہا تھا کہ وہ پروفیسر آفریدی کے ساتھ بیٹھ کر اُن سے ایسے موضوعات پر گفتگو کرے جن کا ذکر اسے کبھی بھی میڈیسن کی کتابوں میں نہیں ملا مگر اب اُسے لگ رہا تھا کہ اِنہیں جانے بغیر انسانی سائنس کو مکمل سمجھنا قطعی ناممکن ہے۔ لمحے بھر میں اپنے بے ترتیب خیالوں کی سہ رنگی دنیا سے واپس وہ ثانیہ کے مما اور پاپا کی خشمگیں نگاہوں کی دنیا میں آ گیا، جہاں اُس کے جذبوں کی سچائی کا فیصلہ نسل اور مذہب کی بنیادوں پر ہونے والا تھا۔

''دلیپ صاحب مجھے ثانیہ کی ماں نے بتایا ہے کہ آپ میڈیکل اسٹوڈنٹ ہیں؟''

''جی ۔۔۔'' دلیپ نے ثانیہ کے پاپا کے سوال کے جواب میں آہستگی مگر اعتماد انداز

سے جی کی آواز نکالی اور ساتھ ہی یہ جملہ بھی کہا،''میں نے اس سال اس میڈیکل اسکول کم وبیش مکمل کرلیا ہے۔''

''آپ یہاں اسٹوڈنٹ ویزے پر ہیں ۔۔۔؟'' ثانیہ کے پپا نے کئی ایک خیالات کی یلغار کو محسوس کرتے ہوئے اپنے تیئں ایک اہم خیال کو سوال کی شکل دی۔ دلیپ نے ثانیہ کے پپا کے خیالوں کی یلغار کو بہت آسانی سے محسوس کرلیا اور اپنی مسکراہٹ کی ڈھال پر اُسے روکتے ہوئے کہا، ''جی میں یہاں اسٹوڈنٹ ویزے پر ہوں ۔''

ثانیہ کے پپا نے کچھ ہی دیر میں اپنے سارے شبہات کو حقائق سے تعبیر کیا اور دلیپ کی آنکھوں میں آنکھیں ڈال کر کہا، ''تو اب آپ کیا کرو گے تعلیم تو آپ کی یہاں پوری ہوگئی ہے۔۔۔؟''

دلیپ نے اُسی اعتماد سے جواب دیا، ''جی میری میڈیسن میں پوسٹ گریجویشن اگلے سال سے شروع ہونے والی ہے میک ماسٹر یونیورسٹی میں ۔ یہ چار سال کی ٹریننگ ہے اور اُس کے بعد میرا ارادہ کارڈیالوجی میں فیلوشپ کا ہے تو اِس طرح سے میں ابھی سات سال اور کینیڈا میں ہوں ۔''

ثانیہ کے مما اور پپا کے لیے یہ ایک نئی اطلاع تھی کیونکہ انہیں میڈیکل کی تعلیم کے حدود و اربعہ کے بارے میں واجبی سے معلومات تھیں۔ انہیں نہیں اندازہ تھا کہ ایک عام ماہر امراض قلب بننے کے لیے بھی بی ایس سی کے چار سال کے بعد مزید گیارہ سال کی تعلیم درکار ہوتی ہے کیونکہ وہ خود آج سے چودہ سال پہلے پاکستان سے بی ایس سی اور ایم ایس سی کمپیوٹر سائنس کل چار سال میں کرکے آئے تھے اور پھر حالات کے تقاضوں کو سمجھتے ہوئے سال بھر کا ایم ایس کارٹن یونیورسٹی اوٹوا سے کرلیا تھا۔ جس کے بعد ہمیشہ وہ اپنی تعلیمی قابلیت کی وجہ سے خود پر نازاں رہے تھے ۔ دلیپ کے مستقبل کے پلان سُن کر اُنہوں نے ایک نئی نظر سے دلیپ کو اس بار دیکھا ۔ دلیپ قد و قامت میں اُن سے نکلتا ہوا، پچیس چھبیس سال کا خوش شکل سانو جوان تھا جس کی آنکھوں میں بلا کی ذہانت تھی ۔ اُس کا حلیہ عموماً سکھوں جیسا تھا یعنی سر پر ٹربن اور ہلکی سی داڑھی مگر دلیپ کے چہرے میں معصومیت اور بھولپن کوٹ کوٹ کر بھری ہوئی تھی، دلیپ کی اگر ٹربن اور داڑھی ہٹ جائے تو وہ خاصا اچھا ہینڈسم نوجوان لگے، ثانیہ کے پپا نے دل ہی دل میں

سوچا اور پھر ایک لمحے کے لیے ثانیہ کی ممامی کی طرف دیکھا جیسے وہ نظروں ہی نظروں میں اُنہیں اپنی بات کا مطلب سمجھا رہے ہو اور پھر کھڑکیار کر دوبارہ گویا ہوئے، ''دیکھیں دلیپ ہم جانتے ہیں کہ آپ اور ثانیہ ایک دوسرے کے لیے سیریس ہیں اور ہم نے بھی اس معاملے کو جذبات سے ہٹ کر طے کرنے کا سوچا ہے اور سچی بات یہی ہے کہ ہم خود اس معاملے کو طول نہیں دینا چاہتے کیونکہ اس میں ہماری بدنامی ہو رہی ہے۔ ہماری کمیونٹی کے لوگوں میں یہ بات اب پھیل رہی ہے اور ہماری بیٹی کسی کے ساتھ یوں رہے ویسے بھی یہ ہمارے لیے بھی قطعی گوارا نہیں ہے۔ مذہب کے علاوہ ہماری اپنی خاندانی قدریں ہیں اور یہاں مغرب میں رہنے کا قطعی یہ مطلب نہیں کہ ہم ان کی اچھی باتوں کے ساتھ ساتھ بُری باتیں بھی اپنالیں۔ بات سیدھی سی ہے اور وہ یہ کہ ہم چاہتے ہیں پہلے تو ثانیہ واپس گھر چلے اور وہ ہیں ہمارے ساتھ رہے۔ ہم نے کافی سوچنے کے بعد یہ فیصلہ کیا ہے کہ اگر آپ احمدی مسلمان ہو جائیں اور صدق دل سے کلمہ پڑھ لیں تو ہم اپنی بیٹی کے جذبات کا خیال کرتے ہوئے آپ کو قبول کرنے کے بارے میں غور کریں گے حالانکہ۔۔۔''

انہوں نے ایک گہرا سانس لیا اور پھر کہا، ''اِس کے بعد بھی اس معاملے میں کئی ایک قباحتیں ہیں کہ مثلاً آپ کے اور ہمارے کلچر میں زمین آسمان کا فرق ہے۔ ہم لوگ دہلی سے ہجرت کر کے کراچی میں آ بسے تھے جبکہ آپ لوگ مشرقی پنجاب کے ہیں تو ہمارے اور آپ کے رہن سہن رسوم و رواج میں بھی بہت زیادہ فرق ہے۔ ہم یہ بھی چاہیں گے کہ آپ پھر شادی کے بعد یہیں کینیڈا میں بس جائیں اور واپس پنجاب وغیرہ جا کر رہنے کے بارے میں اور نہ سوچیں۔ اگر آپ کو ہماری یہ شرائط منظور ہیں تو ہم آپ کے بارے میں غور کر سکتے ہیں۔ غور کرنے کی بات بھی ہم اس لیے کہہ رہے ہیں کیونکہ ہمیں اس بارے میں اپنے خاندان اور کمیونٹی کے لوگوں سے بھی مشورہ کرنا ہوگا۔''

اس سے قبل کہ دلیپ کچھ کہنے کے لیے منہ کھولتا ثانیہ کے منہ سے نکلا، ''بٹ پاپا، دس یز ناٹ فیئر (but this is not fair)۔۔۔'' اس سے پہلے کے وہ کچھ مزید بولتی دلیپ نے ہاتھ کے اشارے سے اُسے اور کچھ کہنے سے روک دیا اور کہا، ''کیا آپ ہمیں اس بارے میں سوچنے کے لیے مزید کچھ وقت دیں گے۔۔۔؟''

ثانیہ کی ممامی بھی ثانیہ کی طرح اپنے شوہر کو تعجب سے دیکھ رہی تھیں کیونکہ وہ جو باتیں

ابھی کہہ رہے تھے یہ سب گھر میں طے نہیں ہوا تھا۔ دلیپ کو اپنانے والی بات ایک بالکل نئی بات تھی جو اچانک ثانیہ کے پپا نے دلیپ کے حوالے سے کردی تھی۔ دلیپ کی بات سن کر انہوں نے خاصے نرم لہجے سے کہا،''ہاں ہاں کیوں نہیں۔۔۔ مگر ثانیہ اب تم گھر چلو بیٹا۔۔۔''

مما نے بھی سب کچھ بھول کر فوراً اُن کی ہاں میں ہاں ملائی اور کہا،''تمہارے بنا گھر بہت سونا ہوگیا ہے بیٹی، اب گھر چلو ہمارے ساتھ ہی۔۔۔''

مگر ثانیہ نے نپے تلے لفظوں میں جواب دیا،''نو مما۔۔۔ ناٹ دس ٹائم، جب تک کوئی فیصلہ نہیں ہوگا میں گھر نہیں آؤنگی۔'' دونوں نے خاموشی سے ثانیہ کی طرف دیکھا اور پھر ثانیہ کے پپا کندھے اچکا کر کھڑے ہوگئے،''اوکے۔۔۔جیسی تمہاری مرضی بیٹی۔۔۔'' اُنھوں نے اپنی بیوی کی طرف دیکھا،''مگر میرا خیال ہے ہمیں اب یہاں سے چلنا چاہیے۔۔۔'' پھر اُنھوں نے دونوں کی طرف دیکھا،''تم دونوں جو بھی فیصلہ کرو ہمیں بتا دینا۔'' یہ کہتے ہوئے انہوں نے اپنی بیوی کی طرف پھر نظر ڈالی اور آنکھوں ہی آنکھوں میں چلنے کا اشارہ کیا۔ ثانیہ نے یہ سن کر دلیپ کی طرف دیکھا جو اِن دونوں کی طرف دیکھنے کے بجائے چپ چاپ زمین کو تک رہا تھا۔

تینتیسواں باب

وقت: گیارہ بجے رات

تاریخ: ۲۱ نومبر، ۲۰۱۵ء

مقام: کابل افغانستان

ناظر عزیزی کے یہاں رہتے ہوئے واحدی کو ہفتے بھر سے زیادہ وقت ہو چکا تھا۔ اُس واقعہ کی وجہ سے ہونے والی بے چینی پوری طرح ختم تو نہیں ہوئی تھی مگر اب یہ بے تابی سے واپس گھر جانے کے لیے بدل رہی تھی۔ ناظر عزیزی نے اُسے کئی بار روکنے کی کوشش کی مگر واحدی کو اپنے کئی ایک اسائنمنٹس (Assignments) پر کام کرنا تھا اور کچھ پچھلے نامکمل آرٹیکلز بھی مکمل کرنے تھے جس کے خاطر اُس کا گھر جانا اور بھی ضروری تھا۔ گھر پہنچ کر پہلے چند گھنٹے تو اُسے تنہائی سے سخت وحشت محسوس ہوئی مگر پھر جلد ہی وہ اپنی عادت کے مطابق اپنے شیڈول (schedule) میں مصروف ہو گیا۔ اُس نے طے کیا ہوا تھا کہ اپنی نئی کتاب 'افغانستان کا ارتقاء ۔۔۔ بدھا سے اسامہ تک' پر جلد سے جلد کام شروع کر دے گا۔ بہت کچھ اُس نے لکھ لیا تھا مگر ابھی بھی کافی کچھ کام باقی تھا۔ اس موضوع پر کئی ایک تاریخی، سیاسی، سماجی اور مذہبی حوالے درکار تھے جس کی ریسرچ کے لیے نہ صرف کابل کی سینٹرل لائبریری میں طویل وقت گزارنا تھا بلکہ افغانستان کے اُن مختلف علاقوں کی وزٹ کا بھی ارادہ تھا جہاں سے اس سارے تہذیبی سفر کی تصویری و تحریری سچائیاں مل سکتی تھیں، مگر پچھلے کئی ہفتوں کے متواتر واقعات کی وجہ سے اُسے اس اہم موضوع پر کام کرنے کی مہلت نہیں مل رہی تھی۔ پچھلے ہفتے جب وہ ناظر عزیزی کے یہاں تھا تو کئی ایک بکھرے ہوئے خیالات اُس کے ذہن کے مختلف گوشوں سے نکل کر اسے بے چین

کرتے رہے جس میں کبھی ماضی کی یادیں ثانیہ سے گفتگو کے دوران بھی اُسے کچوکے لگاتی رہی۔ ثانیہ سے باتوں کے بعد اُس کا دل خاصا پر ملال رہا تھا۔ اُسے یقین ہو چلا تھا کہ اُس کا ماضی اب اُس کا حال بن چکا ہے ورنہ فیس بک پر ثانیہ سے باتوں کے بعد کچھ دنوں تک وہ یوں دل گرفتہ نہیں رہتا۔ اُسے اس بات کا بھی احساس تھا کہ یہ ماضی کا ہی درد تھا جو اُس کے حال اور مستقبل کی قوت بن گیا ہے ورنہ شائد وہ کب کے خودکشی کر چکا ہوتا۔ ثانیہ اُس سے ایسے سوالات کیوں کر رہی تھی اُس نے گھر آ کر سوچا تھا۔ شائد اُس کی زندگی میں کوئی بڑی الجھن ہے جس سے نکلنے کا اُسے راستہ نہیں مل رہا ہے اور وہ اپنے دل کے دوراہوں کے کہیں بیچ راستے میں پھنس گئی ہے؟ صوفیہ نے بھی تو اُس سے اُس شام یہی سوال کیا تھا جب وہ شیرازی کے گھر روتی ہوئی پہنچی تھی۔ صوفیہ کے یہاں صدیوں سے خاندان میں شادی کا رواج تھا اور وہ نہ صرف پورا افغانی پختون تھا بلکہ اپنے بیک گراونڈ سے ایرانی النسل شیعہ مسلمان تھا مگر کیا واقعی اُس کے اور صوفیہ کی محبت کے لیے یہ کوئی اہم سوال تھے؟ اُس رات صوفیہ نے یہ سوال کر کے اُس کی آنکھوں میں دیکھا تھا اور پھر نہ جانے کیا اُسے میری آنکھوں میں دکھائی دیا تھا اُس نے فوراً ہی اپنی انگلی میرے ہونٹوں پر رکھ دی تھی اور آہستہ سے کہا تھا،'' کچھ نہ کہو واحدی میرا یہ سوال خود میری محبت پر سوال اٹھا تو ہوا میرا جرم بن رہا ہے۔'' تو کیا صوفیہ اور ثانیہ ایک ہی راستے کے دو مسافر ہیں؟ نسلی اور مذہبی تفرقوں نے انسانی جذبات کو کس قدر تکلیف سے دوچار کیا ہے۔ یہ سراسر استحصال ہے وہ تہذیبی ارتقائی عوامل کا جنہوں نے اپنی بقا کے خاطر انسانی فطری جذبات سے اتصال کر کے اُسے پراگندہ کر دیا ہے اور پھر صوفیہ کو دو دہائیوں کے بعد اُسے آج ثانیہ کی صورت میں وہیں لا کھڑا کیا جس کے جواب سے وہ کل خوفزدہ تھی۔ نسل اور مذہب کے اشتراک سے جو فکر پیدا ہوتی ہے اُس کا کوئی مخصوص نام کیوں نہیں؟ اُس فکر سے جو انسانی احساسات پیدا ہوتے ہیں اُس کا کوئی مخصوص نام کیوں نہیں؟ اُن احساسات سے جو جذبات پیدا ہوتے ہیں اُس کا کوئی نام کیوں نہیں؟ ان جذبات سے جو نتائج پیدا ہوتے ہیں اُس کا نام ۔۔۔؟ یہاں آ کر واحدی مسکرا کر چپ ہو گیا اور زیرِ لب کہا' آج کی تہذیبی دنیا'۔ پھر واحدی نے دائیں بائیں خالی کمرے میں دیکھا اور اطمینان کا سانس لیا کہ شکر ہے کہ یہاں کوئی نہیں ہے ورنہ اُس کی خود کلامی کو دیکھ کر لوگ اُس کی دیوانگی پر ہنسنا شروع کر دیں گے ۔۔۔۔ بے ہنگم خیالات کا سلسلہ جاری تھا کہ اچانک اُس

کا سیل فون بجنے لگا۔ دوسری طرف ناظر عزیزی تھا، ''سنو ایک بُری خبر ہے اور ایک اچھی بھی یہ بتاؤ کونسی پہلے سنو گے؟''

واحدی نے کہا، ''پہلے بُری تا کہ اچھی خبر کو پھر پورے دل سے سن سکوں۔''

''بری خبر یہ ہے کہ طالبان شدت پسندوں نے باضابطہ طور پر یہ طے کیا ہوا ہے کہ افغانستان میں لبرل یا سیکولر دانشوروں، ادیبوں اور صحافیوں وغیرہ کو ٹھکانے لگایا جائے اور اُس لسٹ میں بدقسمتی سے تمھارا بھی نام ہے۔۔۔، یعنی پچھلے دنوں سے جو کچھ بھی تمھارے ساتھ ہو رہا تھا دراصل اُسی پلان کا حصہ تھا۔ یہ واقعات محض تمھاری ایک دو آرٹیکلز کی وجہ سے نہیں ہے بلکہ تمھارے بارے میں عمومی نقطہ نظر یہی ہے کہ تم سیکولر بلکہ دہریہ ہو اور طالبان کے دشمنوں میں سے ایک ہو۔۔۔'' ناظری ایک سانس میں کہتا چلا گیا۔

''خیر۔۔۔، اس کا اندازہ تو مجھے بھی ہوتا جا رہا تھا کیونکہ جس طرح سے انہوں نے میرا پتہ ڈھونڈ نکال کر مجھ پر حملہ کیا ہے اور جس لہجے میں مجھ کو دھمکیاں دی گئی تھی وہ خاصی سیریس نوعیت کی تھیں۔ اچھا اب کہو اچھی خبر کیا ہے؟'' واحدی نے پرسکون لہجے میں پوچھا۔ ''اچھی خبر یہ ہے کہ یونیورسٹی اف کیلیفورنیا نے 'افغانستان اینڈ گلوبل ورلڈ' پر سماجی اور سیاسی لیکچرز کے لیے کابل یونیورسٹی کو تمھارا نام تجویز کیا ہے۔ یہ لیکچرز امریکہ میں کیلیفورنیا اور واشنگٹن ڈی سی میں ہونے والے ہیں جبکہ ایک پروگرام برطانیہ میں بھی ہے لیکن وہ مانچسٹر کی یونیورسٹی کے کولابریشن (Collaboration) سے طے ہوا ہے۔ تفصیلات ساری وی سی (Vice Chancellor) کے پاس ہے مجھے امید ہے وہ فوراً ہی تم سے تمھاری دستیابی کے حوالے سے بات کرے گا کیونکہ پروگرام ہفتے بھر میں ہے۔۔۔۔ میرا خیال ہے یونیورسٹی تمھارے ویزے اور ٹکٹ کا بندوبست چند دنوں میں کر رہی ہے بشرطیکہ تمھاری دلچسپی شامل ہو؟'' ناظر عزیزی نے پرجوش انداز میں اُسے دوسری خبر دی۔

''اور تمھارا اس بارے میں کیا خیال ہے۔۔۔؟'' واحدی نے آہستہ سے پوچھا۔

''بھائی میرا تو خیال ہے کہ تم وہاں ضرور جاؤ ایک تو اس لیے کہ یہ ایک اچھا موقع ہے بین الاقوامی سطح پر افغانستان کے مسائل پر کھل کر بات کرنے کا، اور اپنے موقف کو دنیا کے سامنے رکھنے کا، اور دوسری طرف اس تکلیف دہ فضا سے نکلنے کا بھی ایک اچھا بہانہ ہے، تو میں تو یہ ہی کہوں گا جب تک تمھاری جان کو یہاں خطرہ ہے اور اِس قسم کی واردتیں چل رہی ہیں تو کچھ دن

دہیں رہو بلکہ میں کہونگا اُس وقت تک و ہیں رہو جب تک یہاں کے حالات کچھ بہتر نہیں ہو جاتے۔۔۔''ناظر عزیزی نے محبت سے جواب دیا۔

واحدی نے ایک گہرا سانس لیا،''چلو پھر سوچتے ہیں اس بارے میں، تم سے میں کل یونیورسٹی میں ملتا ہوں۔۔۔''فون بند کرکے واحدی نے میز پر رکھی ہوئی فائلز پر ایک نظر ڈالی اور پھر اُن میں سے ایک فائل نکال کر اس کے کاغذات کی ورق گردانی کرنے لگا اور پھر قلم سے اپنی ہی لکھی ہوئی سطروں کو کراس کرکے کچھ جملوں پر اسٹارز لگانے لگا:'انسان اپنے ارتقائی سفر میں گروپس کی صورت اپنی بقا کے خاطر نیشنل اسٹیٹ میں بسے ہیں تا کہ خود کی نشونما کرسکیں مگر خود کی انفرادی اور پھر اجتماعی نشو و نما اور کامیابی بعد ازاں فخر اور بالا تری کے احساس سے بدل جاتی ہے۔ کسی مخصوص نیشن میں پیدا ہونے والی وابستگی کے احساس کا تعلق عمر کے مخصوص حصہ میں اسی لیے ہوتا ہے کیونکہ اس سے برسہا برس کی عادات و اطوار اور یادیں وابستہ ہو چکی ہوتی ہیں۔ محبت خود ایک فطری جذبہ ہے مگر اس کے تانے بانے کئی ایک غیر فطری عوامل سے جڑے ہوئے ہیں۔ نیشنل ازم کی اخلاقیات بھی اُس کی طرح قطعی مصنوعی ہوتی ہے ۔ وطن کے نام پر کسی دوسرے انسان یا انسانوں کی جان لینا اور پھر اسے قتل و غارت گیری کی جگہ وطنیت سے تعبیر کیا جانا اخلاقی دیوالیہ پن ہے کیونکہ وطنیت کا یہ جذبہ نیشنل ازم کی ایک شدت پسندانہ شکل ہے جس کی روح میں نفرت، بیزارگی، جنگ و جدل اور خون خرابہ جیسے وحشیانہ جذبات چھپے بیٹھے ہوئے ہیں۔ گلوبلا زیشن اخلاقی طور پر قابل قبول یا نا قابل قبول نیشنل ازم کو ختم نہیں کرتا بلکہ اُسے ایک نئے چیلنج سے ہم کنار کرتا ہے۔ اس چیلنج کی انتہائی نا کامی کی شکل ہمیں امریکا اور برطانیہ میں پیدا ہونے والے اُن خاندانوں میں نظر آتی ہے جن کے بچے مذہب سے وابستگی کے احساس کو اپنی جائے پیدائش سے 'محبت' کے احساس سے بالا تر سمجھتے ہیں اور سن بلوغت میں داعش اور آئی ایس آئی سے ملکر اپنے ہی وطن عزیز کے خلاف ہتھیار اُٹھاتے ہوئے دکھائی دیتے ہیں ۔ نیشنلزم اور مذہب کے اختلاط سے نیشنل ازم کی موت واقع ہو جاتی ہے ۔

واحدی نے ان جملوں کو پڑھتے وقت کئی جگہ چھوٹے بڑے اسٹار لگائے جن کا مطلب تھا کہ اس تحریر میں مزید بہتری کی گنجائش ہے اور پھر فائل بند کرکے واپس میز پر رکھ دی اور کمپیوٹر کو ٹرن ان کرکے میل چیک کرنے لگا۔

چوبیسواں باب

وقت : دو بجے رات
تاریخ : ۲۲ نومبر، ۲۰۱۵ء
مقام : شاہ فیصل کالونی، پاکستان

''سخت ذہنی صدمہ ہے ۔۔۔میں نے دوائیں دے دی ہیں انشاءاللہ آرام آجائے گا۔'' ڈاکٹر صاحب نے عثمان کو چیک کرکے بختاور سے کہا۔

''ڈاکٹر صاحب آپ سے ایک بات پوچھلوں ۔۔۔؟'' بختاور نے ڈاکٹر صاحب سے اسی طرح ڈرتے ہوئے کہا جیسے پرائمری اسکول کے بچے اپنے کلاس ٹیچر سے ڈرتے ہوئے بات کرتے ہیں۔

''جی جی فرمایئے ۔۔۔؟'' ڈاکٹر صاحب نے جواب میں اتنی ہی ملامت سے کہا۔

''ڈاکٹر صاحب میرا بچہ پہلے بالکل ٹھیک تھا مگر پھر اچانک اس پر یہ دورے پڑنے لگے ۔ پہلے وہ صرف الٹیاں کرتا تھا اب تو اسے چیزیں بھی نظر آتی ہیں کبھی کبھار تو اسے آوازیں بھی سنائی دیتی ہیں ۔۔۔ ڈاکٹر صاحب آج ٹوٹی وی دیکھتے وقت اسے اتنے جھٹکے آئے اور پھر ایک دم سے سانس بھی چڑھ گیا، ایسے لگ رہا تھا جیسے کوئی اس کا دم گھونٹ رہا ہے۔ ڈاکٹر صاحب کہیں اس پر کوئی جن بھوت کا سایہ تو نہیں ہو گیا ہے؟ ۔۔۔ ہمارے دور کے رشتہ دار کے بچے کے ساتھ بھی ایسا ہی ہوا تھا پھر بڑی مشکل سے جھاڑ پوچھ کر جن نکلا اور یوں اُسے آرام آیا ۔۔۔'' بختاور نے مننماتے ہوئے ڈاکٹر صاحب سے کہا تو ڈاکٹر صاحب نے منہ بنا کر کہا،''دیکھیں بی بی ۔۔۔آپ کے بچے کو یہ پینک اٹیک (Panic attack) ہو رہے ہیں ۔ شدید ہسٹریائی

دوروں میں بعض اوقات سائیکوسس کی علامتیں بھی پیدا ہو جاتی ہیں ۔آپ کے بچے کو ہیلوسینیشنز (Hallucinations) ہو رہی ہیں اور ایسا ان کیسز میں اکثر ہو جاتا ہے ۔ایسی صورت حال میں حقیقت میں ارد گرد وہ ہوتا نہیں ہے جو نظر آ رہا ہوتا ہے ۔مریض کو یوں محسوس ہوتا ہے جیسے سچ مچ اُس کے ارد گرد کوئی دوسری ہی دنیا ہے ،ایسے میں اُسے چیزیں بھی دکھائی دیتی ہیں اور آوازیں بھی سنائی دیتی ہیں ۔یہ سب دماغ کے کیمیائی مادوں کے اچانک یا آہستہ آہستہ بگڑنے یا توازن خراب ہونے سے ہوتا ہے ۔یہ سب دواؤں سے ٹھیک ضرور ہو جاتا ہے مگر یہ گارنٹی نہیں ہوتی کہ یہ علامتیں دوبارہ پیدا نہیں ہونگی۔اس میں سب سے اہم بات یہی ہے کہ ایسی باتوں اور مناظر سے دور رہا جائے جو ہسٹریائی اٹیک پیدا کرتے ہیں ۔ویسے کیا میں آپ سے ایک بات پوچھ سکتا ہوں؟''

''جی ڈاکٹر صاحب ۔۔۔''بختاور نے تشویش سے کہا۔

''کیا آپ کے خاندان میں کسی اور کو بھی کبھی اس طرح کے اٹیک پڑتے ہیں خصوصاً قریبی رشتے داروں میں؟''

بختاور یہ سن کر سوچ میں پڑ گئی ۔اُسے پتہ تھا کہ اُس کے خاندان میں تو ایسا کوئی بھی نہیں تھا مگر ادریس کے خاندان کا اُسے علم نہیں تھا،اُس نے کہنا شروع کیا،''جہاں تک مجھے یاد پڑتا ہے ایسا تو کوئی بھی نہیں تھا مگر پھر بھی میں اپنے میاں سے ذکر کروںگی۔۔۔اچھا اگر ایسا کوئی ہوا تو کیا عثمان کا پورا علاج ہو سکتا ہے۔۔۔؟ مطلب یہ کہ اسے پھر سے ایسے دورے نہ پڑیں اور یہ پھر سے پہلے ہی جیسا ہو جائے ۔''بختاور نے جلدی جلدی سے کہا۔

''دیکھیں بعض خاندانوں میں کبھی کبھار نفسیاتی امراض ہوتے ہیں جو ایسی صورت میں اُس خاندان کے اور افراد میں صدموں کی صورت میں زیادہ دکھائی دیتے ہیں مگر آپ دواؤں کا استعمال وقت پر کیجیے اور ایک ہفتے کے بعد دوبارہ بچے کو چیک کروا لیجیے ۔''ڈاکٹر نے جونہی آخری جملہ کہا ٹھیک اسی وقت پردہ ہٹا کر اچانک ادریس کلینک میں داخل ہوا اور گھبراتے ہوئے بختاور سے کہا،''بختاور سب ٹھیک تو ہے۔۔۔؟ عثمان کیسا ہے؟''ادریس نے اندر آ کر بیڈ پر لیٹے ہوئے عثمان کے ماتھے پر ہاتھ رکھا جو اس وقت دواؤں کے اثر سے ایک گہری نیند میں تھا۔ڈاکٹر نے مڑ کر ادریس کی طرف ایک اچٹتی ہوئی نظر ڈالی اور پھر جلدی سے کمرے سے نکل گیا شائد

اُس کو بھی اور مریضوں کو دیکھنے کی جلدی تھی اور وہ بختاور سے کہے گئے تمام جملوں کو دوبارہ ادریس کے سامنے دہرا کر اپنا وقت ضائع نہیں کرنا چاہتا تھا۔

'' خیر تو ہے؟ کیا ہوا تھا؟ اور یہ ڈاکٹر کیا کہہ رہا تھا؟''

بختاور نے ادریس کو دیکھ کر کہا،'' خدا کا شکر ہے ٹھیک ہے۔۔۔بس ایک دم سے وہی دورے پڑ گئے تھے۔اس بار سانس بھی ایسے اُکھڑ کر آ رہا تھا، میں تو ایک دم ڈر گئی تھی، اس لیے بھاگم بھاگ صلاح الدین بھائی کے یہاں پہنچی وہ تو اللہ کا شکر ہے گھر پر ہی تھے اور مجھے فوراً اِدھر بڑے ہسپتال ہی لے آئے۔۔۔ نیچے ایمرجنسی والے ڈاکٹر صاحب نے مجھے کہا کہ یہ نفسیاتی دوروں کا کیس ہے اس کے لیے اسپیشلسٹ ڈاکٹر جو ماہر نفسیات ہوتے ہیں انہیں دکھانا ہوگا ۔۔۔اتفاق سے یہ والے ماہر نفسیات ہسپتال آئے ہوئے تھے۔ایمرجنسی والے ڈاکٹر صاحب کہہ رہے تھے کہ آج کل ایسے کیس ہسپتال میں بہت آ رہے ہیں خصوصاً بچوں اور بڑوں میں نفسیاتی دورے بڑھ گئے ہیں اس لیے ماہر نفسیات اکثر و بیشتر ہسپتال میں ہی ہوتے ہیں۔۔۔''

ادریس نے بختاور کی لن ترانیوں سے تنگ آ کر کہا،''اچھا اچھا۔۔۔چھوڑ اِس ساری رام کہانی کو، یہ بتا و ڈاکٹر اپنے عثمان کے بارے میں کیا کہہ رہا تھا؟ ٹھیک تو ہو جائے گا نا یہ۔۔۔؟''بختاور نے پھر سے بات کاٹ کر کہا۔

''وہ بس دوا تو دے دی ہے تب سے سو رہا ہے۔دورے تو ختم ہو گئے بس کچھ کچھ بڑبڑا رہا تھا نیند میں، مگر ابھی تو گہری نیند میں چلا گیا ہے۔۔۔''

''ڈاکٹر صاحب نے ایڈمٹ تو نہیں کیا نا۔۔۔؟''ادریس نے پوچھا۔

''نہیں نہیں ۔۔۔انہوں نے کہا ہے گھر لے جاؤ اور ایک ہفتے بعد لاؤ۔۔۔دوبارہ چیک کروانے کے لیے۔''

یہ سن کر ادریس نے بڑھ کر عثمان کو گود میں اُٹھا لیا اور کلینک سے باہر نکل گیا۔ باہر سڑک پر ادریس کے پڑوسی صلاح الدین صاحب ابھی تک ہسپتال کے باہر اپنی کار میں بیٹھے اونگھ رہے تھے۔انہوں نے جونہی ادریس اور بختاور کو ہسپتال سے باہر آتے دیکھا تو گہرا سانس لیا اور فوراً گاڑی سے نکل کر پیچھے کے دروازے کھولنے لگے تاکہ عثمان کو گاڑی میں بٹھانے میں ادریس کی مدد کر سکیں۔

''خیر ہے ادریس بھائی اب عثمان کیسا ہے۔۔۔؟'' انہوں نے ادریس کو دیکھ کر کہا تو جواب میں ادریس نے کہا، ''بس صلاح الدین بھائی یہ ڈاکٹروں کی باتیں اپنے تو سمجھ میں نہیں آتیں ہیں ۔ کبھی سالے کہتے ہیں کہ دوا دے دو، پورا علاج ہو جائے گا، کبھی کہتے ہیں دوبارہ آ جاؤ چیک کراؤ، بس یہ یوں ہی معاملہ چلتا رہے گا۔۔۔ مجھ تو لگتا ہے یہ سارا چکر پیسے کھینچنے کا زیادہ ہے ۔ ابھی دیکھیے نہ ایمر جنسی ڈاکٹر کی فیس ایک ہزار روپے اور ماہر نفسیات نے دیکھنے کے تین ہزار لیے اور دوائیں دو ہزار کی اور پھر دو ہفتے بعد دوبارہ آؤ، مگر مرض کے علاج کی کوئی گارنٹی نہیں ہے ۔''

صلاح الدین اس دوران گاڑی چلاتے رہے اور عثمان کی صحت سے زیادہ یہ سوچتے رہے کہ ادریس اتنا مہنگا علاج کیسے برداشت کر رہا ہے؟ ادریس کا منہ ڈاکٹروں کی لوٹ مار پر چلتا رہا اور بختاور کی انگلیاں عثمان کے بالوں میں رینگتی رہیں ۔ ادریس کو یقین ہو چلا تھا کہ یہ معاملہ ڈاکٹروں واکٹروں کے بس کا نہیں ہے انہوں نے تو نیند اور بے ہوشی کے انجکشن لگا کر ہر بار یونہی اپنے پیسے کھرے کرنے ہیں ۔

گھر پہنچ کر ادریس نے عثمان کو بستر پر لٹایا ہی تھا کہ اُس کا سیل فون بجنے لگا۔ دوسری طرف مولوی سلیم اللہ تھے جو اُس سے کہہ رہے تھے کہ مولوی سراج الحق اسے اسی وقت یاد کر رہے ہیں اور بھی چند لوگ ہیں جو اُن کے یہاں موجود ہیں اس لیے فوراً پہنچنے کا حکم ہے۔ فون بند کر کے اُس نے بختاور سے کہا، ''مجھے ابھی مولوی سراج الحق صاحب نے یاد فرمایا ہے مجھے جانا ہے۔'' اور پھر ایک نظر عثمان کی طرف ڈال کر کہا، ''وہ جو تو ابھی کہہ رہی تھی نا کہ اِسے کچھ آوازیں کان میں سنائی دے رہی تھی اور شکلیں بھی نظر آ رہی تھی، میرا بھی یہی خیال ہے کہ یہ کچھ جن بھوت کا چکر ہے ۔ میں مولوی سراج الحق صاحب سے مشورہ کروں گا ویسے تو وہ خود ہی پہنچے ہوئے عالم ہیں، ہو سکتا ہے کچھ پڑھنے اور اِس پر پھونکنے کے لیے بتا دیں، قران مجید میں ویسے بھی ہر مرض کا علاج ہے، یہ بھوت پریت میرے بچے کا کیا بگاڑ لیں گے ۔۔'' ادریس نے اعتماد سے عثمان کے سر پر ہاتھ پھیرا اور بختاور سے پھر کہا، ''اچھا میں نکلتا ہوں ابھی، مجھے آنے میں شائد دیر ہو جائے ۔''

بختاور نے کہا، ''ٹھیک ہے پر تو کچھ کھانا تو کھا لے۔۔''

''نہیں میں راستے میں سلیم بھائی کے ساتھ کچھ لے لوں گا۔۔ ابھی تو عثمان کا دھیان

کر۔،، بختاور جب دروازے کا قفل چڑھانے لگی تو اچانک ادریس پلٹا اور آہستہ سے بختاور سے کھسر پھسر کی، ،، سُن اس سارے چکر میں ایک اچھی خبر تو رہ ہی گئی۔ مولوی سلیم اللہ نے کہا ہے کہ وہ مجھے سستے داموں میں ایک پلاٹ دلا دینگے اورنگی ٹاون کے علاقے میں، وہاں پر جو مسجد دینیات ہے نا بس سمجھ لے اسی مسجد کی ایک برانچ ہے، ہاں اس کے ساتھ میں ہی کوئی پلاٹ خالی ہے دوسو گز کا ۔ وہاں انہیں اپنے لوگ مسجد کے آس پاس رکھنے ہیں تا کہ مدرسے اور مسجد کے اطراف محلے میں کوئی شیطانی چکر نہ چل رہے ہو، اُن پر نظر رکھنی ہوگی اور سارا انتظام دیکھنا ہوگا۔ میں نے تو فوراً ہی حامی بھر لی سمجھ لے بس تقریباً مفت میں ہی پلاٹ مل جائے گا، بعد میں ہم اُسے تعمیر کروالیں گے۔،،

،، بختاور نے خوش ہو کر کہا، ،، یہ تو بڑی اچھی بات ہے، یہ ساری اُس کی برکت ہے ۔،، اور پھر فوراً اپنے دونوں ہاتھ پھیلا کر دعا کی اور کہا، ،، سچ کہا ہے کسی نے اُس کے یہاں دیر ہے اندھیر نہیں ۔،،

ادریس کے جانے کے بعد بختاور نے دروازہ بند کیا اور دالان میں اپنے خیالات میں کھوئی کھوئی واپس کمرے میں آ گئی ۔ وہ اس بات سے مسرور تھی کہ کچھ ہی ہفتوں میں اس کے زندگی کے دن کتنے بدل گئے ہیں ۔ وہ تو سوچ بھی نہیں سکتی تھی کہ یہی وہ ادریس ہے جسے سوائے آوارگی کرنے اور دوسروں کے بے جا معاملات میں ٹانگیں اڑانے اور دادا گری کے سوا کوئی کام نہیں کرتا تھا۔ اچانک اس قدر بدل جائے گا ۔ ابھی کچھ ہفتے پہلے یہی ادریس تھا جو مہینوں کچھ نہیں کماتا تھا، بہت ہو جائے تو محلے کے گھروں میں کسی کے یہاں چونا کر کے ، نلکے اور بجلی کے چھوٹے موٹے کام کر کے چند ہزار بڑی مشکل سے لا پاتا تھا۔ گھر کا کرایہ، بجلی پانی کا بل، روز کا راشن ہر شے کس قدر مشکل ہو گئی تھی ، جب دیکھو گھر میں چک چک، جب دیکھو سر میں درد، لڑائی جھگڑے ، چیخ و پکار اور اب دو تین ہفتے میں ہی گھر میں اے سی بھی لگ گیا ہے، ٹی وی فرج بھی ادر تو اور اب ادریس گاڑی بھی خریدنے والا ہے ۔ آج اُس نے پلاٹ کی بھی بات کر لی ہے اللہ نے چاہا تو اب ہمارا اپنا گھر بھی ہو جائے گا اور اِس کرائے کے گھر سے بھی جان چھوٹ جائے گی ۔ کیا پتہ وہ علاقہ بھی اس علاقے سے اچھا ہو۔ اللہ تیرا لا کھ لا کھ شکر، میر اعثمان بس جلدی سے ٹھیک ہو جائے یا اللہ، جس طرح تو نے ادریس کے دل میں نیکی ڈالی ہے اسے سیدھے راستے پر

لے آیا ہے۔اب تو ادریس نماز بھی پابندی سے پڑھتا ہے۔اسی لیے اتنی برکت ہورہی ہے ۔
ٹھیک ہی تو ہے جو میں کہتی ہوں اُس کے یہاں دیر ہے اندھیر نہیں ۔کمرے میں داخل ہوکر اُس
نے بنا سوچے سمجھے پہلے تو ٹی وی آن کر دیا پھر پلٹ کر جونہی اُس کی نظر سوتے ہوئے عثمان پر
پڑی اُسے اچانک سب کچھ یاد آگیا اور اُس نے فوراً ٹی وی کا سوئچ آف کر دیا۔

پچیس واں باب

وقت : شام سات بجے
تاریخ : ۲۷ نومبر، ۲۰۱۵ء
مقام : مسی ساگا۔ کینیڈا

دلیپ کی ثانیہ کے والدین سے ملاقات نے اُس کے لیے سوچ کا ایک نیا جہاں کھول دیا تھا۔ اُس نے اس سے قبل اس بات پر کبھی غور نہیں کیا تھا کہ ایسی سچویشن میں وہ کیا کرے گا۔ تنہائی میں اُس نے کئی بار خود سے سوال کیا کہ کیا وہ ثانیہ کے خاطر مسلمان ہوسکتا ہے؟ ٹھیک ہے ثانیہ اُسے بہت اچھی لگتی تھی، اگر وہ اُس کی زندگی سے چلی جائے تو کیا ہوجائے گا؟ ہوسکتا ہے پھر اُس کی زندگی میں بے جی کی پسند کی کوئی لڑکی آجائے۔ ایسی لڑکی جو سکھ ہوگی اور جو اس کی طرح پنجابی بھی اور جس سے اُس کے سارے خاندان والے بہت خوش ہونگے کیونکہ وہ پوری کی پوری اُن جیسی ہی ہوگی۔ یہ بھی تو ہوسکتا ہے کہ اُس کی شادی یہی کینیڈا میں کسی پنجابی سکھ ڈاکٹر لڑکی سے ہو جائے جو اسکی طرح بعد میں خوب سارا پیسے بھی کمائے اور وہ اور بھی امیر ہو جائے۔ یہ بھی تو ہوسکتا ہے وہ کسی بہت بڑے گھرانے میں شادی کر لے، شائد پنجاب کے کسی بیوروکریٹ یا منسٹر کی بیٹی سے جو خود بھی خوب پیسہ اور ایک اسٹیٹس بھی لے کر اُس کی زندگی میں آئے۔ اور پھر یہ بات بھی تو ہے کہ آخر کو وہ مستقبل کا ایک کارڈیالوجسٹ ہے تو ایسا لڑکا تو اپنے انڈیا میں یوں بھی بہت مہنگا ملتا ہے اور ایک بار بے جی بتا بھی رہی تھیں کہ یہاں لڑکی والوں کو انڈیا کا ڈاکٹر پچاس لاکھ کا اور امریکا کینیڈا کا کروڑ، ڈیڑھ کروڑ میں ملتا ہے۔ وہ کتنی خوش ہو رہی تھی جب میرا کینیڈا میں ڈاکٹری میں داخلہ ہوگیا تھا تو وہ منہ بھر بھر کر سب سے کہہ رہی تھیں دلیپ تو نے تو

ہمارے دن ہی پھیر دیے، دیو جی کی کرپا سے بھگوان نے کتنا سونھڑا بیٹا دیا ہے ہمیں ۔ یہ بھی تو ہو سکتا ہے کہ میں کچھ دنوں بعد سونیا کو بھول بھی جاؤں ویسے بھی جب میں مصروف ہو جاؤں گا کام میں اور میرے بچے وغیرہ ہو جاؤں گے تو کون کسی کو یاد آتا ہے؟ ۔ سب کی زندگی پھر ایک جیسی ہی ہو جاتی ہے وہی صبح وہی شام وہی دن وہی رات ۔ رات کا اسے خیال آیا تو نا جانے کیوں اُس کو لگا جیسے اُس کے دل میں ایک ہلکی سی خراش اُتر آئی ۔ اسے لگا ایک پھانس کہیں دل کے کسی کونے سے نکلی اور حلق میں پھنس گئی ۔ رات میں تو صرف میں ہونگا ، صرف میں کیونکہ دن تو سارا ہسپتال میں ہی گزر جائے گا مریضوں کے ساتھ ، ہسپتال کے لوگوں کے ساتھ جن کے ساتھ میرا تعلق سوائے کام کے کچھ نہیں ہوگا جو مجھ سے ایسے ہی ملیں گے جیسے سب ڈاکٹروں سے ملتے ہیں ۔ شام میں میں اپنے بچوں کے ساتھ رہونگا جو ٹھیک ہے ثانیہ سے نہیں ہونگے مگر میرے ہونگے اس لیے میں اُن سے خوب پیار کرونگا اُن کا خیال کرونگا ، ان کی پرورش کرونگا ان کی ساری ذمہ داریاں نبھاؤ نگا ۔ دن میں دو بار روٹی کھاؤ نگا کبھی ہسپتال میں تو کبھی گھر پر ، جب جب بینک جاؤ نگا تو اپنے نوٹوں کے نمبر دیکھ کر خوش ہونگا اور پھر ہو سکتا ہے اُسے اپنے بچوں اور بیوی کے اکاؤنٹ میں ڈال کر کہیں انوسٹ (invest) بھی کر دونگا اُن کے مستقبل کے خاطر ۔ دن میں کبھی کسی محفل میں کچھ دوستوں سے بھی ملونگا ، اُن سے بہت ساری باتیں کرونگا اور پھر اِن باتوں کو ملاقات کے بعد بھول بھی جاؤ نگا ۔ مگر رات ۔ ۔ رات میں کیا ہوگا ؟ رات میں تو میں ہی ہونگا ۔ صرف میں اپنے ساتھ ، اکیلا ، تنہا ۔ میرے ساتھ ثانیہ تو نہیں ہوگی جس سے میں یوں کھل کر دل کی ہر بات کہہ دیتا ہوں ، بنا سوچے سمجھے ، ہو سکتا ہے دنیا کی حسین ترین ، پڑھی لکھی ، امیر ترین لڑکی اُس وقت میرے ساتھ ہو ، مگر کیا وہ ثانیہ کی طرح ہوگی ؟ میری ثانیہ کی طرح ؟ دن بھر میں لوگوں کے دلوں کو میکانی طریقوں سے جوڑتا رہونگا اور رات میں اپنے دل کو ۔ ۔ کیا جوڑ پاؤ نگا ؟ اگر نہیں جوڑ پایا تو ؟ میں کس کے ساتھ رہنا چاہتا ہوں ؟ دل کے ساتھ یا دھڑکن کے ؟ میں تکلیف کے ساتھ رہنا چاہتا ہوں یا درد کے ، میں خود کے ساتھ رہنا چاہتا ہوں یا اوروں کے ؟ میں ساری دنیا کے ساتھ جھوٹ بول سکتا ہوں مگر کیا خود کے ساتھ ؟ ہو سکتا ہے میں ثانیہ کے بنا اپنی زندگی کی ساری راتیں جاگتے ہوئے گزار دوں اور اپنی زندگی کے سارے دن ، ان خوابوں کو پورا کرنے میں جن میں شائد ایک خواب بھی میرا نہیں ہوگا ۔ نیند میں مجھے ویسے بھی مجھ کو نیسے خواب آنے

والے ہیں؟ میرے تو سارے ہی خواب جاگ کر دیکھنے کے تھے۔ نہیں یہ تو بہت مشکل ہے میں شائد ہی ثانیہ کے علاوہ کسی اور کے ساتھ زندگی گزار پاؤنگا۔ تو کیا میں ثانیہ کے خاطر مسلمان ہو جاؤں؟ تو اُس سے کیا ہوگا؟ کیا اپنی محبت کے خاطر میں اپنا خاندانی مذہب چھوڑ دوں؟ ابا جی کہہ رہے تھے دیوگرو نانک جی تو خود فرماتے ہیں ہندو مسلمان سکھ عیسائی بننے سے پہلے ہمیں انسان بننا چاہیے اور جس نے محبت پائی اُس نے گویا اپنے رب کو پالیا تو میرا خیال ہے مجھے پہلے انسان بننا چاہیے بعد میں سکھ یا مسلمان۔ اگر میں سکھ رہ کر کسی سے محبت کیے بغیر اُس کے ساتھ زندگی گزاروں اور صبح شام اُس سے جھوٹ بولتا رہوں کہ مجھے اُس سے سچی محبت ہے تو کیا میرا بھگوان خوش ہوگا؟ میرا بھگوان جانتا ہے کہ میں سچے دل سے ثانیہ سے محبت کرتا ہوں اور اس محبت سے میں اسے پالونگا تو وہ مجھ سے پھر بھی کیا دکھی ہوگا؟ نہیں میرا خیال ہے بھگوان یا رب اگر کوئی واقعی ہے تو وہ صرف اور صرف محبت اور انسانیت ہے باقی سب رسوم و رواج انسانوں کے بنائے ہوئے ہیں۔۔ سب مصنوعی ہیں۔ سکھ ہونا یا مسلمان ہونا بالکل اہم نہیں ہے اہم بات تو یہ ہے کہ ہم کتنے انسان ہیں؟ یہ سکھ، مسلمان، ہندو، عیسائی، یہودی یہ سب انسانوں کی بنائی ہوئی تقسیم ہیں جو نفرتیں پیدا کرتی ہیں اس لیے یہ اصل بھگوان نہیں ہے یہ اصل اللہ بھی نہیں ہے اور نہ ہی یہ کوئی گاڈ وغیرہ ہے۔۔ یہ سب بس لفظ ہیں اگر اس میں محبت نہیں ہے، انسانیت نہیں ہے۔ اور جو لوگ اس تقسیم کے پیچھے بھاگ رہے ہیں انہیں تو مذہب یا بھگوان یا اللہ سمجھ میں ہی نہیں آیا ہے۔ بے چارے نادان لوگ ہیں جو مذہب کی مصنوعی تقسیم کا شکار ہو گئے ہیں۔ یہ سب مذہب کی سیاسی اور سماجی تقسیم ہے اور کچھ نہیں۔ میرا رب میری محبت کا سچا احساس ہے اور میری انسانیت کی خدمت ہے۔ میرا دن میرے مریضوں کے دکھوں کا علاج اور میری رات میری سچی محبت کے ساتھ میرا ساتھ ہے۔۔ اس سے زیادہ مجھے اس زندگی میں کچھ چاہیے؟ دلیپ یونہی خیالات کے تناؤں میں الجھا اگلے چند دنوں تک پھنسا رہا اور چپ چاپ خود سے باتیں کرتا رہا۔ ثانیہ نے بھی نوٹ کیا تھا کہ جب سے ممی پا دلیپ سے مل کر گئے ہیں وہ خاصا چپ چاپ ہے اور خود میں مگن ہے مگر شائد وہ خود بھی یہی چاہتی تھی کہ دلیپ کو کچھ وقت ملے اور وہ کسی حتمی نتیجے پر پہنچ سکے۔

ایک شام جب دلیپ بالکنی میں خاموش کھڑا ہوا ایسی ہی کسی سوچ میں کھویا ہوا تھا تو

ثانیہ چپکے سے آ کر اُس کے برابر میں کھڑی ہو گئی اور آہستہ سے اُس کا ہاتھ پکڑ لیا اور کہا، ''دلیپ میں احمدی مسلمان ہوں اور تم پنجابی سکھ۔۔۔ کیا یہ تفریق محبت کی جمع سے زیادہ طاقتور ہے؟''

دلیپ نے اپنی انگلی اُس کے ہونٹوں پر رکھ دی اور آہستہ سے کہا، ''نہیں اسی لیے میں مسلمان ہونے کو تیار ہوں۔''

ثانیہ نے یہ سُنا تو اُس کی آنکھیں یکا یک بھر آئی، اس نے دلیپ کی انگلی اپنے ہونٹوں سے ہٹائی اور بڑھ کر اُس کے لبوں کو چوم لیا اور پھر اُس سے لپٹ گئی۔ کچھ لمحوں تک وہ یونہی بالکنی میں کھڑے ایک دوسرے سے پیار کرتے رہے۔ ثانیہ نے محسوس کیا جیسے دلیپ بھی اُس کے ساتھ ساتھ رو رہا ہے۔ کچھ دیر کے بعد ثانیہ نے دلیپ سے کہا، ''چلو اندر چلتے ہیں میں نے تمھارے لیے چائے بنائی ہے۔''

چھبیسواں باب

وقت: ساڑھے سات بجے صبح
تاریخ: ۲۷ نومبر، ۲۰۱۵ء
مقام: کابل افغانستان

کابل ائیر پورٹ پر واحدی کو چھوڑنے ناظری کے علاوہ وہ یونیورسٹی کے وائس چانسلر اور کچھ اور پروفیسرز بھی آئے ہوئے تھے۔ واحدی نے ناظر عزیزی کو محبت سے دیکھتے ہوئے کہا، ''تم اگر ساتھ ہوتے تو زیادہ اچھا وقت گزرتا۔''

ناظر عزیزی نے مسکرا کر جواب دیا، ''اگلی بار انشاء اللہ۔۔۔اچھا یہ بتاؤ کہ ایر لائن کا کیا حال احوال ہے؟ کونسی ہے۔۔۔اور کب تک پہنچ جاؤ گے۔''

''یار ترکش ایر لائن ہے، چھ گھنٹے میں استنبول پہنچائے گی۔'' واحدی نے اپنا سیدھا ہاتھ ناظر عزیزی کے کندھے پر رکھا اور اُسے بتانے لگا، ''پھر شائد تین چار گھنٹے وہاں جہاز رکے گا، اُس کے بعد کم وبیش دس گھنٹے میں وہی فلائٹ جے ایف کے نیویارک پہنچا دے گی۔۔۔ نیویارک میں مجھے ایک رات ہوٹل میں ٹھیرنا ہے اور پھر اگلے دن ایک گھنٹے کی فلائٹ ہے واشنگٹن کے لیے، جہاں سے مجھے کوئی صاحب ہوٹل تک پہنچا دینگے۔ وہاں چار دن رہونگا پھر آگے کا پلان دیکھیں گے کیا بنتا ہے۔۔۔''

''ہیو اے سیو ٹرپ (Have a save trip)۔۔۔'' کہتے ہوئے، ناظر عزیزی نے اُسے گلے لگایا اور کہا، ''یار فون کرتے رہنا تا کہ میں تمہیں یہاں کے حالات کے بارے میں اپ ڈیٹ (update) کرتا رہوں۔''

'' ضرور۔۔۔'' واحدی نے ہاتھ بلند کرتے ہوئے دوستوں کو الوداع کہا اور بورڈنگ ڈیسک کی طرف آ گیا۔

کچھ ہی دیر بعد واحدی جہاز میں بیٹھا ہوا اپنے کچھ پرانے آرٹیکلز کی ورق گردانی کر رہا تھا۔ اچانک اُسے یونیورسٹی اف کیلیفورنیا میں دینے والے لیکچر 'افغانستان اینڈ گلوبل ورلڈ' کا خیال آیا تو یہ سوچ کر اُس کے چہرے پر ایک ہلکی سی طنزیہ مسکراہٹ بھی آ گئی 'مارکیٹ اکانومی کے اس نئے بازار میں تباہ حال ترقی پزیر ملکوں کے کھوٹے کھرے کہاں رکھے جائیں تا کہ بازار میں انہیں بھی کچھ اپنے مال کو بیچنے کا موقع مل سکے؟' واحدی نے سوچا 'کیوں نہ اس فارغ وقت کو غنیمت جان کر جو جو خیالات کی یلغار چل رہی ہے اس کو لکھ لیا جائے تا کہ واشنگٹن پہنچ کر اُسے بھی اپنے آرٹیکل میں شامل کیا جا سکے اور پھر واحدی کا قلم کسی کشتی کے چپو کے مانند کاغذ کی جھیل میں راستہ بنانے لگا،' پچھلی چار دہائیوں سے افغانستان سرمایہ دارانہ و غیر سرمایہ دارانہ قوتوں سے مسلسل نبرد ازما ہے جس کے نتیجے میں سیاسی و اقتصادی اعتبار سے افغانستان تباہ و برباد ہو چکا ہے۔ سرمایہ دارانہ قوتوں نے غیر سرمایہ دارانہ قوتوں کو شکست دینے کے خاطر غیر مذہبی مملکت چین اور مذہبی سلطنت سعودی عرب کے ذریعے جہادی کلچر ایک کلائنٹ اسٹیٹ پاکستان کی مدد سے افغانستان میں امپلانٹ کیا اور جب کھیت پر فصل پوری طرح پک گئی تو کاٹ کر ضائع کرنے کے لیے ستمبر گیارہ کے واقعے کے بعد ایک مخالف جہادی کلچر پھر سے ری امپلانٹ کر دیا گیا۔ صدیوں پرانے بوسیدہ قومیت اور مذہب کے تصور کو دل سے لگائی ہوئی افغان قوم اگر اپنے سیاسی مفکرین کے بدولت جدید معاشرتی، معاشی اور مذہبی تصور سے واقف ہوتی تو شائد سرمایہ دارانہ اور غیر سرمایہ دارانہ قوتوں کی حریف یا مخالف ہو کر استعمال ہونے کے بجائے خود کو بچا لیتی اور آج اِس بُرے حال میں نہیں پہنچتی۔ مذہب اور نیشنل ازم کے روائتی تصور کے ساتھ ساتھ کلچر، سیاست اور اقتصادیات کے نا مسائد حالات بھی آج کے افغانستان کو گلوبل ورلڈ میں زندہ رکھنے کے لیے درپیش چیلنجز میں شامل ہیں۔ نیشنل ازم کے ساتھ ساتھ مذاہب بھی اکانومی دنیا (world economy) کی سیاسی مصنوعات میں ہمیشہ سے شامل رہے ہیں۔ کیا یورپ میں عیسائی اقوام نے کروڑوں یہودیوں کو زندہ نہیں بھون نہیں دیا تھا؟ یا پھر عیسائیوں نے کیا برسہا برس تک ایک دوسرے کا خون نہیں پیا تھا؟ اور آج مشرقی وسطیٰ میں کیا مسلمان ایک دوسرے کو ذبح کرنے اور

زندہ جلانے میں مصروف نہیں ہیں؟ اس جنگ و جدل میں اقتصادی حصول کے خاطر مذہب کی اخلاقیات کو بے دریغ استعمال کیا گیا کیونکہ مذہبی اخلاقی قدریں نہ صرف بے انتہا کم زور اور نحیف ثابت ہوئی ہیں بلکہ بہت ہی آسانی سے جوڑی توڑی جاسکتی ہے مگر گلوبلائزیشن کے دور میں ٹیکنالوجی کی دنیا میں مذہب کی تکثیری شکل یعنی انسانی آدرش، وقار اور آزادی کی تعلیم ضروری ہے۔ کیوں نہ مذاہب کی جامد عبارتوں کے بجائے اُن کے آزادانہ معنی کی تفسیر کی جائے تا کہ ساری دنیا میں ایک ہی مذہب رائج ہو جائے یعنی انسانیت، کیونکہ اب تک رائج مذاہب کی سیاسی و سماجی تفسیروں نے اُس میں سے روحانیت کو مکمل طور پر خارج کر دیا ہے اور انسانوں کو محبت سے نکال کر نفرت کی دنیا میں پھینک دیا ہے۔ ہمیں لوئی ٹالسٹائی، مارٹن لوتھر کنگ اور گاندھی جی کی طرح مذاہب سے تشدد اور شدت پسندی کو نکال کر نئے سرے سے مذہب کی شناخت کرنی چاہیے۔' یہ لکھ کر اُس نے ایک گہرا سانس لیا اور قلم روک کر مسکرا کر دل میں سوچا ' یہ سب لکھنا اور بولنا کس قدر آسان ہے مگر ایسی دنیا کا تصور بھی کرنا کس قدر مشکل ہے جو مذہب اور نیشنل ازم کے روایتی تصور سے صاف ہو۔ ہٹلر نے مذہبی جنونیت کو نیشنل ازم سے جوڑ کر کروڑوں انسانوں کے خون سے اپنے ہاتھ رنگ لیے تھے اور عربوں نے وہابیت کے تصور کے ذریعے عرب نیشنل ازم کو غریب اسلامی ملکوں میں پھیلا کر مذہبی نسل پرستی کا بازار گرم کر دیا ہے۔' پھر چند ہی لمحوں میں واحدی کا ذہن بیس سال پیچھے چلا گیا جب اُس کی نظر سے جیف میک ماہن کی کتاب دی مارلیٹی آف نیشنلازم (The Morality of Nationalism by Jeff McMahan) نظر سے گزری تھی۔ اُسے یاد تھا اس کتاب میں رابرٹ گوڈن کا آرٹیکل Why is Nationalism Sometimes so Nasty? بہت ہی پرلطف آرٹیکل تھا۔ اس آرٹیکل کا حوالہ اُس نے کئی بار اپنی کلاس میں طالبعلموں کو لیکچر کے دوران دیا تھا۔ وہ اس خشک موضوع کو زائقہ دار بنانے کے خاطر اکثر کہا کرتا تھا کہ شعوری اعتبار سے نیشنل ازم کا گوند دراصل نسل، جگہ، مذہب اور تاریخ کے صفحات کو کمیونٹی کے نام کے بند لفافے میں رکھ کر چپکانے کے لیے صدیوں سے استعمال ہو رہا ہے،' نیشنل ازم اور مذہب کے ان بے ترتیب خیالوں میں بہتے ہوئے واحدی کو پتہ ہی نہیں چلا کہ کب اُس کی آنکھ لگ گئی اور پھر جب اُس کی آنکھ کھلی تو جہاز استنبول سے صرف آدھے گھنٹے کے فاصلے پر ہی تھا۔ اُسے سوتا ہوا دیکھ کر ائر ہوسٹس نے اُسے جگانا مناسب نہیں سمجھا اور اس کے

برابر کے پسنجر کو چائے پیش کر دی ۔ واحدی نے ایک جمائی لی ، بکھرے ہوئے کاغذ سمیٹ کر اپنے چمڑے کے بیگ میں ڈالے اور پھر ائر ہوسٹس کو بلانے کے لیے بٹن دبایا ، وہ چائے کی طلب کو شدت سے محسوس کر رہا تھا۔

کچھ ہی دیر میں جہاز استنبول پر لینڈ کر چکا تھا اور وہ ائر پورٹ کی ایک بک شاپ پر کھڑا مختلف کتابوں کی ورق گردانی کر رہا تھا اچانک اُس کی نظر مائی اسٹوک انسائٹ (My stroke of Insight) پر پڑی جو کسی امریکین رائٹر جل بولٹے ٹیلر کی کتاب تھی ۔ کتاب کے پیچھے لکھے ہوئے تجزیے خاصا دلچسپ تھے ۔ رائٹر نے جو خود نیوروسائنس رسرچ کا بیک گراونڈ رکھتی تھی نے اپنے برین اسٹوک (Brain Stroke) کا تجزیہ کیا تھا جس کے دوران اُنہیں کچھ روحانی تجربات ہوئے تھے ۔ واحدی کے دل میں خیال آیا چلیں دیکھتے ہیں یہ سائنسی دماغ روحانیت کے بارے میں کیا توجہات پیش کرتے ہیں ۔ واحدی نے کتاب خرید کر اپنے بیگ میں ڈال لی تا کہ استنبول سے نیو یارک کا سفر کچھ یادگار بن سکے ۔

ستائیس واں باب

وقت: تین بجے رات
تاریخ: ۲۲ نومبر، ۲۰۱۵ء
مقام: ڈیفنس سوسائٹی کراچی پاکستان

مولوی سراج الحق کے یہاں ایک رونق لگی ہوئی تھی۔ مولوی سلیم اللہ اور انہیں ملا کر اس وقت دس لوگ جمع تھے۔ ہر ایک کا چہرہ خوشی سے دمک رہا تھا ہر ایک دوسرے کو کامیاب مشن پر مبارکباد دینے میں لگا ہوا تھا۔ مولوی سراج نے جونہی اُسے ڈرائنگ روم میں آتے ہوئے دیکھا تو زور سے کہا،''ماشاءاللہ۔۔۔ ہمارا ساتواں مردِ حق مردِ مجاہد بھی آ پہنچا۔'' اور بڑھ کر اُسے گلے سے لگالیا۔ ادریس ایک کے بعد ایک کمرے میں موجود ہر شخص سے گلے ملا اور پھر مولوی سلیم اللہ کے ساتھ ہی ایک طرف کارپٹ پر بیٹھ گیا۔

''میرے بھائیوں اطلاع کے مطابق اب تک ۱۵ کا فرجہنم واصل ہو چکے ہیں، ۸ کی حالت تشویش ناک ہے اور ۲۵ یا ۲۶ زخمی حالت میں ہیں۔ ہمارے سارے مسلمان بھائی حملے کے بعد باسلامت غازی بن کر لوٹے ہیں۔۔۔ بھئی واللہ اس کو کہتے ہیں پلاننگ اور دشمنوں کو چھٹی کا دودھ یاد دلا دینا۔۔۔ بخدا ہم خوش ہیں کہ اسلام کو ایسے جانباز مجاہد میسر ہیں اور بھئی اللہ تبارک تعالیٰ کا شکر ہے کہ برادر ادریس بھی اس نیک کام میں اب ہمارے ساتھ شریک ہیں۔ غازی محمد ادریس کا یہ دوسرا بڑا کارنامہ ہے، اللہ ان کی راہیں آسان کرے اور انہیں اس ہراول دستے میں یونہی حق و باطل کی جنگ میں حق پر رہنے کی توفیق عطا فرمائے۔ اچھا بھائیوں اب آپ لوگ کھانا تناول فرمالیں اور جیسے میں نے تاکید کی تھی کچھ دنوں کے لیے آپ سب پنجاب کے

مراکز چلے جائیں وہاں آپ لوگوں کے رہنے کھانے پینے کا سارا بندوبست کردیا گیا کیونکہ ابھی اس واقعہ پر کچھ دشمنانِ دین ضابطہ کی کاروائیاں کریں گے اور گرفتاریاں بھی عمل میں لائی جائیں گی مگر ہم نہیں چاہتے کہ ہمارے کامیاب ترین مشن پر ذرا بھی آنچ آئے اور ہمارے سپاہ پر اِن کافروں کے بدولت کوئی بھی زک پہنچے ویسے تو اس کے امکانات بہت ہی کم ہیں مگر پھر بھی احتیاط لازم ہے۔''

اس دوران مولوی سلیم اللہ نے ایک ایک لفافہ ہر ایک مجاہد کے حوالے کیا جس کی ساخت باہر سے نوٹوں کی گڈی سے مشابہہ تھی۔ مولوی سلیم اللہ نے کہا، ''اب تک کی خبر کے مطابق تین لاکھ ہیں ویسے ہوتے تو ۲۵ ہزار فی کافر کے لحاظ سے دو چھتر بنتے تھے مگر جس طرح سے اچھی خبریں آرہی ہیں اُس سے لگتا ہے آپ لوگوں کو ایک دو لاکھ اور اُوپر ہی مل جائیں گے۔ بس دعا کریں اُس کی رحمت میں دیر ہے اندھیر نہیں ۔۔۔'' یہ کہہ کر سلیم اللہ نے تمام حاظرین کو اندر بلالیا جہاں دسترخوان پر کئی طرح کے کھانے ، پھل اور مٹھائیاں چنی ہوئی تھیں۔ مولوی سلیم اللہ نے بڑھ کر مٹھائی کی تھالی اٹھائی اور تمام حاظرین سے کہا، ''پہلے منہ میٹھا کر لیجیے اس کامیابی پر اُس کے بعد کھانا ۔۔۔''

اُس پر مولوی سراج الحق نے زور سے ہنستے ہوئے کہا،''ہاں بھائی یہ اسپیشل دعوت ہے جس میں میٹھا پہلے کھارا بعد میں ۔''

یہ سُن کر کمرے میں موجود سب ایک ساتھ ہنسنے لگے۔ ادریس کا پیٹ تو اپنی جیب کے اس قدر بھر جانے کی وجہ سے پہلے ہی بھر چکا تھا۔ اُس نے آہستہ سے جیب کو تھپتھپایا اور مسکراتے ہوئے کہا، ''ہاں مولوی صاحب اب پیٹ بھی تھوڑا سا بھر لیتے ہیں ورنہ جیب ناراض ہو جائے گی۔''

اُس کے اس مذاق سے سب ہی لطف اندوز ہوئے اور زور زور سے ہنسنے لگے۔ کچھ ہی دیر میں اور باتیں شروع ہوگئی اور بات بے بات ہنسنے اور کھانے کے دوران چمچوں اور پلیٹوں کی آوازوں سے کمرہ گونجنے لگا۔

مولوی سراج الحق کے گھر سے نکلتے نکلتے صبح کے ساڑھے چار بج گئے تھے۔ دروازہ سے نکلتے ہوئے مولوی سلیم نے ادریس کو ایک طرف لیجا کر کہا، ''بھائی کچھ ہی دیر میں فجر کی نماز کا وقت ہونے والا ہے کیوں نہ پہلے مسجد ہی چلیں ۔''

ادریس نے راستے میں مولوی سلیم اللہ سے عثمان کی بیماری کا تذکرہ کیا جس پر وہ کہنے لگے، ''عجیب آدمی ہو یار۔۔۔ بچے کی طبیعت خراب ہے اور تم نے نہ تو مجھ سے اور نہ سراج الحق بھائی سے اس کا ذکر کیا۔۔۔سراج الحق بھائی تو بڑے عالم دین ہیں ابھی کہ ابھی آپ کو بتا دیتے کہ کن کن آیتوں کا دم کرنا ہے۔مگر خیر ہے۔۔۔پریشان مت ہو فجر پڑھ کر گھر چلتے ہیں اور میں ہی کچھ آیتوں کا بچے پر دم کر دیتا ہوں اگر طبیعت بہتر نہیں ہوئی تو کچھ اور بھی عامل ہیں میری جان پہچان میں ،اُن سے چل کر مل لیں گے۔ دیکھے بھائی قرآن مجید میں جنوں کا تذکرہ ہے مگر آیتیں بھی ہیں جن سے ان کا توڑ بھی ہو جاتا ہے۔اللہ تبارک تعالی نے خود فرمایا ہے کہ ہم نے بیماریاں پیدا کیں تو اُس کا علاج بھی دیا ہے۔ابھی چلیں، مسجد چلتے ہیں پھر وہاں سے آپ کے گھر چلیں گے ٹھیک ہے؟ فکر نہ کریں بھائی اللہ تبارک تعالی شفاء دینے والا ہے۔''

کچھ ہی دیر میں اُن کی گاڑی شاہراے فیصل سے شاہ فیصل کالونی میں داخل ہوئی۔ ابھی وہ ریلوے پھاٹک کے نیچے سے گزر رہے ہی تھے کہ اُن کے کانوں میں مساجد سے کھنکارنے کے بعد آزانوں کی آوازیں آنی شروع ہو گئی اور پھر دیکھتے ہی دیکھتے پورا شاہ فیصل کالونی آزانوں کی آوازوں سے گونجنے لگا۔سارا علاقہ سویا ہوا تھا سوائے چند ایک آوارہ کتے تھے جو سڑک کے کنارے کھڑے ٹھیلوں اور چھابڑی والوں کے پاس رات کے پڑے ہوئے چھچھڑوں کے لیے لڑ رہے تھے۔ مین بازار کی سڑک کے پاس اکا دکا چرسی ابھی بھی میلے کچیلے کمبلوں میں لیٹے ہوئے ٹوٹے ہوئے نشے کی بے چینی میں فٹ پاتھ پر کروٹیں لے رہے تھے۔اُس وقت سڑک پر سوائے ان کی گاڑی کے دور دور تک کوئی اور گاڑی نہیں تھی۔ پانچ نمبر چورنگی کا چکر کاٹ کر گاڑی جونہی مسجدِ دینیات والی روڈ کی طرف آئی تو ادریس کی بے ساختہ نظر اُس جگہ پر پڑی جہاں اُس نے چار ہفتے پہلے اُس مردود کرسچن کو آگ لگائی تھی جس نے پاک نبی کریم کی شان میں گستاخی کی تھی۔ادریس کی نظر دو کانوں پر سے ہوتی ہوئی ،فٹ پاتھ سے پھسلتی ہوئی اُس ٹوٹی ہوئی دیوار پر آ کر رُک گئی جہاں عثمان اُس مردود کے جلنے والے سین سے ڈر کر چھپ گیا تھا۔ابھی گاڑی مسجد والی سڑک پر آنے کے لیے نکڑ تک پہنچی ہی تھی کہ اندھیرے میں سے دو پولیس والے اچانک سڑک پر آ کر کھڑے ہو گئے اور ہاتھ لہرا کر گاڑی کو رکنے کا اشارہ کیا۔مولوی سلیم اللہ نے پولیس والوں کو دیکھ کر زیرِ لب لاحول پڑھا اور گاڑی بیچ سڑک پر روک دی۔ایک پولیس والے

نے گاڑی میں جھانک کر دیکھا تو مولوی سلیم اللہ کو فوراً ہی پہچان لیا اور اپنے ساتھی سے پلٹ کر کہا،''ارے یہ تو اپنے مولوی سلیم اللہ اور ادریس بھائی ہیں۔''

مولوی سلیم اللہ نے جونہی کانسٹبل رحیم داد کو دیکھا تو داڑھی پر ہاتھ پھیر کر کہا،''والیکم اسلام رحمتہ اللہ برکاتہ۔'' یہ سن کر رحیم داد ایک دم شرمندہ ہو گیا اور فوراً جواب میں کہا،''اسلام و علیکم مولوی صاحب کیسے ہیں آپ؟ بہت دنوں بعد دکھائی دیے خیریت تو ہے؟''

مولوی سلیم اللہ نے رحیم داد کی آنکھوں میں آنکھیں ڈال کر کہا،''ہاں بھائی بس اللہ کے نیک کاموں کے لیے نکلے ہوئے ہیں اب فجر پڑھنے کا ارادہ ہے آپ بھی چلو ادریس بھائی بھی ساتھ ہیں''

''ارے ادریس بھائی کیسے ہیں آپ۔'' رحیم داد نے مولوی سلیم اللہ کے بعد ادریس سے کہتے ہوئے ہاتھ ملایا۔

''بس رحیم داد بھائی میں ٹھیک ہوں آپ کہیے، گھر پر سب خیریت سے ہیں نا؟'' ادریس نے مسکرا کر کہا۔

''میری بیوی نے بتایا تھا کہ کل رات آپ کے بچے کی طبعیت کچھ خراب ہوگئی تھی وہ بھی اتفاق سے اسی ہسپتال میں تھی اُس کا اپنڈکس کا درد پھر اُٹھ گیا تھا ڈاکٹر کہہ رہا تھا سرجری کروانی پڑے گی۔۔۔'' رحیم داد نے ادریس سے یوں باتیں شروع کر دیں جیسے کسی پرانے دوست سے کافی دنوں بعد ملاقات ہوئی ہو۔

''اللہ صحت عطا فرمائے۔۔۔'' ادریس نے کہنا شروع ہی کی تھا کہ مولوی سلیم اللہ نے درمیان سے بات کاٹ کر کہا،''ادریس بھائی بھی اپنے بچے کی بیماری کی وجہ سے خاصے پریشان ہیں اور مجھ سے چاہ رہے ہیں کہ نماز فجر کے بعد گھر چل کر بچے پر آیت کریمہ کا دم کر دوں۔''

''ارے مولوی صاحب ہمیں بھی بتا دیجیے گا تا کہ ہماری بیگم بھی کچھ صحت یاب ہو جائے سال کے بارہ مہینے ہاتھ میں دوا کی بوتل رہتی ہے۔'' رحیم داد نے مولوی صاحب سے گزارش کی تو جواب میں مولوی سلیم اللہ نے جواب میں کہا،''ضرور ضرور، بھائی نماز پڑھا کرو اس سے گھر میں بڑی برکت ہوتی ہے۔''

''جی ضرور مولوی صاحب۔۔۔بس شروع کر دیں گے ہم ،ابھی تو بس جمعہ ہی پڑھتے

ہیں بلکہ وہ بھی کبھی کبھی چھوٹ جاتا ہے، کیا کریں ڈیوٹی ہی دن رات کی شفٹ میں چل رہی ہوتی ہے۔'' رحیم داد نے شرمندگی سے زمین میں گڑتے ہوئے کہا۔

''ارے بھائی نماز اللہ کی ڈیوٹی ہے جو تمھاری اس ڈیوٹی سے بہت بڑی ڈیوٹی ہے، سمجھ رہے ہونا۔۔۔'' مولوی سلیم اللہ نے سمجھ رہے ہونا کو با آواز بلند کہا اور دوبارہ سے داڑھی پر ہاتھ پھیر کر کہا، ''چلیں بھائی فجر نکل جائے گی اگر یونہی باتوں میں رہے تو۔''

رحیم داد نے بھی مولوی سلیم اللہ کی بات سن کر سکھ کا سانس لیا۔ اچھا بھائی اللہ حافظ یہ کہہ کر مولوی سلیم اللہ نے گاڑی آگے بڑھا دی۔ اُن کے جانے کے بعد رحیم داد نے مڑ کر اپنے ساتھ پولیس والے کی طرف دیکھ کر آنکھ دبائی اور مسکرا کر کہا، ''پہچانا تو نے؟ ابے مولوی سلیم اللہ ہے سپاہ والے بھائی۔۔۔ بہت اوپر تک پہنچ ہے اِن لوگوں کی، اور ایس بھی تو اب اِن ہی کے آدمی ہیں۔''

''چل بھئی چھوڑ اِنہیں۔۔۔ یہ بڑے لوگ ہیں، اپن اپنی چھوٹی مچھلیاں پکڑتے ہیں اُدھر چل واپس تھیلے کے پیچھے۔'' یہ کہہ کر رحیم داد کے ساتھی کانسٹبل نے رحیم داد کی بات کاٹی اور اُس کی بیٹی پکڑ کر اُسے کھینچتا ہوا دوسری طرف لے گیا۔ دونوں کے ہنسنے کی آوازیں، چھچھڑوں پر لڑنے والے کتوں کی آوازوں کے ساتھ مل کر اندھیرے میں گونجنے لگیں۔

اٹھائیس واں باب

وقت : شام ساڑھے سات بجے
تاریخ : ۲۷ نومبر ، ۲۰۱۵ء
مقام : مسی ساگا ۔ کینیڈا

ثانیہ چائے ہاتھوں میں لے کر دلیپ کے ساتھ لیونگ روم میں صوفے پر بیٹھ گئی ۔ دونوں آہستہ آہستہ چائے کے سِپ لیتے ہوئے دیوار پر ٹنگے ٹی وی کو دیکھتے رہے جس پر موسم کی خبریں چل رہی تھیں ۔ کچھ ہی دیر بعد دلیپ کا دوسرا ہاتھ صوفے پر آہستہ سے سرکا اور اُس نے پیار سے ثانیہ کا ایک ہاتھ تھام لیا اور دونوں یونہی ایک ہاتھ سے دھیمے دھیمے چائے کی چسکیاں لیتے رہے اور کھوئی ہوئی نظروں سے موسم کی خبروں کو دیکھتے رہے ۔ وہ دونوں اُس وقت اپنے اندر کے موسموں میں بھیگ رہے تھے ۔ اُن کے آنسو اگرچہ کے خشک ہو چکے تھے مگر دل ابھی تک نم تھے ۔ ایک خوشی اور غم کی ملی ہوئی کیفیت تھی جو نہ پورا غم تھا اور نہ ہی خوشی بس دل کی جگہ دھڑکن تھی اور جسم کی جگہ روح جو اُس دھڑکن کو محسوس کرکے جی رہیں تھیں ۔ ثانیہ دلیپ کے بالکنی میں کہے ہوئے جملے کی سرسراہٹ سے ابھی تک باہر نہیں آئی تھی ۔ دور کہیں آسمانوں کے پیچھے کہیں کسی انجان سے احساس کی بارش تھی جس کے قطرے قطرے میں الفت کے سمندر چھپے ہوئے تھے اور وہ اور دلیپ ایک دوسرے کے ہاتھ تھامے اُس میں کھڑے بھیگ رہے تھے ۔ اُس آبشار کے رنگوں میں سارے جہاں کے رنگ تھے جنہوں نے ایک دوسرے سے ملکر رنگوں کی تفریق ختم کردی تھی ۔ اُس آبشار کے موسموں میں سارے جہاں کے موسم تھے جنہوں نے آپس میں ملکر موسموں کے فرق مٹا دیے تھے ، اُس آبشار کی آوازوں میں سارے جہاں کی آوازیں تھیں

جنہوں نے آپس میں ملکر سرتال کے سارے تال آپس میں ملا دیے تھے۔ثانیہ اور دلیپ چپ چاپ ٹی وی کو تک رہے تھے اور اپنے اندر کی موسم کی خبروں کو سن رہے تھے۔وہ چپ چاپ بیٹھے رنگ، نسل، مذہب کے آلودہ جسم سے نکل کر محبت کے روحانی تجربے سے ہم کنار ہو رہے تھے۔اُن کے ہاتھوں کی انگلیاں دھیمے دھیمے ایک دوسرے کے ساتھ کھیل رہی تھی جس میں لمس جسم کا نہیں بلکہ اُلفت کا تھا۔وہ دونوں اس لمحے ایک دوسرے میں گم تھے خود اپنے آپ سے بے گانہ، بدن کی سرزشوں سے آزاد، دنیا کے بکھیڑوں سے پاک، خاموش تنہا اور گم جیسے آسمانوں پر کوئی محبت کا جز خدا کے روائتی تصور سے بے نیاز، ساری کائنات کو اپنے دامن میں سمیٹنے کی تگ و دو میں مصروف ہوا اور اپنے اعلیٰ ترین ظرف کے ساتھ جس میں شکائت اور شکوہ کا کوئی تصور بھی نہ ہو۔ اچانک تصورات کے سلسلے ٹوٹ گئے دلیپ نے چائے کا کپ میز پر رکھا اور پھر ثانیہ کی آنکھوں میں دیکھ کر مسکرانے لگا،''کیا تم بھی وہی سوچ رہے تھے جو میں سوچ رہی تھی؟''ثانیہ نے دھیمے سے دلیپ کو زیرِ لب مخاطب کیا۔

''تم کیا سوچ رہی تھی۔۔۔؟''دلیپ نے آہستہ سے پوچھا۔

''یہی کہ مجھے محبت کا مجرم نہیں بننا ہے۔''ثانیہ نے دلیپ کو دیکھتے ہوئے کہا،''میں اسلام چھوڑ دونگی اور سکھ مذہب اختیار کر لونگی میں نے تہیہ کر لیا ہے۔۔۔''

''مگر کیوں؟۔۔۔میں نے تو تم سے مذہب بدلنے کو نہیں کہا اور نا ہی ابا جی نے، بے جی کو تو ان سب باتوں کا پتہ ہی نہیں ہے، پھر تم کیوں مذہب چھوڑنے کی بات کر رہی ہو؟''دلیپ نے حیرانگی سے کہا۔

''دلیپ میں مما پاپا کی اُس ملاقات کے بعد سے،پچھلے دو تین دنوں سے انہیں باتوں پر مسلسل سوچ رہی ہوں۔میں تمہارے بنا نہیں رہ سکتی، مجھے دلیپ کے سوا کچھ نہیں چاہیے۔محبت اپنی ذات میں بڑی خود غرض ہوتی ہے اور میں تمہاری غرض میں مبتلا ہوں۔تم ہندو،عیسائی،سکھ ہو یا مسلمان مجھے جب تم سے محبت ہوئی تھی تو میں نے رامائین کا پاٹ یا قران کی آیت میں تمہیں نہیں پایا تھا۔تمہاری زبان پنجابی تھی مگر اُس میں تم نے مجھ سے محبت کا اظہار کیا تھا۔تمہارا مذہب سکھ اور میرا اسلام تھا مگر دونوں کے رب کی آخری منزل محبت تھی۔نسل اور مذہب جسموں سے گزر کر جب روح تک پہنچتے ہیں تو وہ کچھ نہیں بچتے صرف محبت بن جاتے ہیں جو مجھے تم سے

ہے۔ مجھے نہیں پتہ میں کیا کہہ رہی ہوں مگر میں کبھی نہیں چاہوں گی کہ تم میرے خاطر مسلمان ہو جاؤ کیونکہ اگر تم نے ایسا کیا تو میں اپنی محبت کی مجرم ہو جاؤں گی ۔۔۔'' دلیپ نے یہ سن کر کچھ کہنے کے لیے منہ کھولا تو ثانیہ نے اپنی انگلی اُس کے ہونٹوں پر رکھ دی اور کہا، ''نہیں ۔۔۔ کچھ نہ کہو بس یہ سمجھ لو جیسے میرے تمھارے درمیان کوئی بات نہیں ہوئی ہے، یوں بھی جب روحیں آپس میں بات کریں تو جسموں کو زیب نہیں دیتا کہ وہ ایک دوسرے سے بات کریں ۔''

ثانیہ کی یہ سوچ لفظوں سے ٹوٹی، رنگوں میں بکھری، سازوں میں ڈھلی اور ہواؤں میں گم ہو گئی اور لمحے بھر میں دو دہائیوں سے گزر کر کابل کے ایک مضافاتی بستی میں واحدی کا ہاتھ تھامے روتی ہوئی صوفیہ کے ہونٹوں کی مسکراتی ہوئی ایک حرکت بن گئی۔ ٹھیک اسی لمحے واشنگٹن کے ہوٹل میریٹ کے ایک کمرے میں واحدی نے کمپیوٹر آن کیا اور فیس بک پر جا کر ثانیہ کو میسج کیا کہ 'میں ایک کانفرنس کے سلسلے میں واشنگٹن آیا ہوا ہوں، سوچا آپ کو یہ بات بتا دوں ۔''

انتیسواں باب

وقت: دوپہر بارہ بجے

تاریخ: ۲۸ نومبر، ۲۰۱۵ء

مقام: واشنگٹن، امریکا

My stroke of Insight نے واحدی پر ایک ایسی نئی فکر کے دروازے کھول دیے جو اس سے قبل اُس کے شعور میں نہیں تھے۔

پالیٹیکل سائنس اور جرنلزم سے ہمیشہ سے اُس کا لگاؤ اس قدر شدید رہا کہ اُس نے کبھی بھی حیاتیاتی سائنس کے بیک گراؤنڈ میں انہیں سمجھنے کی کوئی کوشش کی ہو کیونکہ یہ قطعی مختلف موضوعات تھے مگر یہ ضرور ہے کہ فلسفہ اور مذہب سے ہمیشہ سے اُس کو ایک خاص رغبت رہی تھی شائد یہی وجہ ہے کہ وہ سیاست اور مذہب کے معاملات کا فلسفیانہ انداز میں تجزیہ کرتا رہتا تھا۔ نیشنل ازم کے موضوع پر سوچتے ہوئے اُسے اندازہ ہوا کہ اُس کی اور مذہب کی گانٹھیں اس قدر مضبوطی سے انسانی تاریخ کے ارتقائی عمل میں بندھی ہوئی تھی کہ وہ بالاخر اس بات پر یقین کر چکا تھا کہ یہ دونوں عوامل صدیوں کے ارتقائی عمل میں انسانی ضروریات کے تابع رہنے کی وجہ سے بالآخر انسانوں کی خلیاتی ساخت کا حصہ بن گئے ہیں۔ صدیوں پہلے غاروں میں بسنے والے انسانوں کے عدم تحفظ نے جس طرح سے اُسے آسمانی آفاتوں اور زمینی دشمنوں سے بچانے کے خاطر خدا اور قومیت کے تصور کے قریب لا کھڑا کیا اور سیاسی و سماجی ضرورتوں نے مقدس قومی و مذہبی کلمات کے سامنے اُسے سجدہ ریز کروایا اُن تمام تر پرورش کے نتائج ترقی یافتہ اور ترقی پزیر اقوام میں مختلف صورتوں میں سامنے آئیں۔ مارکیٹ اکانومی کے دور میں ماڈرن دنیا نے اس

سائنس کو سمجھ لیا اور اپنی عوام الناس کے لیے سیکولر معاشرے تعمیر کیے۔ اُنہوں نے قومی یکجہتی کے خاطر سیاسی انداز میں ان دونوں تصورات کو استعمال کیا اور اُس کے معیارات اپنے اور دوسروں کے لیے مختلف تعمیر کیے، یوں اپنی نسلوں کو اس فکر کے منفی اثرات سے بخوبی بچالیا جبکہ ذہنی طور پر پسماندہ اور شعوری اعتبار سے نادان قومیں ابھی تک قومیت اور مذہب کے بیچ اس جنگل میں پھنسی ہوئی ہیں اور بہت آسانی سے خود اپنے کرپٹ سیاسی و مذہبی رہنماؤں کے دام میں پھنس کر اُن کے پیٹ کا ایندھن بنی ہوئی ہیں۔ واحدی اس بات کی تہہ کی تگ و دو میں تھا کہ آخر کس طرح ایک فرد میں قومیت اور مذہب کا تصور جذبات کا یہ اندھا طوفان پیدا کر دیتا ہے اور اس سے پیدا ہونے والی مجرمانہ اخلاقیات اعلیٰ ترین اخلاقیات کا روپ دھار لیتی ہیں۔ قومیت کو مقدس بنانے میں مذہب سے دیے گئے معاشرتی شعور کا حصہ ہے یا اس کا تعلق واقعتاً روحانیت کے کسی ایسے یکساں منبع سے ہے جو انسانی دماغ میں کہیں براجمان ہے اور مختلف معیارات کی پرورش کے تابع ہے؟ My stroke of Insight کی رائٹر جل بولٹے ٹیلر نے جس طرح سے اپنے اسٹوک کے تجربے کے بیک گراونڈ میں انسانی دماغ کے دائیں اور بائیں حصے کے نیوروسائنٹیفک فرق کو جدید ریسرچ کی روشنی میں بیان کیا تھا اُسے پڑھ کر واحدی پر مذہب اور قومیت کے تصور کی حیاتیاتی ابتدا اور صدیوں کے تہذیبی ارتقائی مراحل کے نتیجے میں اُس کے مخصوص نفسیاتی ساخت میں ڈھلنے پر ایک نئی فکر کو پیدا کر دیا جو کسی حد تک اُس کے فلسفیانہ خیالات کی تائید کر رہا تھا۔ واشنگٹن پہنچ کر واحدی کا پورا ایک دن تو جیٹ لیگ سے نکلنے میں ہی گزر گیا اگلے دن دو پہر میں جب وہ بستر سے اٹھا تو اُس نے سب سے پہلے اپنے کچھ پرانے دوستوں کو فون کیا۔ اُس کے دوستوں کی ایک وسیع تعداد یہاں امریکا میں موجود تھی مگر یونیورسٹی کے دور کا خاص دوست شیرازی بھی یہیں نیوجرسی میں رہتا تھا۔ شیرازی اُس کے اچھے بُرے دور کا دوست تھا جس کے ساتھ اُس کی نوجوانی کی کئی یادیں وابستہ تھیں۔ یہ شیرازی ہی تھا جو مسعود کے حملے کے بعد فوراً بامیان پہنچا تھا اور واحدی کو شدید زخمی حالت میں پا کر اُس کے مرنے کی خبر مشہور کر دی تھی تاکہ وہ صوفیہ کے بھائی مسعود کے عتاب کا نشانہ نہ بنے اور پھر بعد میں وہ اُسے ایران کے شہر زاحدان لے کر آیا تھا جہاں اُس نے اُسے دو سال تک اپنے رشتہ داروں کے گھر میں رکھا تھا۔ پندرہ برس پہلے وہ کابل چھوڑ کر نیوجرسی آ کر بس گیا تھا۔ شیرازی کے بچے اب بھی بڑے ہو گئے تھے بلکہ

ایک بیٹی کی تو شادی بھی ہوئی تھی اور وہ پچھلے ہی دنوں نانا بن گیا تھا۔ شیرازی ہمیشہ سے واحدی کے خیالات سے واقف تھا بلکہ متفق بھی تھا۔ وہ نہ صرف اُس کی کتابیں اور نت نئے آرٹیکلز پڑھتا رہتا تھا بلکہ اُس کے بلاگ پر اپنے کمنٹز بھی دیتا رہتا تھا یوں وہ مسلسل اُس کے ساتھ رابطے میں تھا۔ اُس کو یہ جان کر بہت خوشی ہوئی تھی کہ وہ یہاں ایک سیاسی اسکالر کے طور پر مدعو کیا گیا ہے۔ اُس نے واحدی کو بار بار ای میلز میں لکھا تھا کہ وہ امریکا میں قیام کے دوران اُسی کے گھر پر رہے گا مگر واحدی کے لیے سیمنار تک واشنگٹن کے ہوٹل میں رہنا ضروری تھا۔ اُس نے شیرازی سے وعدہ کر لیا تھا کہ سیمنار کے بعد وہ اُس کے ساتھ نیو جرسی آ جائے گا اور پھر ایک ہفتے تک وہ دونوں ساتھ رہیں گے اور پُرانی یادیں تازہ کریں گے۔ پھر اگلے ہفتے کیلی فورنیا میں بھی کچھ ایسا ہی ملتا جلتا پلان تھا وہاں بھی ایک اور دوست نے کچھ ایسے ہی عہد و پیمان اُس سے کیے ہوئے تھے۔ واشنگٹن پہنچنے کے بعد اُس کی ملاقات یونیورسٹی کی ارگینائز کمیٹی کے کئی ایک ممبران سے ہوئی جن سے مل کر اُسے خاصی حیرت ہوئی کہ اُس کے علاوہ کوئی اور افغان اسکالر اس گروپ میں شامل نہیں تھا۔ اس کا مطلب یہ تھا کہ اس قسم کے موضوعات گلوبل دنیا کے خاص موضوعات میں سے ایک ہیں اور مختلف ممالک کے مندوبین، اسکالرز یا تجزیہ نگاروں کو یوں سیمنارز میں شامل کرنے کا مقصد ایک گلوبل مکالمہ کی تشکیل ہے۔ واحدی کے اگلے دو دن پر لگا کر اُڑ گئے یا تو سارے وقت اپنے کمرے میں بیٹھا اپنے آرٹیکل کو فائنل کرنے میں مصروف رہا یا پھر یونیورسٹی کے مختلف پروفیسرز اور سیمنار کے ارگینائزرز سے ملاقاتیں کرتا رہا تاکہ نئے ماحول اور لوگوں سے تھوڑی بہت واقفیت پیدا ہو جائے۔ واحدی کو اندازہ نہیں تھا کہ پچھلے بیس سالوں کی مسلسل تحریری کاوشوں نے انٹرنیشنل جرنلزم میں اُسے اس قدر معتبر بنا دیا ہے اور اُس کے سیکولر خیالات کی وجہ سے اُس کی ایک علمی ساکھ قائم ہوئی ہے شائد یہی وجہ تھی کہ یونیورسٹی آف کیلیفورنیا نے بغیر کسی حوالہ یا تعلق کہ اُس کا نام نہ صرف اس سیمنار کے لیے چنا بلکہ یونیورسٹی آف کابل کا بل سے براہِ راست رابطہ کر کے اُسے سیمنار میں شامل ہونے کے لیے درخواست بھی کی تھی۔ کابل یونیورسٹی کے وائس چانسلر نے خود بھی اس بات کا اعتراف واحدی سے واشنگٹن آنے سے قبل اپنے آفس میں کیا تھا کہ یہ بات اُن کی یونیورسٹی کے لیے خاصے اعزاز کی ہے۔

واحدی کا ارادہ تھا کہ وہ اپنے اس پہلے دورہِ امریکا سے زیادہ سے زیادہ صحافتی

فائدہ اُٹھائے اور افغانستان کے سیکولر مستقبل کے حوالے سے کھل کر بات کرے ۔ واحدی کا یقین تھا کہ کسی بھی ملک کے نام سے مذہبی شناخت اُس کے سیکولر رویے میں سب سے بڑی رکاوٹ ہے ، جب کبھی بھی کسی ملک کا نام اسلامک ری پبلک رکھ دیتے ہیں تو قومیت اور مذہب کے ایک منفی تصور کو آپس میں جوڑ دیتے ہیں جس کے منفی اثرات سے وہاں آباد اقلیتی آبادیوں کو نفسیاتی طور پر دوسرے اور تیسرے درجے کا شہری بنا دیتے ہیں اور بعد ازاں اُس کے سیاسی استعمال ظلم و زیادتیوں کی صورت سامنے آتے ہیں ۔ سیمنار کے دوران یونیورسٹی کا سیمنار روم دو تین سو حاظرین سے بھرا ہوا تھا۔ پروگرام کی لائف ٹی وی ریکارڈنگ کا بندوبست تھا اور کئی ایک اخباری نمائندے بھی اُس کی کورتج (coverage) کے لیے موجود تھے ۔ واحدی کے علاوہ تین اور اسکالرز بھی اس سیمنار میں شریک تھے جو پاکستان ، انڈیا اور ایران سے تعلق رکھتے تھے ۔

حاظرین میں زیادہ تر یونیورسٹی کے طالب علم تھے جو اپنے حلیوں میں کم و بیش ہر ایک رنگ و نسل سے تعلق رکھتے تھے ۔ واحدی نے جونہی اپنا آرٹیکل ختم کیا سیمنار روم کئی منٹوں تک تالیوں کی آوازوں سے گونجتا رہا اُس کے بعد سوال جواب کا سلسلہ شروع ہو گیا ، ''سر کیا گلوبل ورلڈ کا حصہ بننے کی صورت میں افغانستان کی تہذیبی شناخت باقی رہے گی؟'' ایک سعودی طالب علم نے ہاتھ کھڑا کر کے واحدی سے سوال کیا۔

''تہذیبیں انسانوں سے وابستہ ہیں ۔ مشرق و مغرب کے تہذیبی ملاپ سے اگر کوئی نئی تہذیب جنم لیتی ہے جو تمام تر انسانیت کی ایک مشترکہ تہذیب بن جاتی ہے تو اس سے بڑی شناخت کیا ہو سکتی ہے؟ اگر تہذیبی شناخت منفی قوتوں کے ذریعے فاصلوں کا سبب بن رہی ہو تو کیا آپ دوریوں کو قربت پر ترجیح دیں گے؟'' واحدی کے جوابی سوال پر سعودی طالب علم تھوڑی دیر کے لیے ششدر پنج میں پڑ گئی مگر پھر سنبھل کر کہا، ''مگر یہ شناخت تو ایک انسانی نفسیات ہے اس کے بغیر انسان کا تعارف کیسے ممکن ہو؟ ، انسانوں کی اس نئی سوسائٹی میں بھی اُس شناخت کی جگہ مذہب نے نہیں لے لی ہے؟ گلوبلائزیشن کیا مغربی تہذیب کو دنیا میں پھیلانے کی ایک سازش نہیں ہے ؟''

''نہیں ۔۔۔'' واحدی نے اُسی پر اعتماد لہجے میں کہا، ''اول تو گلوبلائزیشن کا یہ مطلب ہے ہی نہیں کہ اس میں شامل افراد اپنے مذہب ، رسوم و رواج اور کلچر کو یکسر نظر انداز کر دیں ۔ آپ

اپنے اردگرد دیکھیں کیا یہاں نیپال، سوڈان، سعودی عرب، ایران، کینیڈا اور یورپ کے طالبعلم نہیں پائے جاتے ہیں؟ اُن کی شناخت اُن کے قد وخال، لباس وتراش اور بناؤ سنگھار سے ہی نمایاں ہے۔ مذہب انسان کا روحانی مسئلہ ہے اُس کو روح کی شناخت کے خاطر دل میں رکھنا چاہیے تا کہ وہ کسی سیاست کی سازش کا شکار نہ ہو۔ گلوبلائزیشن سے قومیت کا مصنوعی تصور اگر ختم ہو جائے تو کیا یہ اچھا نہیں ہے؟۔۔۔ میں نہیں کہتا کہ آپ کل تک پاکستانی تھیں اب آج سے امریکی ہو جائیں کیونکہ امریکی ہونا اُتنا ہی نامناسب ہے جتنا پاکستانی۔۔۔ بلکہ آپ رنگ نسل اور مذہب کے بھید بھاؤ سے آزاد ہو جائیں۔ آپ گلوبل ورلڈ کے شہری بن جائیں، گلوبل مذہب کے ماننے والے ہو جائیں، گلوبل زبان کے بولنے والے ہو جائیں۔ ایک مشترکہ چھتری کے نیچے رہتے ہوئے آپ اپنے ذاتی تعلق کو ضرور ساتھ رکھیں، چاہے وہ آپ کا کوئی بھی مذہب ہو، کوئی بھی زبان یا کوئی بھی رسوم ورواج ہو۔ انسان کی یہ تہذیبی شناخت خود ستائشی کے منفی اثرات سے آزاد کرا دیتی ہے جس کا سب سے مثبت اثر عدم برداشت ہے اور عدم برداشت ایک انسانی رویہ ہے جو ہمیں حیوانوں سے جدا کرتا ہے۔‘‘

اچانک ایک نوجوان لڑکی نے آخری لائن میں کھڑے ہو کر اپنا ہاتھ بلند کیا اور کہا،‘‘ سر کیا مذہب اور وطنیت کا تصور انسانی سرشت میں شامل نہیں ہے اس سے چھٹکارہ کیسے ممکن ہوا گر یہ عین فطری ہیں؟‘‘

واحدی نے نظر اُٹھا کر دیکھا تو اُسے سوال پوچھنے والی لڑکی کی شکل کچھ جانی پہچانی سی لگی،‘‘ حیوان بھی جہاں جہاں پیدا ہوتے ہیں اور زندگی گزارتے ہیں اُس غار، پہاڑ، جنگل یا تالاب سے پیار کرتے ہیں۔ حیوان اگر پنجرے میں بند ہو تو پنجرے سے پیار کرنے لگتے ہیں اگر آپ زبردستی ان سے اُن کی جگہ لے لیں تو وہ غم کا اظہار کرتے ہیں۔ جگہ سے یہ محبت وطنیت کا وہی بنیادی احساس ہے جو صدیوں قبل انسانوں میں بھی پیدا ہوا تھا جب وہ پتھر کے دور میں غاروں میں رہتا تھا۔ حیوان بھی اپنی سرشت میں روحانیت رکھتے ہیں جیسے وہ غم جو ایک ہرنی کی آنکھ میں اُس کے بچے کے چھن جانے سے پیدا ہوتا ہے، یا کتے کی محبت کا وہ احساس جو اپنے مالک انسان کے لیے اُسے رہتا ہے۔ ہوسکتا ہے یہ مالک یا ملکیت کا تصور بھی ہمارا ہی ہو۔۔۔ وہ بے چارہ تو انسان کو اپنا دوست ہی سمجھتا ہوگا اسی لیے اپنی محبت جسے ہم غلطی سے وفا سے تعبیر

کرتے ہیں سے مجبور ہو کر اپنی جان کا نذرانہ تک انسانوں کو دے دیتا ہے۔۔۔حیوانوں میں یہ محبت یا دکھ دراصل خالصتاً روحانیت ہے جو مذہب کے سوشل یا پولیٹیکل معنوں سے ہم کنارہ نہ ہونے کی وجہ سے پراگندہ ہونے سے بچ گیا۔ روحانیت اور وطنیت کی اس سرشت کو ہمیں حیوانوں سے سیکھنا ہوگا جس کو مذہب اور قوم کے فرق کے شعوری کمی نے اُس تشدد سے بچا لیا جو بعد میں انسانوں کا نصیب بن گیا۔۔۔۔''

اُس کا جواب سن کر اُس لڑکی کے پاس ہی بیٹھے ہوئے ایک سکھ نوجوان نے اپنا ہاتھ بلند کیا اور کہا، ''مگر سر آپ یہ بات کیسے کہہ سکتے ہیں کہ انسانوں میں یہ تحریک صرف صدیوں کے ارتقاء سے ظہور پذیر ہوئی، یعنی یہ نرچرڈ (nurtured) ہے نیچرل نہیں۔''

اس پر مسکرا کر واحدی نے جواب دیا، ''انسانوں کے دائیں دماغ میں روحانیت، آرٹ، میوزک، ادب اور اپنی جگہ سے محبت پیدا ہوتی ہے مگر یہ محبت جب اظہار کے خاطر بائیں دماغ میں پہنچتی ہے تو وہاں موجود رنگ ونسل مذہب کے میکانی خانے اُسے علم و تربیت کے لحاظ سے اچھی یا بُری شکل میں ڈھال دیتے ہیں اور اچھائی اور برائی کا یہ تصور سراسر بیرونی معاشرے سے ہے، اگر معاشرہ اقتصادی طور پر کمزور ہے اور وہاں پر آبادلوگ جدید علم سے بے بہرہ اور شعوری اعتبار سے صدیوں پیچھے ہیں تو ان کی کمزور اخلاقیات اُنہیں تشدد پر آمادہ کر دیتی ہیں۔ یہ تشدد ایک ایسا مخصوص vicious circle پیدا کرتا ہے جس میں پھنس کر پہلے کمزور اخلاقیات اور پھر پرتشدد نسلیں پیدا ہونے لگتی ہیں اور یوں وہ تہذیب ایک اجتماعی خودکشی کے زریعے ہلاک ہو جاتی ہے، اس لیے اچھائی یا بُرائی کی اخلاقیات وقت اور زمانے کے ساتھ جڑے ہوئے شعور سے ہے، ضروری نہیں کہ اچھائی یا بُرائی اور نیکی یا بدی دونوں ایک ہی فکر کی محتاج ہو بلکہ ان دونوں کے فرق کو مختلف افکار کی روشنی میں جاننا ہی حقیقی سچ سے آ گا ہی ہے۔''

جب واحدی اس لمحے سانس لینے کے لیے رُکا تو اچانک اُس سوال پوچھنے والے سکھ طالب علم کے ساتھ بیٹھی ہوئی لڑکی نے پھر سے ہاتھ اُٹھا کر کہا، ''اور یہ آ گا ہی اس دور میں کس طرح سے ممکن ہے؟''

واحدی نے جواب دیا، ''ہمیں صدیوں سے تعمیر انسانی دماغ میں قائم اُس مصنوعی دیوار کو اپنی شعوری کوشش سے پوری طرح تورنا ہوگا جو اس فرق کو پیدا کرنے کی ذمہ دار ہے،

ہمیں روحانیت اور مذہب یا وطنیت اور قومیت کے درمیان پیدا شدہ سیاسی و معاشی عزائم کو سمجھنا ہوگا کیونکہ یہ عزائم نادانستگی یا دانستگی میں محبت میں نفرت کی آمیزش کے سبب ہیں۔''

یہ سن کر سوال کرنے والی لڑکی نے بے ساختہ تالیاں بجانی شروع کردی جس پر ایک بار پھر سارا ہال تالیوں سے گونجنے لگا۔ سیمینار کے بعد واحدی ہال کے ایک جانب چائے کا کپ لیے کچھ شرکاء سے گفتگو کر رہا تھا کہ اچانک اُسے لگا جیسے اُسے کسی نے پیچھے سے آہستہ سے مخاطب کیا اور کہا، ''سر۔۔۔''

واحدی نے مڑ کر دیکھا تو وہی سوال کرنے والی لڑکی اور ٹربن والا لڑکا اس کے سامنے کھڑے تھے۔ واحدی نے گرم جوشی سے اُن سے ہاتھ ملایا اور کہا، ''میں آپ کے ذہانت سے بھرے ہوئے سوالات سے بہت متاثر ہوا ہوں۔''

جواب میں لڑکی نے کہا، ''ڈاکٹر واحدی آپ سے ملکر بہت خوشی ہوئی، بائی دی وے میرا نام ثانیہ اور یہ میرے بوائے فرینڈ دلیپ ہیں اور ہم آپ سے ملنے ٹورنٹو سے آئے ہیں۔۔۔'' واحدی کے چہرے پر ایک پرمسرت حیرت پھیل گئی اور اُس نے بڑھ کر ثانیہ اور دلیپ کو گلے لگا لیا۔ سیمینار کے بعد کی شام واحدی اور ثانیہ اور دلیپ کی ایک ساتھ گزری۔ تینوں نے ملکر ایک ساتھ ڈنر کیا اور خوب دیر تک باتیں کرتے رہے۔ ثانیہ کا خیال تھا کہ وہ امریکا سے واپسی میں کینیڈا بھی آئیں تا کہ کچھ دن اُن کے ساتھ گزارے مگر واحدی کے پاس صرف امریکا اور انگلینڈ کا ویزہ تھا اور کینیڈا کا ویزہ صرف کابل سے ہی لگ سکتا تھا۔ ثانیہ اور دلیپ نے جب اُس پر ہونے والے حملوں پر تشویش کا اظہار کیا اور کہا، ''افغانستان میں اُس کی جان کو خطرہ ہے۔''

اُن کا خیال تھا کہ واحدی کو واپس افغانستان نہیں جانا چاہیے کیونکہ اُس کی صورت حال میں امریکن گورنمنٹ اُسے آسانی سے سیاسی پناہ گزین کا اسٹیٹس آفر کر سکتی ہے تو واحدی نے مسکرا کر اُنہیں جواب دیا، ''مجھے اس بات کی اطلاع ہے مگر میں افغانستان واپس ہی جانا چاہوں گا اس لیے کہ میں نئی نسل کا نگہبان ہوں، مرے طالب علم میرے آنے والی صبحیں ہیں، وہ میرے روشنی کے دیے ہیں جنہیں سورج بن کر آنے والے کل میں اجالا پھیلانا ہے، مجھے ڈر ہے اگر میں یہ قربانی آج نہیں دی تو کل میرے اندر رہنے والی صوفیہ مجھ سے پوچھے گی کہ کیا اب افغانستان میں کوئی مسعود اپنی بہن کو آرٹ کی تخلیق سے تو نہیں روکتا ہے، کیا کوئی مسعود اپنی بہن

کوعلم حاصل کرنے سے تو نہیں روکتا ہے، کیا کوئی سنی صوفیہ کسی شعیہ آغا خوانی واحدی سے محبت کر سکتی ہے؟ کیا کوئی مسعود خود اپنے ہاتھوں سے اپنی بہن کے جسم کو گولیوں سے چھلنی تو نہیں کر رہا ہے؟ ہو سکتا ہے کل میں یہاں سیمنار میں کھڑے ہو کر تمہارے تمام سوالات کے جواب دینے کے لائق ہونگا، مگر اپنی صوفیہ کے ایک سوال کا بھی نہیں۔۔۔'' یہ کہہ کر واحدی نے اپنی ڈبڈبائی ہوئی آنکھیں صاف کی اور کہا اسی لیے دوستوں مجھے واپس جانا ہو گا مگر میں پھر آؤں گا کیونکہ اس نئی گلوبل دنیا میں شامل مختلف قومیت اور مذہب کے لا تعداد لوگ جو یہاں دور دراز سے ایک دوسرے کے ساتھ رہنے کی چاہت میں جمع ہو گئے ہیں۔ ان سوالات کے جواب سے واقف بھی ہوں۔ ان میں اور اُن میں فرق یہ ہے کہ یہ یہاں ہیں اور وہ وہاں اور میں ایک گلوبل ورلڈ کا خواب وہاں کی دنیا کے لیے دیکھ رہا ہوں۔'' یہ کہہ کر واحدی نے ویٹر کو ہاتھ سے اشارہ کیا تا کہ وہ بل لے آئے۔ ہوٹل کی لابی سے باہر نکلتے ہوئے ثانیہ اور دلیپ نے اُسے بتایا کہ اُنکی فلائٹ صبح سویرے ہے اور وہ یہاں سے بیس منٹ کے فاصلے پر کسی دوست کے یہاں ٹھیریں ہوئے ہیں۔ جونہی واحدی نے انہیں خدا حافظ کیا اور ثانیہ اور واحدی کی گاڑی مین ہائی وے پر آئی ثانیہ کا سیل فون بجنے لگا دوسری طرف ثانیہ کی امی تھی، ''بیٹا تمہارے پپا مجھ سے کہہ رہے تھے کہ تم سے پوچھ لوں کہ دلیپ نے کیا فیصلہ کیا ہے۔''

''جی مما دلیپ نے کہا تھا کہ میں تمہارے خاطر مسلمان ہونے کو تیار ہوں اور پھر کسی بھی وقفے کے بعد جملے کو یوں مکمل کیا جیسے کوئی غیر اہم سی بات کر رہی ہو، مگر مما میرا بھی کچھ یہی خیال ہے کہ میں اُس کے خاطر اسلام چھوڑ کر سکھ ہو سکتی ہوں مگر آج ہم دونوں نے یہ فیصلہ کر لیا ہے کہ ہمیں ایک ہونے کے لیے ان سب تبدیلیوں کی قطعی کوئی ضرورت نہیں ہے۔''

''مطلب۔۔۔؟'' مما نے تجسس سے کہا، ''تو تم گھر آ رہی ہو اُسے چھوڑ کر۔۔۔؟''

''نہیں۔۔۔ مما ہم دونوں ایک ساتھ ہی رہیں گے، شادی کریں گے وہ یونہی سکھ اور میں یونہی احمدی مسلمان۔۔۔''

دوسری طرف مما نے یہ سن کر ماتھے پر ہاتھ مار کر کہا، ''اور کل جو تمہارے بچے ہوں گے وہ۔۔۔؟''

ثانیہ نے اتنے ہی سکون سے جواب دیا، ''وہ اپنے مذہب اور قومیت کا فیصلہ بالغ

ہونے کے بعد اپنے علم و شعور کی روشنی میں کریں گے۔۔۔ اچھا مما میں اور دلیپ واشنگٹن آئے ہوئے تھے، ایک سیمنار میں شرکت کے لیے ہم کل واپس ٹورنٹو آجائیں گے، پھر آپ سے تفصیل سے بات ہوگی، پپا کو میرا سلام کہہ دیجیے گا‘‘ یہ کہہ کر ثانیہ نے فون بند کردیا کچھ دیر میں دونوں کے ہاتھ سر سرائے اور اُنہوں نے ایک دوسرے کو پیار سے تھام لیا۔

تیسواں باب

وقت: دوپہر بارہ بجے
تاریخ: ۲۹ نومبر، ۲۰۱۵
مقام: شاہ فیصل نمبر۵، کراچی پاکستان

مولوی سلیم اللہ چار چھ دنوں تک کم وبیش روزانہ ہی عثمان پر آیتوں کا دم کرتے رہے مگر عثمان اس عرصے میں یا تو ڈاکٹروں کی دواؤں کے اثر سے سوتا رہتا تھا یا پھر اچانک چیخ مار کر اُٹھ جاتا تھا۔ اُس کی بے چینی کبھی بہت بڑھ جاتی تھی تو کبھی ایک دم ختم ہو جاتی یہ کہنا مشکل تھا کہ دوائیں کس قدر اُس کے ہسٹریائی دوروں کو کنٹرول کر پا رہی تھیں۔ آخر ایک صبح انہوں نے سوتے ہوئے عثمان پر کئی آیتوں کا دم کیا اور جانے سے قبل ادریس کو ایک طرف لیجا کر کہا،''بھائی میرا یہ خیال ہے کہ جنوں کا یہ چکر کچھ زیادہ ہی پیچیدہ نوعیت کا ہے تم ایسا کرو ایک آدھ دن اور دیکھ لو۔۔۔۔ اگر اس کے بعد بھی فائدہ نہ ہو تو میرے ایک جاننے والے عامل ہیں اُنہیں دکھا دو۔ خاصے پہنچے ہوئے ہیں اور ہاں میرا نام لو گے تو وہ سے شائد ہی پیسے لیس مگر پھر بھی اُن کے ہاتھ میں ہزار ایک روپیہ رکھ دینا بھائی، پیسے کی ضرورت تو سب کو ہوتی ہے اور جب پیسہ جیب میں جاتا ہے تو دل سے دعا سے نکلتی ہے۔'' آخری جملہ کہتے ہوئے مولوی سلیم اللہ کے منہ پر ایک ہلکی سی مسکراہٹ آ گئی تھی۔ بختاور نے زبردستی مولوی صاحب کے لیے گرم گرم پراٹھوں اور انڈوں کا ناشتہ بنایا تھا۔ دالان میں چارپائی پر بیٹھ کر ادریس اور مولوی سلیم اللہ جب ناشتہ کر رہے تھے تو بختاور باورچی خانے کی آڑ سے باتیں بھی کر رہی تھی تا کہ بے پردگی بھی نہ ہو اور مولوی سلیم اللہ کو گھر کی اپنایت کا احساس بھی رہے۔ بختاور اصل دل ہی دل میں مولوی سلیم اللہ کو اپنے

خاندان کے لیے ایک محسن سمجھتی تھی ۔ اُس کا خیال تھا جب سے مولوی سلیم اللہ اُس کے گھر پر آنے لگے ہیں تبھی سے اُن کے گھر پر مسلسل برکتیں نازل ہو رہی تھیں ۔ ادریس بھی اُنہیں کی وجہ سے نماز و صلواۃ کا پابند ہو گیا تھا اور اُس نے مسجد اور مدرسے کے کاموں کے لیے خود کو وقف کر دیا تھا ۔ خیر سے شراب اور جوئے کا تو وہ کبھی بھی عادی نہیں تھا مگر سگریٹ نوشی جو وہ کبھی کبھی بھار کرتا تھا وہ بھی کم و بیش ختم ہو گئی تھی ۔ سب سے بڑھ کر پیسے کی روانی بڑھ گئی تھی اور گھر میں ٹی وی فرج اور ایر کنڈیشن بھی لگ گیا تھا ۔ پراٹھے اور انڈوں کا ناشتہ ختم ہوا تو چائے کا دور شروع ہو گیا اس موقع پر مولوی سلیم نے بختاور سے کہا، ''بھابھی ہمارے ادریس میاں اللہ و رسول کے کاموں میں جس طرح سے بڑھ چڑھ کر حصہ لے رہے ہیں اُس سے خوش ہو کر مولوی سراج الحق صاحب نے یہ طے کیا ہے کہ انہیں پنجاب میں بھی کچھ مدرسوں کے انتظام میں بھی شریک کیا جائے ۔ ہم نے ان سے کہا ہے کہ وہ کچھ دنوں میں پنجاب کا وزٹ کر کے آ جائیں، اور پھر وہاں کے حوالے سے جو مدرسوں کی ضرورتیں ہیں اُس کا انتظام کیا جا سکے ۔ ضرورت چونکہ فوری نوعیت کی ہے اس لیے انہیں فوراً ہی روانہ ہونا پڑے گا ۔ آپ کو اس سلسلے میں کوئی اعتراض تو نہیں ہے نا؟''

''ارے نہیں مولوی صاحب یہ تو بہت نیکی کی بات ہے مجھے بھلا اس سلسلے میں کیا اعتراض ہو سکتا ہے؟'' بختاور نے گھگھیاتے ہوئے پردے کی آڑ سے کہا، ''تو ٹھیک ہے ادریس میاں آپ سفر کا ارادہ تو کر چکے ہیں بس تیاری کیجیے اور آج ہی ٹکٹوں کا بندوبست کر لیجیے اور ہاں ۔۔۔فرسٹ کلاس میں سفر کیجیے گا۔''

''مگر مولوی صاحب وہ جو عثمان بیمار ہے؟'' بختاور کو اچانک خیال آیا، ''اگر اُسے پھر سے دورے پڑے تو میں اکیلے کیسے سنبھال پاؤں گی ۔۔۔؟'' بختاور نے عثمان کی طرف سے فکر مند ہو کر کہا تو ادریس نے فوراً ہی درمیان میں بات روک کر کہا، ''تو کیوں نا مولوی صاحب ۔۔۔۔عثمان کو اور بختاور کو اسی وقت عامل صاحب کے پاس لیجاتے ہیں، تا کہ کم از کم نہ کچھ نہ کچھ عمل تو فوراً ہی شروع ہو جائے اور پھر میں ان دونوں کو اپنی خالہ کے یہاں چھوڑ کر ٹرین کے ٹکٹوں کا بندوبست کر لوں؟''

''ہاں یہ ٹھیک ہے ۔۔۔۔'' مولوی سلیم اللہ نے اپنے کندھے پر پڑے ہوئے رومال سے منہ صاف کیا اور سامنے تپائی پر پڑی چائے کا آخری گھونٹ لیا اور کہا، ''اچھا ادریس

میاں ۔۔۔اب مجھے اجازت دیجیے۔''

مولوی سلیم اللہ کے جانے کے بعد ادریس نے دروازے کا قفل اندر سے لگایا اور شلوار کی جیب سے نوٹوں کی ایک اور گٹھی بختاور کے ہاتھ میں رکھی جسے دیکھ کر بختاور کی آنکھیں خوشی اور حیرانگی سے پھیل گئی۔

''چل اندر چل ۔۔۔نیک بخت ۔۔۔'' یہ کہہ کر ادریس بختاور کو لے کر کمرے کے اندر آیا اور کہا، ''دیکھ یہ وہ پیسے ہیں جو آج مولوی سلیم اللہ صاحب کے ہاتھوں مولوی سراج الحق صاحب نے مجھے پھر بھیجے ہیں ۔۔۔وہ کہہ رہے تھے کہ اندرونی پنجاب کے مدرسوں کا انتظام سنبھالنے کے لیے میرا فوراً وہاں جانا ضروری ہے۔''

ادریس مولوی سلیم اللہ کی ہوشیاری سے خوش تھا کہ اُس نے پنجاب جانے کے لیے ایک بہت اچھا جواز بختاور کے سامنے بنا دیا تھا اور اب اُسے کراچی سے نکلنے کے لیے کوئی نئی کہانی بختاور کو نہیں سنانی پڑے گی ۔ادریس کو بھی اندازہ تھا کہ پچھلے ہفتے کی کاروائی سے اتنے زیادہ کافر جہنم واصل ہوئے ہیں کہ پچیس ہزار کے حساب سے ایک لاکھ سے کچھ زیادہ کی رقم یہاں سے نکلنے سے پہلے مل ہی جائے گی۔

چورنگی کے پاس پہنچ کر ادریس نے عثمان کو گود سے اتارا اور بختاور سے کہا تم یہاں ٹھیرو میں ذرا عامل صاحب کے پاس جانے کے لیے کسی ٹیکسی کا بندوبست کرتا ہوں کہ اچانک اُس کی نظر گلی کے کونے کی دیوار پر ایک طرف اکھڑوں بیٹھے ہوئے رب نواز اور کلو پر پڑھی جو گٹکا کھاتے ہوئے آتی جاتی عورتوں کو تک رہے تھے۔ادریس نے رب نواز کو دیکھا تو زور سے آواز لگائی اور ہاتھ ہلا کر کہا، ''ارے او، رب نواز بھائی ۔۔۔اسلام علیکم ورحمتہ اللہ برکاتہ۔'' رب نواز نے جو ادریس کو دیکھا تو بھاگتا ہوا اُس کی طرف آنے لگا اُس کے پیچھے پیچھے کلو بھی دوڑتا ہوا چلا آیا، ''سب ٹھیک تو ہے نہ بھائی۔'' ادریس نے رب نواز سے کہا۔''ہاں ہاں سب ٹھیک ہی ہے بس میں کچھ دنوں سے آپ سے ملنے کے چکر میں ہی تھا مگر یار آپ تو بڑے آدمی بن گئے ہیں کبھی گھر یا ٹھیہ پر ملتے ہی نہیں،'' رب نواز نے شکائت کے لہجے میں کہا۔

'' نہیں بھائی ۔۔۔بس وہ مولوی سلیم اللہ صاحب نے مدرسے کے کام میں بہت زیادہ لگا دیا ہے اس لیے سارا دن بس وہی گزر جاتا ہے ۔پھر اُوپر سے مسجد کے معاملات بھی

دیکھنے پڑتے ہیں،اس لیے صبح شام اِن ہی کاموں میں مصروف رہتا ہوں ۔اچھا سنورب نواز میں نے تم سے کہا تھا کہ محلے میں سب کاروائیوں پر نظر رکھنی ہے ۔ یہاں کوئی کافر پنا تو نہیں چل رہا ہے نہ؟ دیکھ بھائی یہ شیعہ پندی اور قادیانی کافروں پر خاص نظر رکھنی ہے ۔ ۔ ۔یہ معاملات بہت اہم ہیں ۔ ہمیں تو اب اندازہ ہو رہا ہے ان لوگوں نے ہمارے دین میں کیا گندگی مچائی ہوئی ہے۔''

کلو نے یہ بات سن کر ادریس کے قریب آ کر کہا،''بھائی میں نے اِس کو پہلے بھی یہ بات بتائی تھی کہ یہ جو چورنگی کے پاس ایک نئی جوتوں کی دکان کھلی ہے نا ۔ ۔ ۔ اُس کا مالک قادیانی کافر ہے۔'' کلو نے رب نواز کی طرف دیکھتے ہوئے ایک ہاتھ سے بازار کی ایک دکان کی طرف اشارہ کیا۔

''اچھا ۔ ۔ ۔'' ادریس نے چونک کر کہا،''یہ یہاں کیسے گھس گیا سالا ۔ ۔ ۔؟ ہمارے محلے میں، اس کو پتہ نہیں یہ مسجدِ دینیات والا مولوی سلیم اللہ کا علاقہ ہے؟''

کلو نے کندھے اچکائے،'' ابھی آپ کہو ادریس بھائی کیا کرنا ہے ۔ ۔ ۔؟''

ادریس نے رب نواز اور کلو کی طرف دیکھتے ہوئے کہا،''چلو ابھی کہ ابھی اُس سالے کو تعارف کرا دیتے ہیں تا کہ اپنا بوریا بستر سنبھال لے یہاں سے۔'' یہ کہہ کر ادریس، رب نواز اور کلو گلی کے نکڑ کی طرف سے چورنگی کی اُس طرف جانے لگے جہاں نئے جوتے والے کی دکان تھی۔ اتفاق سے یہ دکان اُسی جگہ کے پاس ہی تھی جہاں ادریس نے ان لوگوں کے ساتھ مل کر مہینے بھر پہلے ایک کرسچن پر بلاسفمی کا الزام لگا کر اُسے جلا کر مارا تھا۔ بختاور نے جوں ہی تک ادریس کو دوستوں کے ساتھ دوسری طرف جاتے ہوئے دیکھا تو اُسے پیچھے سے ہلکے سے آواز دی، ''سنیں جی، عثمان بڑا بے چین ہو رہا ہے۔''

ادریس نے ہاتھ ہلا کر کہا،''ہاں ہاں ۔ ۔ ۔ میں ابھی آتا ہوں۔'' اور وہ، رب نواز اور کلو چورنگی پر کھلنے والی اُس نئی دکان میں داخل ہوئے تو دکان میں ایک نوجوان لڑکا شوکیس سے جوتے نکال کر کسی گاہک کو دکھانے میں مصروف تھا۔ دکان واقعی بالکل نئی تھی جس میں مرد عورتوں اور بچوں کے شوکیس دیوار کے ساتھ ساتھ تھے جن میں بہت ہی قرینے سے مختلف نمبروں کے جوتے لائن میں لگے ہوئے تھے۔ درمیان کے گیپ میں سائڈ ٹیبلس لگی ہوئی تھیں

جن پر پلاسٹر آف پیرس کے بنے ہوئے جوتوں کے ماڈلزر کھے ہوئے تھے۔ دوکان کے بیچوں بیچ کرسیوں کی قطاریں تھیں جن پر کچھ گاہک بیٹھے اپنی باری کا انتظار کر رہے تھے۔ ایک کونے پر ایک ادھیڑ عمر کا شخص ٹوپی لگائے ہوئے بیٹھا ہوا تھا۔ اُس کی فرنچ کٹ داڑھی تھی اور وہ چپ چاپ بیٹھا اخبار پڑھ رہا تھا۔ وہی شخص شائد دوکان کا مالک تھا کیونکہ اُس کے پیچھے غلام محمد قادیانی کی ایک تصویر فریم میں لگی ہوئی تھی۔ تصویر بلیک اینڈ وائٹ تھی اور قریب سے دیکھنے کے بعد سمجھ میں آتی تھی ورنہ دور سے تو ایسا لگتا تھا جیسے کوئی تصویر اخبار سے کاٹ کر فریم کر دی گئی ہے۔ ادریس نے ایک نظر بھر کر پوری دوکان کو دیکھا اور پھر سیدھا فرنچ کٹ داڑھی والے شخص کے پاس پہنچ گیا، ''کیوں جناب کیا چل رہا ہے؟' ادریس نے اپنی گھنی داڑھی پر ہاتھ پھرتے اُس شخص سے کہا'

جس پر فرنچ کٹ والے شخص نے کہا،'' فرمایے کیا خدمت کر سکتا ہوں میں آپ کی؟''

''خدمت تو ہم کریں گے آپ کی ۔۔۔ یہ تصویر کس کی ہے؟'' ادریس نے انگلی کے اشارے سے تصویر کو دیکھتے ہوئے کہا۔

''مسیح موعود کی ۔۔۔'' اُس نے سراسیمہ ہو کر کہا شائد وہ آنے والے لوگوں کے ارادوں کو بھانپ گیا تھا۔

''اس کو میں ہٹاؤں یا تو خود ہٹائے گا؟'' ادریس نے فرنچ کٹ والے کی آنکھوں میں آنکھیں ڈال کر کہا۔

''بھائی ان کی تصویر ہم نے صرف کاروبار میں برکت کے لیے لگائی ہے اور کوئی مقصد نہیں ہے۔'' جواب میں فرنچ کٹ والے نے گھگھیاتے ہوئے کہا۔

''قادیانی ہے تو ۔۔۔؟'' ادریس نے اب کی بار ذرا زور سے کہا۔

''جی ۔۔۔ میں احمدی ہوں، اللہ کو مانتا ہوں ۔''

ادریس نے غصے سے پوچھا،'' اچھا بول محمدﷺ اللہ کے آخری نبی ہیں ۔'' اب کی بار ادریس باضابطہ اُسے کلمہ پڑھانے میں لگ گیا، بول، فرنچ کٹ داڑھی والے نے کہا،'' آپ یہ سب کیوں کر رہے ہو؟ میں اللہ کو مانتا ہوں محمدﷺ کو مانتا ہوں اب آپ جائیں یہاں سے ۔''
اتنی دیر میں وہ نوجوان کسٹمر جو جوتے پہنا رہا تھا اٹھ کر فرنچ کٹ والے کے پاس

آ گیا، اور پوچھا، ''کیا بات ہے ابو۔۔۔؟ یہ کیا ہو رہا ہے؟' اُس نے ادریس اور رب نواز کی طرف دیکھتے ہوئے کہا۔

ادریس نے جواب میں کہا، ''سالے اگر دوکان کی برکت بڑھانی ہے تو اللہ محمد کے نام کا فوٹو دیوار پر لگا نہ لگا اور نہیں تو خانہ کعبہ اور مسجد نبوی کی مبارک تصویروں سے دوکان کو سجا۔۔۔۔ یہ سب کیا ہے؟'' یہ کہتے ہوئے ادریس نے فرنچ کٹ داڑھی والے کو گریبان سے کھینچ کر ایک طرف کیا اور اُس کی کرسی پر کھڑے ہو کر غلام محمد قادیانی صاحب کی تصویر کے فریم کو زور سے کھینچا جس سے تصویر اپنی کیل پر سے اکھڑ گئی اور جھٹکے سے زمین پر آ گری۔ فرنچ کٹ والے صاحب کا بیٹا یہ سب دیکھ کر تاؤ میں آ گیا اور زور سے چیخ اُٹھا، ''یہ کیا بدمعاشی ہے؟''

جو نہی اُس کے منہ سے یہ جملہ نکلا رب نواز نے اُس کے منہ پر تھپڑ رسید کیا اور اُس کے منہ سے خون کا ایک فوراہ نکل پڑا، دوسری طرف ادریس نے آؤ دیکھا نہ تاؤ اور جھٹکے سے فرنچ کٹ والے شخص کی کرسی کو الٹ دیا اور زور سے ایک لات اُس کے پیٹ میں لگائی۔ اتنے عرصے میں کلو نے ٹھوکروں سے جوتوں کے شوکیس کے شیشے تو ڑ دیے اور اُس میں سے جوتے نکال کر باہر پھینکنے شروع کر دیے۔ اس اچانک حملے سے گھبرا کر باپ بیٹے دوکان سے بوکھلا کر باہر نکلے اور ہیلپ ہیلپ ۔۔۔۔۔۔۔ کے نعرے لگاتے ہوئے سٹرک پر آ گئے۔ اتنی دیر میں ادریس رب نواز اور کلو بھی بھاگتے ہوئے اُن دونوں کے پیچھے دوڑے ادریس نے چیخ کر کہا، ''مارو سالے ان قادیانی کافروں کو یہ ہمارے پیارے نبی کو آخری نبی نہیں کہتے ہیں۔ انکی ذات کا بھٹر ۔۔۔ ماروں سالے کافری کی اولاد ۔۔۔'' یہ کہہ کر کلو نے بھاگتے ہوئے فرنچ کٹ والے شخص کی پیٹھ پر مکا رسید کیا جس سے وہ وہیں فٹ پاتھ پر گر پڑا۔ اپنے باپ کو بچانے کے لیے جب اُس کا بیٹا اُسے اٹھانے لگا تو ادریس نے اُسے بھی ایک لات رسید کی اور چیخ کر کہا، ''چلو بھٹر وو نکلوں یہاں سے۔' اور یہ کہہ کر پھر زور سے بیٹے کو دھکا دیا، یہ سارا شور سن کر لوگ دوکانوں سے نکل کر جمع ہونے لگے۔ چورنگی میں بیٹھے ہوئے لوگ اور سٹرک پر گزرنے والے راہگیر ایک دوسرے کے پیچھے بھاگتے ہوئے فٹ پاتھ کے اس طرف آنے لگے۔ یہ کم وبیش وہی جگہ تھی جہاں ادریس، رب نواز اور کلو نے مہینے بھر پہلے اُس کرسچن شخص کو جلا کر مارا تھا۔ اِس اچانک کے غول غپاڑے سے جو کھل بھلی مچی تو لوگ سمجھے جیسے پھر سے کوئی بلاسفمی کا کیس ہو گیا

ہے۔ کچھ لوگوں نے نعرہ تکبیر کے نعرے بھی لگا دیے اور کچھ لوگوں نے سیدھا دوکان پر ہلہ بول دیا۔ چورنگی پر پھیلے اس سارے ہنگامے میں جب بختاور نے ادریس کو دیکھا تو پریشان ہو کر اُس کے پیچھے دوڑی تا کہ اُسے اِس ساری مار کٹائی سے روک سکے مگر اس سارے ہنگامے کے نتیجے میں عثمان کا ہاتھ بختاور کے ہاتھ سے چھوٹ گیا اور وہ ڈرے مارے واپس گلی کے نکڑ کی طرف دوڑ گیا۔ بختاور اس قدر ہیبت زدہ تھی کہ اُس نے اُس وقت عثمان کے بجائے ادریس کے بارے میں سوچا اور دیوانگی سے چورنگی کے بیچ سے دوڑتی ہوئی اُس جگہ پہنچ گئی جہاں کلو، رب نواز اور ادریس اُن دونوں باپ بیٹے کو پکڑ کر بُری طرح پیٹ رہے تھے۔ بختاور نے ادریس کو پیچھے سے پکڑ کر چیختے ہوئے کھینچا اور کہا،''ادریس مت مار، چھوڑ دے ان لوگوں کو۔۔۔''

مگر ادریس بالکل پاگل ہو رہا تھا اُس کا چہرہ لال انگارہ اور بدن غصے سے کھول رہا تھا۔ اُس کا بس نہیں چل رہا تھا کہ وہ مار مار کر باپ بیٹے کو ابھی ختم کر دے۔ بختاور کے اچانک بیچ میں آنے کی وجہ سے ادریس تھوڑی دیر کے لیے رُک گیا اور زور سے ماں کی گالی دے کر زمین پر تھوکتا ہوا پیچھے ہٹ گیا،''ابے سالوں اس سے پہلے کہ تمھاری یہاں سے مٹیں اُٹھ جائیں اِس محلے کو چھوڑ دو۔ سالوں یہاں تمھارا کافری کا بزنس نہیں چلے گا بند کر و یہ حرامی پن اور دو دن میں یہ جگہ خالی کرو۔'' پھر اُس نے پٹائی کرتے ہوئے اپنے ساتھیوں کی طرف دیکھا،''چھوڑ دے بے رب نواز دے ان سالوں کو، آ بھی کلو نکل یہاں سے۔ پتہ نہیں کہاں کہاں سے آ جاتے ہیں سالے بہن۔۔۔'' یہ کہہ کر ادریس نے دونوں ہاتھوں سے اپنے بال پیچھے کیے اور لوگوں کو دھکا دیتا ہوا بھیڑ سے نکلنے لگا۔ اُس کے پیچھے پیچھے رب نواز اور کلو بھی بھیڑ سے باہر آ گئے۔ دونوں باپ بیٹے درد سے کراہتے ہوئے یونہی فٹ پاتھ پر پڑے ہوئے تھے ایسے میں انہیں ہسپتال لیجانے کے بجائے کچھ لوگ اُن کی سیل فون پر ویڈیو بنا رہے تھے۔ بھیڑ سے نکل کر اچانک ادریس کو عثمان کا خیال آیا تو اُس نے بختاور سے چیخ کر کہا،''اوے یہ عثمان کہاں گیا۔۔۔؟ وہ تو تیرے ساتھ تھانا؟''

بختاور کو بھی جونہی عثمان کے ارد گرد نہ ہونے کا احساس ہوا تو اُس نے گھبرا کر پلٹ کر دیکھا اور پھر ادھر ادھر نظریں دوڑانے لگی۔ ادریس ادھر ادھر بھاگ کر عثمان کو دیکھنے لگا مگر عثمان کہیں نظر نہیں آیا۔ ہر طرف یوں بھی ایک افراتفری کا عالم تھا، لوگوں کی بھیڑ چورنگی کے اُس پار

تماشہ دیکھنے میں لگی ہوئی تھی ۔ادریس نے غصے سے بختاور سے کہا، ''تجھے کس نے کہا تھا مردوں کے پھڈے میں ٹانگ اڑانے کو؟ میں نے تجھے کہا تھا کہ تو عثمان کا خیال کر۔۔۔۔اور تو ہے کہ۔۔۔۔'' ابھی ادریس کا جملہ پورا بھی نہیں ہوا تھا کہ گلی کے نکڑ سے رب نواز نے اُسے آواز دی، ''ادریس بھائی عثمان یہاں ہے۔''

ادریس اور بختاور نے جونہی رب نواز کی آواز سنی وہ دونوں دیوانوں کی طرح بھاگتے ہوئے گلی کے نکڑ پر پہنچے جس کے اُس جانب ٹوٹی ہوئی دیوار کے پیچھے چھپ کر عثمان خوف و دہشت سے اِس سارے تماشے کو دیکھ رہا تھا۔ادریس اور بختاور نے دیوار کی آڑ سے جب عثمان کو گود میں لینے کے لیے اپنے ہاتھ اُس کی طرف پھیلائے تو وہ اُنہیں دیکھ کر سہم گیا اور وہاں چھپے ہوئے اپنے جیسے کئی اور بچوں کے ساتھ مل کر رونے لگا۔

۔۔۔۔۔۔۔۔۔۔۔۔۔۔ختم شد۔۔۔۔۔۔۔۔۔۔۔۔۔۔۔۔۔۔